LUNA TRAICIONERA

LOS NUEVES SALVAJES
LIBRO 5

A.R. KNIGHT

UNO

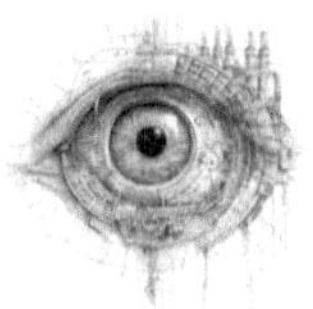

ESTATUS DE CELEBRIDAD

Davin tenía el objetivo en su punto de mira. La iluminación era de un blanco dorado perfecto, sin viento que alterase su puntería. Sin obstáculos, sin multitudes interponiéndose en su camino.

—Te pillé —susurró, atacando.

El palillo ensartó la gamba limpiamente, y Davin la levantó de su lecho de hielo para metérsela en la boca. Salada, suculenta, igual que las diez anteriores que había devorado del bufé. Desechó el palillo, cogió uno nuevo y apuntó a su siguiente víctima.

La hora tardía —o quizás temprana— significaba que el bufé estaba casi vacío, las existencias igualmente escasas salvo por las gambas que servían como postre después de la bebida para Davin. Cuatro largos pasillos de servicio desembocaban en una reluciente zona de asientos donde robots y trabajadores se apresuraban limpiando para la multitud matutina.

Una multitud que, si Davin se salía con la suya, nunca vería. El país de los sueños le llamaba, un destino postergado por un estómago rugiente.

Un destino que todo su equipo ya debía haber encontrado. Normalmente, el auricular habría estado lleno de charlas, la mayoría insultos lanzados de un lado a otro. Bromas de buen rollo, la conversación que había esperado escuchar después de varios días en el *Galaxy's Song*.

Claro, habían salido de Freestar con un compromiso urgente: encontrar a Alissa, averiguar por qué se negaba a firmar un acuerdo de paz con Eden antes de que toda la gente de los planetas exteriores se convirtiera en forraje para la maquinaria de guerra de esa compañía.

Pero, bueno, realmente no tenían ninguna pista. Así que mientras tanto, ¿por qué no disfrutar de algo de descanso y relax?

El *Song* había estado deslizándose por la órbita exterior de Saturno —las mejores vistas sin el agobiante tráfico de naves— y ofrecía una oportunidad sublime: Davin, héroe de la Tierra, podría hacer una aparición sorpresa y deleitar a los acaudalados turistas interestelares.

Siempre que, por supuesto, su tripulación recibiera algunas comodidades gratuitas a cambio.

—Están realmente buenas —dijo Davin, masticando la gamba número doce, a un cocinero que pasaba. La mujer le miró parpadeando y siguió su camino—. Realmente buenas.

Cuando has vivido tanto tiempo a base de papilla nutritiva, cualquier comida real califica como realmente buena.

El capitán del crucero aceptó el trato de Davin y, hasta ahora, hacía que el líder de los Nueves Salvajes se lo ganase: varias apariciones al día, aunque ninguna antes del mediodía, y copas privadas después. Como dijo Phyla tras la primera noche, cuando Davin llegó tambaleándose cerca del amanecer —al menos, el amanecer programado del barco—, este era el primer trabajo real que Davin había tenido en mucho tiempo.

Bueno, si todos los trabajos reales viniesen con gambas a las tres de la madrugada, quizás Davin lo había estado haciendo mal todo este tiempo.

Abandonando la línea del bufé con un plato lleno de crostini y un agua muy necesaria, Davin se acomodó en la primera mesa que encontró. En el centro de la mesa, Davin vio su propia cara devolviéndole la mirada, un folleto recién impreso que mostraba horarios y pedía a las partes interesadas que solicitaran más información.

—Ese soy yo —dijo Davin, señalando la cosa con un tenedor, mirando alrededor para ver si había alguien cerca.

Un robot aspiradora no respondió y continuó su resuelta búsqueda de migas.

—¿Sabes? He luchado contra androides —le dijo Davin a la aspiradora—. Son como la peor versión de ti.

El robot le ignoró. Los crostinis, afortunadamente, no lo hicieron. Se entregaron a su tenedor con poca resistencia, una delicia crujiente. Una que disfrutó hasta que sintió dos palmas sobre sus hombros, dedos amasando a través de su camisa ligera.

—¿Te has levantado solo para darme un masaje? —dijo Davin, girándose para ver a Phyla, con el pelo bien recogido y su uniforme de carreras puesto.

—Están abriendo los circuitos temprano hoy —respondió Phyla, deslizando su brazo para robar el tenedor de Davin y el último crostini—. ¿Adivina quién es el reto estrella?

—¿Tú?

Phyla asintió mientras masticaba. Había estado disfrutando del crucero tanto como Davin, quemando hora tras hora en los simuladores de bala. Le sacaba pasta a un pagano tras otro, la mayoría lo suficientemente contentos con tener la oportunidad de enfrentarse a una auténtica corredora, una auténtica piloto.

—Aun así, son como las tres y media —dijo Davin—. No hay forma de que las cosas abran tan temprano.

—No lo hacen, pero Viola me pidió que te encontrara, y yo estaba demasiado emocionada para dormir mucho de todas formas.

—¿Qué quiere la chica?

Phyla movió los ojos alrededor, cambiando el tono de la conversación. Davin parpadeó, metió su personalidad de celebridad en una caja mental y se reenfocó. No todos los miembros de los Nueves Salvajes trataban esto como un paseo de placer.

—Cree que tiene una pista —dijo Phyla—. Un tipo en el barco que ha tenido conexiones con Alissa en el pasado.

—¿Conexiones? ¿Como qué, se conocieron en un bar?

Phyla se encogió de hombros—: Pregúntale a Vi. El caso es que ha cambiado la comida del tipo para ponerlo en tu actuación. Cuando termine, tú lo engatusas y quizás lleguemos a alguna parte.

Davin intentó reclinarse, extendiendo los brazos en un gesto de indiferencia, y casi se cae de la silla. Cosas endebles.

—¿Quieres arruinar esta buena racha tan rápido? —preguntó Davin.

—Por una vez, no realmente —Phyla esbozó una sonrisa—. Pero ya no somos solo tú y yo, Davin. Algunas personas están en una misión, y son nuestros amigos.

—Nuestra tripulación.

—Exactamente.

Un gran suspiro, una mirada lastimera al plato vacío—. Supongo que eso significa que probablemente debería dormir un poco.

—No sería la peor idea.

—¿Quieres acompañarme de vuelta? Todavía quedan unas horas hasta que empiecen esas carreras, ¿verdad?

Davin intentó un guiño, Phyla se rio.

Su piloto dejó a Davin en su cama y le dejó allí, diciéndole a la IA de la nave, Fournine, que mantuviera las cosas en absoluta oscuridad hasta las diez como muy pronto. Sin interrupciones, sin posibilidad de que molestaran a Davin.

Su arrugado colchón sirvió como un hogar suave, gelatinoso durante esas horas. Anidado en un marco metálico, la cama sobresalía en medio de la habitación como una espátula roma. Recuerdos aleatorios abarrotaban el espacio restante: artefactos, ropa, armas. Algunos incluso comprados legalmente. A la izquierda de Davin, guardado a salvo en una taquilla cerca de la puerta, se encontraba la única reliquia que le dejó el antiguo capitán del *Jumper*.

Davin miró primero a Melody cuando Fournine le despertó —un estridente solo de trompeta— y se permitió una inspección superficial. La carga de la escopeta de energía estaba al máximo, todas sus piezas registraban en verde. Si fuera necesario, Davin podría coger el arma y, incluso medio dormido, abrirse paso a tiros fuera del *Jumper*.

—No vamos a necesitar eso hoy, ¿verdad? —dijo un duro tono grave mientras la puerta de Davin se deslizaba para abrirse.

Mox, el hombre de metal, se apoyaba contra el marco de la puerta. No es que pudiera apoyarse demasiado lejos: el volumen del hombre, todas esas líneas de fibra de carbono que recorrían sus brazos, espalda y piernas llenaban el espacio.

—Completa la imagen, ¿no crees? —Davin sacó la escopeta, la hizo girar y agarró la empuñadura con su mano derecha. El movimiento contuvo el ataque de una resaca, justo la acción potencial suficiente para mantener su cuerpo en el juego—. He estado pensando que deberíamos añadir esto.

—Hazlo en el turno de Merc, no en el mío.

—¿Asustado?

—No quiero estar ahí cuando abras un agujero en el techo haciendo el numerito.

—¿Yo? —Davin puso cara de perro apaleado, sosteniendo a Melody como si fuera un juguete inofensivo—. Nunca.

—¿Recuerdas aquella noche en Titán?

—Por lo visto tú nunca la vas a olvidar. —Davin guardó el arma de nuevo en su sitio y se dirigió hacia la puerta—. ¿Cómo iba a saber que hacían las bebidas más fuertes por cada diana acertada?

—¿Preguntando? —Mox levantó una mano cuando Davin se acercó—. ¿Qué tal algo de ropa, capitán, o es este un nuevo espectáculo que estás montando?

Davin miró hacia abajo, a su camiseta raída y a su ropa interior.

—Dame cinco minutos.

Mox se rio—: Tienes tres, jefe.

Davin salió en cuatro, pisando fuerte en el centro rectangular del Jumper. La nave tenía dos niveles: el superior para el puente, la mayoría de los camarotes y el comedor. Abajo estaba la bodega de carga, el acceso a los motores y un pequeño hangar de atraque, actualmente vacío, donde podría estar un caza monoplaza.

La mayoría de las mañanas, salir se sentía un poco como atravesar un pequeño pueblo. Davin vería a varios tripulantes, algún vendedor ocasional paseando y charlando sobre esto y aquello. Fournine podría estar probando algún sistema u otro. Movimiento aparte de él mismo, toda la cosa sintiéndose viva de una manera que no lo había hecho durante demasiado tiempo desde que él y Phyla se fueron por su cuenta.

Hoy, a veinte minutos del espectáculo, engalanado con su descarada gabardina negra hasta las rodillas, pantalones marcados con cicatrices de explosiones, y una camisa contando historias sórdidas en manchas, Davin abrazó su hogar.

—Te ves asqueroso, capitán —dijo Mox cuando Davin emergió.

—Lo limpio es aburrido, amigo mío —Davin miró a Mox, que llevaba un conjunto de camiseta y pantalones más adecuado para el gimnasio que para una exposición—. Y tú precisamente no eres quién para hablar.

—La gente quiere ver el acero, así que eso es lo que les muestro.

Verdad. Los primeros días, Mox se había puesto su rojo de Centurión y a nadie le importó un pimiento. Los policías lunares tenían su propia aura, y nadie quería un recordatorio de la ley en un barco como el *Galaxy's Song*. Desde entonces, Mox había ido al natural como Davin, para aprobación de todos.

Incluida la mujer que les esperaba en la planta inferior del Jumper, con los brazos cruzados mientras Davin y Mox bajaban de la plataforma al aire libre. Viola, con un ojo mirando su comunicador, siempre parecía que estaba a punto de explotar. Tanta energía nerviosa, mil ideas agrupadas en su interior esperando su oportunidad.

Siempre que necesitaba una noche libre, Davin simplemente compraba a Vi un par de copas y la dejaba hablar, saliendo de ella los inventos más fascinantes y geniales.

Lástima que ella hubiera cambiado de bando y trabajara para Eden en lugar de para su padre.

—Sabes, es un verdadero fastidio esperarte hasta tan tarde —dijo Viola a Davin, deliberadamente no a Mox—. También es mi día.

—Pagado por mis noches, Vi —dijo Davin—. Phyla me dio tu mensaje. ¿Quieres arruinar la diversión?

—Diversión para ti, quizás. —Vi frunció el ceño hacia la sala de reparaciones del Jumper—. Vine con vosotros porque íbamos a detener la guerra, no para conseguir margaritas gratis.

—Ah, pero ¿has probado las de fresa?

—Bastante bien —añadió Mox.

Vi puso los ojos en blanco, sonrió. —Vale, punto para ti. Pero a menos que creas que vamos a tener este chollo gratis para siempre, ¿quizás es hora de hacer un movimiento?

—Podría ser, podría ser —dijo Davin, estirando el hombro—. Dame los detalles. Veré si puedo sonsacarle algo a este tipo.

—Ya lo hice. —Viola parpadeó, su capa de cristal se replegó dejando sus ojos libres para mirar bien a Mox—. Cuando Davin esté actuando de anfitrión, vigila las cosas, ¿vale? Encontré a este tipo comparando la lista de pasajeros del *Song* con la base de datos de buscados de Edén. No debería estar en esta nave, pero alguien lo puso aquí.

—¿Un poco de contrabando a cambio de descanso y diversión? —preguntó Davin.

—Ni idea, pero Davin, no es algún intermediario robando céntimos a Alissa. Edén cree que este tío masacró a los civiles de varios transportes.

Davin notó cómo Mox se tensaba a su lado.

—¿Es cierto? —preguntó el grandullón.

Vi se encogió de hombros. —No sabría decirte. Edén no hace publicidad de esas cosas.

—Queda mal cuando no puedes mantener a salvo a tu propia gente —dijo Davin—. Tendremos cuidado. ¿Mantendrás una línea abierta?

—Fournine está en ello. —Viola se apartó—. Buena suerte, chicos.

—Como si la necesitáramos —respondió Davin mientras él y Mox se dirigían hacia la rampa de embarque.

—Eh, capitán —llamó Viola cuando los dos llegaron a lo alto de la rampa—. Igual te vendría bien un enjuague bucal, tu aliento huele a gambas.

Davin sopló en el dorso de su mano y olió. Arrugó la nariz.

La ingeniera tenía razón.

Todos los años que Davin había pasado abriéndose camino a tiros de un planeta a otro no le habían preparado en absoluto para una sala llena de admiradores. Hoy marcaba la tercera mañana consecutiva en que el capitán mercenario condimentaba su café con miradas de adoración, así que la sonrisa falsa le salía más fácil. Las ojeras bajo los ojos de Davin, la barba incipiente, todo parecía añadir autenticidad. Esto, intentaba decir Davin con su postura despreocupada, esto era un canalla que iba en serio.

Y hoy, ese asunto serio era el brunch.

—No estamos aquí para cazar huevos revueltos —susurró Mox mientras Davin les guiaba entre la multitud hacia su mesa reservada y el entrante que ya la adornaba.

Primero comer, luego dejarse llevar por la multitud.

—He enfrentado demasiadas peleas... eh, buenos días... como para hacerlo con... Davin Masters, a vuestro servicio... el estómago vacío, ¿me entiendes? —Las manos de Davin hacían magia, extendiéndose y rozando dedos mientras se deslizaba entre los asientos.

Mox también atraía admiradores, pero el exoesqueleto proyectaba un hechizo diferente, su dura realidad metálica chocaba con la fantasía exótica. Mejor mirar que tocar.

—Admítelo, te gusta esto —dijo Mox cuando se acomodaron en sus sillas plegables, con las espaldas contra la pared para que su público pudiera verles llenarse la cara—. Todo esto.

—Joder, claro que me gusta. Hemos trabajado tanto, tan duro, como para no disfrutar de un regalo.

—Los regalos tienen hilos, Davin.

—Sí, bueno, si ves alguno en este, avísame. —Los huevos iban acompañados de bacon grasiento. Todo cultivado, Davin apostaría, en los generadores celulares de la nave—. Mientras tanto, sonreiré y comeré gratis.

Mox, que se abría paso a tenedorazos por unas tostadas con mantequilla y mermelada, no discutió más.

Cada mesa tenía un micrófono, así que según avanzaba el brunch, los diversos invitados tenían la oportunidad de cogerlo y hacer una pregunta. La mayoría eran sencillas: cuál había sido la peor pelea de Davin, la nave más rápida, y cosas así. La primera vez, Davin había pensado en endulzar las respuestas, añadiendo brío aquí y allá, pero estos bromistas, estos niños de papá, habían vivido tan lejos de cualquier amenaza real que la rutina básica de la vida mercenaria ya resultaba increíble.

Soltar respuestas mecánicas les daba tiempo, a él y a Mox, para analizar a la multitud. Escanear los rostros buscando al que Vi había identificado. Les había enviado una foto durante el camino hacia aquí, un tipo demacrado que no parecía mirar a la cámara tanto como a través de ella.

—Mesa cuatro —dijo Mox mientras Davin terminaba de

relatar la pelea con Fournine en Europa—. En medio, al fondo. Parece confundido.

—El tipo no debería estar aquí. Yo también estaría confundido.

Davin echó un vistazo disimulado mientras apuraba otra taza del brebaje negro. Siempre fuerte en el espacio, donde el agua era un bien escaso. No era algo malo.

El tipo realmente parecía perturbado, y su atuendo lo distinguía de los demás comensales. Por un lado, vestía para los negocios, no para el placer. Por otro, no parecía compartir palabra con nadie más cercano, era un bicho raro y no le importaba remediar la situación.

Peor aún, el tipo pilló a Davin espiando. Un claro encuentro de miradas. Las miradas se mantuvieron —Davin no era de los que apartan la vista, eso mostraba debilidad, duda— pero con las penetrantes pupilas del hombre, una vía de escape habría sido maravillosa. Una escapatoria proporcionada, afortunadamente, por el robot del café, que pasó traqueteando para rellenar la taza de Davin.

—Gracias —dijo Davin al robot—. Mox, el tío me ha visto.

—Lamento decírtelo, capitán, pero todos aquí te ven.

—No así.

—¿Entonces cómo?

—Como si me estuviera examinando. No me había sentido así desde que Bosser me miraba fijamente. Sentí como si me estuviera calculando.

Mox resopló, lanzó una mirada directa al tipo. Davin le habría recordado ser discreto, pero esa palabra no significaba mucho para Mox, ni tampoco para la misión. Incluso si el tipo se levantaba y huía, el *Galaxy's Song* no era gigantesco. Podrían encontrarlo en cualquier parte.

—Apuesto a que podría partirlo por la mitad sin sudar —

murmuró Mox mientras Davin contaba otra historia: Melody, piratas en el cinturón de asteroides, caos sangriento —. Aunque el hombre podría morir antes de que lo toque. Ya está sudando.

—¿Por qué? —Davin se miró a sí mismo después de concluir el relato entre aplausos dispersos. El calor se mantenía justo en el punto medio de lo templado, con una agradable brisa deslizándose por los conductos de ventilación de la nave—. ¿De qué tiene que estar nervioso?

—De nosotros.

—Vamos, Mox, solo queremos tener una pequeña charla. Nada de lo que asustarse, ¿verdad?

Pero el tipo evidentemente estaba asustado. Tan pronto como terminó la sesión de preguntas y respuestas, se levantó de golpe y se dirigió a la salida. Gente al azar de la multitud se acercó a la mesa de Davin, esperando una conversación extra. Un enjambre que haría demasiado difícil seguir al tipo. A menos que...

—Me debes una —dijo Mox cuando Davin le explicó el plan y se escabulló.

El Centurión anunció, alto y claro, que se quedaría para firmar autógrafos, hacerse fotos y cosas así, pero que Davin tenía que marcharse. Los groupies aparentemente valoraban tanto una foto con el hombre de metal como una charla con el mayor héroe de la Tierra, dejando a Davin con unos cuantos saludos mientras se apresuraba entre las mesas y cruzaba las puertas dobles de cristal hacia la nave.

El *Galaxy's Song* ofrecía vistas de primer nivel, su cubierta principal utilizaba cámaras y enormes pantallas para permitir a los pasajeros sentarse prácticamente en cualquier parte y mirar al espacio. Sus niveles estaban entrelazados, evitando el espacio duro y claustrofóbico de la mayoría de las naves por un aspecto esquelético. Las líneas de visión se preservaban, cada nivel parecía flotar sobre el inferior gracias a puntales disimulados. Los techos tenían el recubrimiento de pantalla, así que incluso en el piso abierto más bajo de la nave podías mirar hacia arriba y ver el esplendor de Saturno. Solo los camarotes individuales y las salas especiales, como la que Davin usaba para su evento de brunch, estaban cerradas.

A pesar de las vistas infinitas, el *Galaxy's Song* no trataba de asimilar el zen. Los anuncios seguían a Davin mientras él seguía al tipo, cuya forma ágil se deslizaba entre la gente con paso decidido. Drones zumbantes se entretejían por encima, llevando comida y bebida pedidas a pasajeros que descansaban en suaves sillones amarillos de observación alineados en el borde de cada nivel. Esos mismos drones murmuraban horarios, anunciando actividades potenciales a cualquiera que pudiera oírlos. La idea, supuso Davin, era que o bien llevabas tus propios auriculares para filtrar el ruido o abrazabas el caos.

A juzgar por las caras plácidas a su alrededor, Davin supuso lo primero. Pequeños nodos, algunos con colores neón, permanecían en las orejas a su alrededor. Viola y Merc tenían pares, y Phyla tenía un conjunto especial orientado a simuladores de carreras.

¿Davin? Davin tenía uno solo, un modelo antiguo metido en una oreja. No muy bueno para filtrar ruido, pero bastante capaz de recibir las actualizaciones de Vi.

—Lo siguiente en su agenda es un masaje —dijo Vi, su voz llegando con interferencias—. ¿Quizás por eso camina tan rápido?

—Tiene prisa por relajarse —respondió Davin.

El capitán redujo la distancia con zancadas más largas, dispuesto a apartar a la gente. Su objetivo no tenía el mismo peso, en su lugar serpenteaba alrededor de los intrusos.

—¿Qué hago cuando lo alcance? —preguntó Davin.

—¿Me lo preguntas a mí?

—¿Hay alguien más en el canal?

—Davin —dijo Vi—, ¿no eres tú el luchador experimentado? ¿El letal capitán mercenario y todo eso?

—Debes tener al tipo equivocado. Ahora soy una celebridad a tiempo completo.

Vi resopló a través del micrófono. Alguien más, otro Nueve escuchando, se rio.

—¿Eres tú, Opal? —preguntó Davin.

—Es bueno saber que tu cabeza no es demasiado grande —dijo la francotiradora, ex líder rebelde y actual chica dura—. Te diré qué: trae al tipo a la nave y tendremos una charla.

—Supongo que no querrá venir.

—Un encantador como tú puede pensar en algo.

Bueno, tendría que ocurrírsele una idea pronto, porque Davin había reducido la distancia a unos pocos metros. Tan cerca, Davin observó la ropa del hombre, buscó armas ocultas y no vio ninguna. Aunque, si el tipo iba a un masaje después del brunch, probablemente las armas no estaban en sus planes.

Varias frases de apertura bailaron por la cabeza de Davin. Ninguna parecía encajar en la situación. Si no hubiera dejado su café en el lugar del brunch, Davin se lo habría tirado encima al objetivo, ofreciéndose a llevarlo de vuelta al *Jumper* para limpiarse.

Lo improvisaría. Eso nunca le fallaba, ¿verdad?

—Perdona, colega —dijo Davin, igualando el paso del hombre—. ¿Tienes un minuto?

El hombre miró a Davin sin detenerse, hizo la típica doble toma ante la sonrisa del sinvergüenza. Aun así, los pasos continuaron.

—Lo siento, voy a llegar tarde —dijo el hombre—. En otra ocasión.

Como si Davin pudiera ser despachado como un vendedor.

—Solo llevará un minuto —insistió Davin.

—¿Qué llevará solo un minuto?

—Me recuerdas a alguien —dijo Davin, improvisando ahora—. ¿Has estado alguna vez en Marte?

—Una o dos veces. —El hombre seguía caminando. Ya habían pasado el punto medio de la nave, no quedaba mucho para el spa, un lugar ubicado cerca de los motores para aprovechar algo de vibración extra en las sesiones—. Lo siento, realmente estoy en un...

—Un planeta de la hostia, Marte —interrumpió Davin, poniendo una mano en el hombro del hombre. Aplicó la presión justa para frenar al tipo un paso—. Creo que recuerdo dónde te vi allí.

Los ojos del hombre se cerraron durante un largo segundo, pero redujo la velocidad, se detuvo. Se giró para enfrentar a Davin mientras la gente y los drones fluían a su alrededor, algunos lanzándoles miradas molestas por obstruir la vía principal.

—¿Por qué Davin Masters me está deteniendo? —preguntó el hombre, con toda la cordialidad que tenía muerta.

—Como te decía...

—No me importa lo que dijiste. ¿Qué quieres?

Muy bien. ¿Directo al grano? Davin también podía jugar de ese modo. La sonrisa desapareció. Sus ojos se estrecharon un poco. Las manos se deslizaron hacia los bolsillos de la chaqueta. Claro, Davin no tenía nada más que un bolígrafo en uno y una servilleta arrugada en el otro, pero las amenazas imaginarias a menudo resultaban tan peligrosas como las reales.

—Quiero hablar. En algún sitio privado —Davin señaló con la cabeza hacia la izquierda—. Mi nave.

—Mi camarote —replicó el hombre—. Está más cerca y es más seguro. Confía en mí.

—Aún no confío en ti, pero vale, guía el camino.

Vi y Opal estallaron en su oído mientras el hombre reanudaba la marcha, al mismo ritmo, con la misma manera de andar. La francotiradora y la ingeniera querían saber por qué demonios Davin estaba cambiando el plan. Una pregunta que Davin no podía contestar sin palabras, así que las dos siguieron despotricando.

—No esperaba verte aquí —dijo el hombre, cambiando de nuevo el tono a una curiosa calma. Como si hubieran jugado su primer partido, lo hubieran dejado en empate y ahora pudieran ser amigos casuales—. Una nave como esta no es donde está la acción.

—La comida es gratis y las bebidas no están mal —respondió Davin.

—¿Simplemente estabas cerca de Saturno?

—Cuando eres un espacial como yo, aprovechas la suerte que encuentras —dijo Davin—. Ver aparecer esta preciosidad en el radar fue toda la suerte que se puede pedir.

El hombre continuó sondeando mientras caminaban, abandonando el pasillo principal por caminos menos transitados, los que se dirigían hacia los grupos de camarotes. A diferencia de esos grandes barcos anclados a la Tierra, el *Galaxy's Song* situaba sus camarotes en grandes bloques cerca del centro de la nave. Las pantallas ofrecían grandes vistas en las paredes dentro de los pequeños espacios mientras daban al resto de la nave una sensación enorme, como si estuvieras vagando libremente entre las estrellas.

No es que Davin prestara mucha atención a la estética. Sus ojos escrutaban buscando amenazas potenciales, su mente seguía inventando nuevas generalidades para responder a las preguntas del hombre. Preguntas que se estaban volviendo terriblemente específicas.

—Lo último que supe es que te vieron en Freestar —dijo el hombre mientras tomaban un ascensor para bajar varios niveles—. Justo cuando esa estación tuvo algunos grandes problemas.

—Coincidencias —dijo Davin.

El hombre abrió la boca para una pregunta adicional, la curiosidad reflejada en su rostro. La réplica nunca llegó: mientras avanzaban por el pasillo negro y azul, pasando una intersección, una corredora pelirroja apareció por la derecha y envolvió a Davin en un abrazo.

—Vi ha dicho que podrías necesitar algo de apoyo —susurró Phyla, siguiendo las palabras con un beso en la mejilla de Davin. Retrocedió un poco y le lanzó una sonrisa al hombre—. ¿Quién es este?

—Roxley Jones —respondió el hombre, haciendo un gesto con la cabeza a Phyla—. Creo que sé quién eres tú.

—¿Acaso no lo sabe todo el mundo? —Phyla puso los ojos en blanco hacia Davin—. Él nos puso a todos en el mapa.

Davin parpadeó. Nunca había visto a Phyla usar esta rutina antes. Siempre había sido el cañón directo, lista para hacer el trabajo sin florituras. Alguien debía haberla incitado a ello.

—¿Aún quieres hablar? —preguntó Roxley a Davin—. Tengo un horario que cumplir.

—Me encantaría —respondió Davin—. ¿Te importa si ella nos acompaña?

—No me importa en absoluto. Mi camarote está justo aquí adelante.

El camarote de Roxley ocupaba el final del pasillo, con una puerta más imponente que las que habían pasado. Viola había dicho que el hombre tenía dinero, y debía estar gastándolo en grandes cantidades para reclamar esta habitación. Roxley puso su dedo en el escáner de la puerta, y el dispositivo emitió un pitido de bienvenida tras un breve segundo.

—Después de vosotros —dijo Roxley, guiándolos con la mano.

—Gracias —dijo Davin, abriéndose paso, preparado para cualquier cosa, con Phyla pisándole los talones.

La suite hacía que sus aposentos de capitán en el Jumper parecieran un vertedero. Mostradores relucientes, sofás, mesas de café esparcidos por todo el espacio. Las pantallas de las paredes mostraban escenas de la Tierra, cambiando estrellas por cascadas, océanos, cumbres de montañas, un vertiginoso despliegue que desconcertó a Davin, manteniendo su atención un momento demasiado largo.

Phyla le agarró la muñeca, apartando a Davin de las imágenes, dirigiendo su mirada hacia las puertas de la suite. Las que se abrían por todos lados. Dos mujeres aparecieron por la derecha, un hombre desde el baño a la izquierda. Todos equipados con indumentaria destinada a algo peor que un crucero. Todos sosteniendo armas cortas.

—Bien —dijo Roxley desde atrás, y Davin se giró para ver al hombre sacar su propia arma de un soporte cerca de la puerta—. ¿Dijiste que tenías algo de qué hablar?

DOS

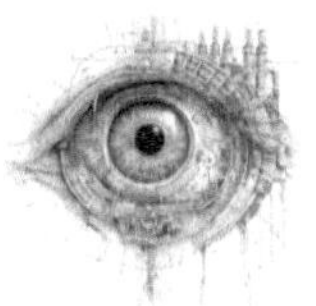

UNA VISTA PERFECTA PARA LOS PLANES

Hay personas que podrían mirar directamente al cañón de una pistola, o dos, o tres, y quedarse pálidas. Podrían sentir que las piernas les flaquean, el sudor brotando por todas partes, y las primeras palabras que salen de su boca se convierten directamente en balbuceos suplicantes y lastimeros.

Davin, separándose cuidadosamente un poco de Phyla, dirigió una larga mirada de reconocimiento al cuarteto, manteniendo firme su sonrisa de granuja todo el tiempo. Sin pánico, sin labios temblorosos.

Una vez que has tenido a un androide intentando destriparte, los humanos no representan exactamente el mismo nivel en la escala de amenazas.

—¿Hablar? —preguntó Davin, respondiendo a la pregunta de Roxley—. En realidad, sí...

Su auricular emitió un chillido agudo que se convirtió en estática. Davin hizo una mueca y se quitó el aparato de la oreja mientras Phyla hacía lo mismo.

—Están cortados —dijo el hombre en la puerta del baño,

con un dispositivo del tamaño de una taza en su mano izquierda y una luz roja parpadeante—. Estamos bien.

—Continúa —le dijo Roxley a Davin.

—Vale —Davin se enderezó, tratando de ignorar el zumbido en su oído—. Lo primero, ella no está involucrada en esto. Déjala ir, Rox.

Phyla captó rápido, le dio más espacio a Davin y apretó la espalda contra la pared, con las manos en alto. Parecía demasiado curtida, demasiado astuta para actuar como damisela en apuros con éxito, pero Davin no tenía otra carta que jugar.

Sin sus auriculares, nadie en los Nueves sabría si necesitaban ayuda, si los habían movido o disparado.

—Me llamo Roxley —el hombre hizo volver a Phyla al centro con su pistola—. Ella se queda. Haz tu pregunta.

—¿Me vas a dar una respuesta?

Una de las mujeres se rió.

—Te responderé, de una forma u otra. Pregunta.

A veces, la vieja táctica del encantador fracasaba estrepitosamente. A veces Davin tenía que ir directo al grano para sobrevivir. La verdad os hará libres, ¿no era esa la frase?

—Conoces a Alissa Reinhart. Estamos intentando encontrarla —dijo Davin—. Así de simple.

Nadie se movió. Davin no necesitaba mirar alrededor para saber que los amenazadores estaban observando a Roxley, esperando la orden.

—¿De qué lado estáis? —preguntó Roxley.

—Del lado que no quiere acabar muerto —respondió Phyla—. Del lado que quiere salir de este apartamento y volver a nuestra nave, por favor y gracias.

—Todavía estoy decidiendo si eso va a suceder. Una vez más. ¿De qué lado estáis?

—Mira —dijo Davin—, esta guerra va a dejar muchos cadáveres a menos que podamos detenerla. Eden está dispuesto a hablar, pero Alissa tiene que responder, o todos volverán a empezar a disparar.

Más risas, esta vez de los tres. Del tipo despectivo. Davin sintió que sus dedos deseaban poder sostener algo de acero propio, para mostrarles a estos tipos a quién estaban amenazando.

—¿Crees que alguien puede confiar en lo que dice Eden? —Roxley negó con la cabeza—. Solo un idiota pensaría que vienen a la mesa con algo real.

—Alguien es un cínico —murmuró Phyla.

—Alguien tiene otras cosas de las que preocuparse —respondió Roxley—. Vosotros dos sentaos. Mis amigos aquí van a echaros un vistazo, a ver adónde nos lleva esto.

Davin hizo una rápida evaluación. Roxley estaba frente a él, quizás a dos metros de distancia. El doble hasta las puertas y las personas a cada lado. Cobertura mínima. Ninguna de estas personas parecía tímida con el gatillo tampoco, todas las armas firmes y estables.

Los Nueves se habían enfrentado antes a la gente elegida por Alissa. Bakr y su equipo cerca de Neptuno. No eran idiotas, no eran novatos luchando con ideales y nada más. Una sorpresa no les haría fallar, no conseguiría que él y Phyla salieran vivos.

—Claro —dijo Davin—. Todos jugamos para el mismo equipo aquí.

El equipo, según le explicó Roxley a Davin y Phyla en el único sofá de la habitación, bajo la sombra de las armas, quería dinero. Necesitaba dinero.

—No funcionamos por caridad —concluyó Roxley su declaración inicial—. No estamos dirigiendo un negocio. Cogemos lo que necesitamos.

—¿Yendo de crucero? —replicó Phyla.

—Exactamente —respondió Roxley—. Nadie en este barco espera otra cosa que su margarita de la tarde. Un espectáculo junto a la piscina. Tranquilidad. No vamos a estropeársela tampoco. Solo notarán que algo va mal cuando desembarquen, momento en el que ya estaremos lejos.

Davin se recostó en los cojines —eran muchísimo más cómodos que cualquier cosa en el Jumper— y le hizo a Roxley un gesto con dos dedos para que continuara. —¿No tienes un masaje al que ir?

La sonrisa que le devolvió Roxley era toda dientes: —Uno que me estoy perdiendo gracias a vuestra inoportuna llegada. Pero si sois quienes decís, y quien mi amigo está confirmando, entonces creo que podéis ayudar.

—Somos soldados, no ladrones —dijo Davin.

—Y pilotos de carreras —añadió Phyla.

—Parece que ya tenéis muchos talentos —Roxley mantuvo esa sonrisa hacia arriba. La mirada de alguien que sabe que ya ha ganado y lo está saboreando—. Es hora de añadir otro a la lista. —Se inclinó hacia delante, como un conspirador a punto de desvelar la conspiración—. Todos en este barco entregaron sus cuentas antes de embarcar, todo para que el barco pueda cargar los gastos cuando termine el viaje. Sabemos que el barco tiene los datos de las cuentas en algún sitio. Si podéis encontrarlos, conseguirlos y entregárnoslos, os conseguiré vuestra reunión con Alissa.

—¿Qué? —dijo Davin—, ¿crees que tienen los números impresos en algún lugar, en hojas de papel?

—Si los tienen, genial —Roxley se encogió de hombros —. No me importa cómo los tengan. Mi suposición es que están almacenados en un servidor seguro a bordo. Ahora, ese no es mi problema. Es vuestro.

—O podríamos entregaros a la seguridad del barco si no contactáis con Alissa.

Roxley señaló las armas desenfundadas: —Entonces ocurrirían dos cosas. Os matamos antes de que la seguridad nos encuentre, y seguro que no conseguís vuestra reunión.

Phyla le lanzó una mirada a Davin, ese ligero encogimiento de hombros razonable que usaba cuando Davin debería aceptar una oferta. Una postura con la que Davin no estaba particularmente encantado —¿a quién le gustaba ser obligado a hacer algo?—, pero no parecía haber una salida fácil. Los Nueves podían simplemente abandonar el barco, pero eso los dejaría de nuevo en el espacio sin ninguna pista.

El tiempo seguía corriendo.

—Bien —dijo Davin—. Quieres tus cuentas, te conseguiremos tus cuentas.

—Perfecto —dijo Roxley—. Mi amigo aquí os enviará lo que sabemos, pero no es mucho. Este barco no es el huevo fácil de romper que pensábamos que sería. —Por una vez, el aire de criminal astuto se deslizó lejos del hombre, sus rasgos delgados pareciendo menos una elección y más un agotamiento maltratado—. Desembarcamos en Titán. Es todo lo que podemos permitirnos. Así que tenéis dos días. Y por favor, entended cuántas vidas dependen de esto.

—Qué noble imbécil —dijo Phyla mientras caminaban hacia el Jumper, de vuelta en el paseo del barco—. ¿Vidas dependen de que robe a un montón de turistas? Por favor.

—De alguna manera hay que comprar armas.

—No, no hay que hacerlo —Phyla tenía los brazos cruzados, una expresión helada en sus ojos—. No tienen que seguir disparando. No tienen que poner torretas en sus naves. Es una escalada sin fin.

Davin le levantó una ceja: —¿Quieres que simplemente se rindan?

—Quiero que sean inteligentes. Hay mejores maneras de luchar contra Eden que disparando.

—¿Como avergonzarlos en la pista de carreras?

Phyla puso los ojos en blanco: —Sabes a lo que me refiero. El Sistema Solar es un lugar enorme. Hay muchas formas de hacer valer tu opinión sin guerra abierta.

—Quizás eso es lo que están haciendo aquí.

—¿Perdona?

Davin llevó a Phyla hasta un bar junto a la piscina, un lugar recubierto de blancos suaves y con una alegre melodía veraniega sonando. Los niños corrían persiguiéndose en un frenético juego del pilla-pilla, obligando a los que estaban en las tumbonas a salvar sus bebidas para que no las derramaran.

—Reducir todas estas cuentas, hacer que el dinero desaparezca por completo, y luego sacar un comunicado diciendo que lo devolverán si Eden abandona la lucha. No es la peor jugada.

Phyla le lanzó una mirada escéptica mientras Davin pedía un par de mojitos. La menta sintética lucía muy bien sobre el mostrador azul iceberg del bar.

—Roxley no mencionó nada de eso —dijo Phyla.

—Tampoco dijo que *no* fuera eso.

—Vale, ¿entonces estoy discutiendo con un niño de tres años?

—Estás discutiendo con el capitán más astuto de este lado de Saturno —respondió Davin.

—¿Te refieres al que acaba de ser emboscado?

—Me refiero al que te está comprando una bebida maravillosamente deliciosa.

Davin le entregó el mojito a Phyla y dio un sorbo al suyo. La ginebra helada le sentó de maravilla, un suave beso del verano a mil millones de kilómetros de cualquier lugar con esa estación.

—Vale —dijo Phyla después de su propio sorbo—. Te daré esa.

Si quieres ser un capitán mercenario, Davin descubrió, tienes que darte cuenta de algunas verdades fundamentales. En primer lugar, todos en tu tripulación tienen sus propios objetivos: algunos quieren las monedas, los créditos, el oro. Otros buscan reputación, habilidades, quizás la oportunidad de ver algún lugar nuevo. Y otros necesitan disparar a algo. Reconoce esos objetivos sin adularlos y tendrás una tripulación que permanecerá a tu lado, incluso si todos desean cosas diferentes.

Segundo, dales la oportunidad de respirar. Davin no podría haber sido un capataz autoritario ni aunque su vida dependiera de ello, y la idea de microgestionar cada movimiento de su equipo le llenaba de un tipo de náuseas que solo podía competir con la mañana después de una borrachera terrible.

¿Y tercero?

Gánate su respeto.

Davin, con el mojito en la mano, dejó que Phyla se aseara después de la aventura de la carrera y el secuestro. Se dirigió hacia el puente del *Galaxy's Song* y las bahías de atraque cerca de la proa del barco. La gente que tomaba siestas a bordo solía ser del tipo que podría necesitar volar cualquier día, así que tres bahías estaban dedicadas a lanzaderas y al transporte de los necesitados.

Mientras Phyla encontraba su diversión en las carreras y Davin mostrando su cara, firmando autógrafos, Merc negociaba su pasaje haciendo de piloto. El hombre se tragaba turnos ahí abajo, yendo y viniendo de estaciones circundantes, lunas y naves.

—Es un trabajo de mierda, pero es mejor que nada —dijo Merc cuando Davin lo encontró fuera de la bahía dos, después de haber aterrizado tras un salto a un crucero con rumbo a la Tierra que pasaba cerca—. Al menos no tengo que sonreír todo el día.

—No es tan malo como suena —Davin levantó el vaso de mojito.

—Tienes razón, supongo —Merc entrecerró los ojos mirando a Davin—. ¿Ya estás borracho, capitán?

El piloto de combate tenía una constitución pequeña, siempre pareciendo que estaba a punto de saltar en cualquier dirección. Una mano rápida con la mayoría de las armas y lo suficientemente arrogante para usarlas, Merc también tenía las agallas para enamorarse de la paciente más letal que Davin conocía. Los dos se equilibraban, una armonía mortal.

Él y Phyla podrían y deberían aprender de su ejemplo.

—¿Borracho? Qué va, este es solo el primero —Davin observó a los pasajeros, al personal de mantenimiento que se afanaba a su alrededor. El amplio pasillo tenía sus paredes cubiertas de carteles que anunciaban ofertas en viajes actuales y futuros, tentando tanto a novatos como a veteranos que partían. Una melodía pegadiza sonaba por los altavoces inactivos.

La privacidad no era una preocupación.

—¿Tienes tiempo para apartarte un minuto?

Merc miró uno de los relojes digitales que abrazaban las paredes, líneas verdes suaves difíciles de ver, como para decir que el tiempo no importaba mientras estuvieras aquí fuera navegando.

—Tengo una hora antes de mi próximo vuelo. —Merc pareció darse cuenta de que Davin normalmente no estaría aquí abajo, y señaló una habitación lateral—. Vamos, apuesto a que no hay nadie allí.

La pequeña sala de descanso no estaba del todo desierta, pero Merc le lanzó a la única otra ocupante una mirada que decía que debería dar un paseo, y la limpiadora se encogió de hombros y se marchó. Davin y Merc se acomodaron en sillas delgadas como raíles frente a una mesa de cartas inundada de manchas de café.

Sin esperar la invitación de Merc, Davin soltó los detalles. Roxley, las armas, la misión para la reunión. Al final, Merc levantó una sola mano.

—Entonces, ¿qué quieres que haga al respecto? —preguntó Merc—. Suena como si esto fuera el trabajo de Viola.

—Quería ver si tenías alguna idea.

—Sí, acabo de dártela. Pregúntale a Vi. Si alguien puede hackear este sitio, ella y su bot pueden.

Vale, Davin ya había pensado en eso. Era la respuesta obvia, pero si quieres una cuarta regla sobre ser un buen capitán mercenario, obtener opiniones de toda tu tripulación suele ser una buena idea.

—Necesitamos una pista sobre dónde buscar —dijo Davin.

—¿En la red del barco, quizás? —Merc seguía pareciendo confundido.

—Roxley dijo que los números no eran tan fáciles de acceder. Tienen su propio experto en informática con ellos. —Davin divisó unos bagels en el mostrador de la sala de descanso, se levantó y cogió uno. Canela con pasas—. No lo dijo, pero apuesto a que si estos números estuvieran ahí mismo en la red, Roxley ya los tendría.

—De nuevo, Davin, le estás preguntando a la persona equivocada.

¿Tostar o no tostar? Davin miró el bagel, lanzó una moneda mental, con la menta del mojito todavía bailando en su boca. Tostar, entonces.

—¿Recoges nuevos pasajeros en estos vuelos, verdad? —preguntó Davin.

—¿Claro?

—¿Nuevos pasajeros significan nuevas cuentas?

Merc se retorció en su asiento mientras el bagel se freía en la pequeña tostadora plateada. —Introducen la información cuando llegan. Hay una terminal justo ahí en la bahía.

Davin abrió una bonita nevera, encontró queso crema. El envase tenía un envoltorio del *Galaxy's Song*. El cuchillo sin filo para untar también tenía el logotipo del barco en su empuñadura.

—Pero Davin, si estás pensando lo que creo que estás pensando, colega, esa terminal está vigilada —dijo Merc—. No por algún matón sobornable, sino por un bot. Es uno amistoso, todo vestido como un botones de hace un par de cientos de años, pero apuesto a que te convertiría en un pretzel si intentaras hackear esa máquina.

—Pretzels —asintió Davin—. Esos sí que suenan sabrosos.

El bagel saltó. Davin comenzó a untarlo. Justo la capa adecuada.

—¿Seguro que no estás borracho? —preguntó Merc.

—Vale. Pensando. —Davin se dejó caer de nuevo en la mesa, con el bagel fresco listo para ser consumido—. Necesitamos darle a Vi acceso a tu terminal.

—Genial, sí, suena bien —Merc observó a Davin dar un mordisco. El bagel se derritió en la boca de Davin, delicioso

—. Simplemente la traeré, dejaré que eche un vistazo. A nadie le importará. O, ya sabes, tal vez simplemente nos maten.

—Nadie va a matarte en un crucero —dijo Davin, con las palabras pastosas por el bagel en su boca—. Malo para el negocio.

—¿Sí? ¿Cuánta simpatía vamos a conseguir de estos pasajeros cuando descubran que estamos intentando robar todas sus cuentas?

La puerta de la sala de descanso se abrió de golpe, entrando otros dos trabajadores. Davin levantó su bagel en señal de bienvenida mientras ellos lo miraban fijamente, sin duda buscando una insignia de la *Galaxy's Song* que no estaba allí.

—Juega con ello un rato —dijo Davin, poniéndose de pie—. Quizás se te ocurra algo.

De camino a la salida, el capitán agarró la otra mitad del bagel. Tenía un largo paseo por delante, un buen tentempié era necesario.

El centro de la *Galaxy's Song* se fusionaba en una aguja que sobresalía del casco de la nave como una espina de cristal. Si comprabas un billete, podías tomar un ascensor especial hasta el bulbo de la parte superior y unirte a una docena de invitados durante treinta minutos de vistas impresionantes. El cristal endurecido, envuelto con un escudo de energía que desviaba la radiación, ofrecía una vista sin adornos pero emocionante de los anillos de Saturno.

Y a un determinado capitán mercenario, firmando autógrafos y contando historias durante el resto de la tarde.

—¿Veis ese de ahí? —Davin señaló un punto aleatorio, uno poco más grande que una mota de polvo. Los ojos, la mayoría vidriosos por el vino o barnizados por el licor, siguieron su dedo—. Ese es Europa, y os diré que es el mejor lugar para ir si quieres sentirte mejor sobre cualquier sitio en el que hayas estado.

Un par de risas por lástima. Davin tendría que trabajar en la forma de contarlo. No obstante, transformó la incómoda transición en la historia sobre Eden Prime, sobre androides y conspiraciones y una chica fugitiva.

Una chica fugitiva, notó Davin, que se había colado fuera del último ascensor. El robot de Viola, Puk, flotaba con ella, la pequeña cosa suspendida como un globo en el fondo. Ambos fijaron la mirada en Davin, y el ceño de Vi se profundizaba cada vez que Davin añadía un embellecimiento. Había descendido a una mirada fulminante completa cuando Davin se alzaba triunfante sobre el terraformador en ruinas.

—Gracias por escuchar —dijo Davin—. Voy a buscarme una bebida y regreso, disfrutad mientras tanto.

Un pequeño bar automatizado se encontraba cerca del ascensor en el centro, su selección disponible en cantidades precisas para cualquiera con el dinero para gastar. Viola, lamentablemente, se plantó frente a la máquina, impidiendo que Davin accediera al refresco que sin duda merecía tal historia.

—¿En serio? —preguntó Vi cuando Davin intentó esquivarla y pulsar el botón para algo, cualquier cosa—. ¿Estás tan desesperado?

—Mira, intenta contar las mismas historias todos los días. Requiere resistencia.

—¿Sabes qué más requiere resistencia, Davin? —Vi se apartó, dejando que Davin martilleara una petición—. Aguantar todas las tonterías que me echas encima.

Con el Cabernet conseguido, Davin llevó el vaso de plástico y su contenido rojo rosáceo a una mesa vacía. Vi le siguió. La mayoría de las mesas estaban desocupadas, los invitados optando por aplastar sus narices contra el cristal, probablemente decidiendo dónde gastar a continuación sus infinitos saldos bancarios.

—¿Tonterías? Vi, uno, nos apuntaban con armas a la cara —dijo Davin, agitando el vino. Aireándolo, como dirían estas personas—. Si no hubiera cerrado un trato, estarías recogiendo nuestros cuerpos congelados ahí fuera. Dos, dije un trato. ¡Un trato! Hacemos esto, conseguimos a Alissa. Conseguimos respuestas. Quizás incluso consigamos paz. —Davin se recostó en la silla, levantando el vino en un brindis burlón—. Creo que es bastante bueno.

—Así que ahora somos ladrones. No mercenarios, no personas intentando ayudar a salvar el sistema solar, solo ladrones.

—Hay que romper algunos huevos para hacer una...

—Si dices tortilla, Puk te disparará ahora mismo.

El robot hizo un ruido curioso:

—¿Yo qué?

Davin salpicó su vino hacia la máquina flotante:

—Puk no tiene una pistola encima.

El ceño fruncido de Vi se transformó en una sonrisa maliciosa:

—No que tú sepas. —Volvió a ponerse seria—. Mira, mi punto es que no sabemos quiénes son todas estas personas. Tampoco sabemos qué va a hacer este tipo con el dinero.

—Nos dijo que los rebeldes lo necesitan —Davin se encogió de hombros—. Me parece que eso es una respuesta.

—¿Una que crees?

Oh, sí. Parece que hay algo más que tienes que hacer para ser un buen capitán: aguantar a tu tripulación.

—¿A quién le importa, siempre que consigamos esa reunión? —dijo Davin.

Vi contraatacó, desplegando escenarios terribles donde, con dinero en abundancia, Roxley desataba el infierno sobre pequeños puestos avanzados. Contrataba y desplegaba otras estafas, o creaba una fuerza mercenaria propia y sumía al sistema solar aún más en el caos.

—Vale —dijo Davin—. Estás presionando fuerte. Te conozco lo suficiente para adivinar que tienes algo más en mente, ¿no?

La mirada de cruzada de Vi flaqueó:

—No algo totalmente diferente. Solo, como, jugar más seguro.

—¿Mediante?

—Todavía conseguimos las cuentas, ¿verdad? Pero no las entregamos hasta que hablemos con Alissa y confirmemos lo que este tipo está diciendo.

—¿Así que conseguimos la reunión y mantenemos nuestros escrúpulos? —Davin hizo un espectáculo bebiendo el vino, reflexionando sobre la idea—. ¿Y si vamos un paso más allá?

Vi se inclinó hacia delante. Puk también se acercó flotando. La dulce, dulcísima tentación de la conspiración.

—¿Qué tal si nos quedamos con todo el dinero nosotros mismos y olvidamos la reunión con Alissa?

La chica retrocedió tambaleándose. Puk emitió un graznido indignado, que quedó tapado por el anuncio del ascensor de que se acababa el tiempo para el grupo actual de visitantes.

Davin se rio. Se sentía bien bromear con la chica.

—Mira —dijo el capitán—, vamos a conseguir esas cuentas, y vamos a conseguir esa reunión. Ya sea Roxley esté diciendo la verdad o no, lo que haga con el dinero, eso es cosa suya. No nuestra.

—Entonces no voy a ayudar —dijo Vi—. Buena suerte consiguiendo esas cuentas sin mí.

Davin terminó el resto del vino. En unos minutos llegaría la siguiente tanda, y tendría que empezar todo el discurso de nuevo. Viola debería saber a estas alturas que la vida aquí fuera era complicada, que había que hacer compromisos.

—Roxley no vendrá con nosotros a buscar a Alissa —dijo Davin, anticipándose al inevitable "¿cómo lo sabes?" con un solo dedo levantado—. Si nos da algo, será una ubicación y un número de contacto. Luego desaparecerá. —Davin mantuvo el dedo levantado—. Pero más que eso, ¿Vi? Hicimos un trato, y voy a cumplirlo. Si no te gusta, eres libre de comprar tu propia salida de la nave.

La mirada fulminante de Vi regresó. Se apartó de la mesa.

—Quizás has olvidado quién soy —le dijo a Davin—. No puedes mangonearme. Llamo a Eden y estarán aquí tan rápido como puedan. Entonces, ¿qué va a ser, capitán?

Davin la miró fijamente. La chica despistada de Europa ya no estaba tan despistada.

—Vale —Davin se apoyó en los codos, tratando de atraerlos de nuevo, pero esta vez Viola y Puk mantuvieron su distancia de enfrentamiento—. Usé este truco una vez en Fobos. Creo que es hora de darle otra vuelta.

Davin levantó su segundo cabernet hacia Vi y Puk mientras desaparecían por el ascensor. Habían aceptado el plan, y Vi se dirigía al hangar de lanzaderas de Merc para echar un vistazo al terminal. Con suerte encontraría una clave para conseguir las cuentas. Si no, Davin conseguiría a Mox e irían por las malas.

Hasta entonces, Davin tendría que decidir a quién había mentido: a Roxley o a Vi. Pensarías que sería una elección fácil, pero tan pronto como Roxley se diera cuenta de la farsa, los Nueve estarían jodidos de seis maneras distintas.

Pero, en realidad, si ibas a ser capitán, la tripulación estaba por encima de todo lo demás.

Al menos, eso es lo que Davin se decía mientras la última multitud previa a la cena abandonaba la punta de la espina. Davin les despidió con la mano, luego se empapó de una vista en solitario mientras el ascensor hacía su recorrido.

Saturno cumplía su parte del trato, sus anillos borrosos de cerca y más hermosos por ello. Una luna —Davin no podía decir cuál— hacía una clara aparición a la izquierda, su masa eclipsando algo de polvo estelar dorado. Abajo y a la derecha, los motores marcaban otra nave que partía.

—¿Davin Masters? —preguntó una voz, justo después de que la campanilla del ascensor señalara su regreso.

El capitán se dio la vuelta, esperando algunos buscadores de autógrafos de último minuto. En su lugar, tres uniformes blancos impecables, con costuras marcadas por los colores azul y dorado de la *Galaxy's Song*, el parche de Saturno en el pecho, lo saludaron. El hombre más cercano, el que se dirigía a él, mantenía una sonrisa relajada, las manos libres, pero Davin prestó más atención a sus amigos y a cómo sus propias manos casi abrazaban sus porras aturdidoras.

—Me habéis encontrado —Davin levantó su cuarto cabernet en un brindis achispado—. No creo que tenga un compromiso para cenar hoy, pero oye, podría equivocarme.

—Ahora lo tiene —dijo el hombre—, con la capitana.

Davin asintió, como si esto fuera lo más esperado. Le añadió un giro extra, su pie deslizándose un poco con el movimiento. Los cabernets le habían dejado un poco mareado, pero algo en estos tipos le estaba despejando rápidamente. Mejor hacerles creer que había dejado el sentido y la sensatez muy atrás.

—Lo siento, amigo mío —dijo Davin, exagerando un arrastre de palabras—. No creo que sea buena compañía.

La sonrisa del hombre se tensó:

—A ella no le importará. ¿Si fuera tan amable?

De camino a la salida, Davin dejó su última copa en el bar, aún con cabernet dentro. Adonde iba, no lo necesitaría.

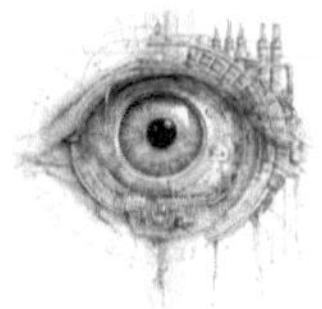

GIRO EN EL VACÍO

Para un navío tan grande como el *Galaxy's Song*, el puente de mando no dejaba dudas sobre dónde estaba el beneficio. Un estrecho ascensor oculto tras brillantes, amistosos carteles de *solo personal autorizado* llevó a Davin y su escolta de tres hombres abajo, más abajo y aún más abajo.

—No os caen muy bien, ¿eh? —preguntó Davin mientras el ascensor descendía por debajo de los camarotes de pasajeros.

Nadie respondió. Davin había estado lanzándoles pullas durante todo el camino, la mayoría de las bromas rozando lo demasiado estúpido para contarse. Pero no sin propósito: cada juego de palabras, cada pulla que decía era captada por el auricular de Davin y transmitida a la tripulación.

Si Phyla y Opal no tenían a los Nueves listos para una pelea, una huida o algo peor a estas alturas...

—¡Capitana Parvi! —anunció Davin cuando se abrieron las puertas del ascensor, revelando el tenue conjunto de estaciones de trabajo que formaban el puente. Una estrecha rendija ofrecía una vista real al espacio, desvaída por las veinte pantallas que abarrotaban una sala no mucho más grande que la suite de Roxley—. He oído que quieres hablar conmigo.

Parvi, como parecía hacer siempre que veía a Davin, suspiró tan profundamente como era posible suspirar. Su uniforme, tan impecable como los demás, solo tenía una elegante gorra para diferenciarlo. También estaba de pie, mientras sus compañeros del puente permanecían sentados en sus puestos. La mayoría llevaba auriculares y no prestaba la más mínima atención a la llegada de Davin.

Comprometidos, o quizás informados de antemano de que esta no sería una conversación pública.

—Capitán Masters —respondió Parvi, sin molestarse en forzar la sonrisa que había fingido cuando los Nueves aterrizaron por primera vez en su nave—. Lamento llamarte aquí con tan poca antelación, pero ha habido un acontecimiento.

Davin se puso su sonrisa de sinvergüenza y colocó las manos en las caderas. Si hubiera tenido un palillo para mordisquear, habría sido perfecto.

—¿Un acontecimiento positivo? —preguntó Davin, oyendo cómo el trío de guardias se desplegaba tras él, cubriendo la ruta de vuelta al ascensor—. Porque, Parvi... ¿puedo llamarte Parvi? —Ella negó con la cabeza, pero Davin siguió de todos modos—. Parvi, aprecio muchísimo lo que nos has dado a mí y a mi tripulación, pero quiero que sepas que los mojitos del bar de la piscina...

—¿Los mojitos? —los ojos de Parvi casi se salieron de su cabeza.

—Sí, creo que es el tercer bar desde la proa. El robot los está aguando. Deberías hacer que revisen sus circuitos.

Parvi parpadeó.

—Eh, no, Capitán Masters, yo...

—Davin. Ambos somos capitanes, ¿verdad?

—Davin, entonces. Sabes que os acogimos a bordo por generosidad...

—Ajá.

Parvi reunió fuerzas, como una tormenta formándose. Davin podría haber interrumpido más, desestabilizarla, pero el efecto del vino ya había pasado. Era hora de poner este espectáculo en marcha.

—Con toda la intención de dejaros marchar al final de este viaje —continuó ella—. Pero parece que Edén te ha declarado enemigo de la Tierra.

—Curioso, recuerdo haber salvado ese planeta.

Una sonrisa compasiva.

—Tal como están las cosas, no puedo tener un criminal en mi nave, y menos uno con tu notoriedad.

—Dame unas horas y nos habremos ido, Parvi. Sin daño, sin falta.

Siempre y cuando, claro está, Viola y Merc pudieran conseguir esas cuentas para entonces. Si no, ganar tiempo, ganar tiempo y ganar más tiempo.

—No tendrás unas horas. —Parvi, por un momento, pareció mostrar genuina pena, desvaneciéndose la irritación en preocupación—. Todo esto ha surgido porque una fragata de Edén se acerca. Parece que te han seguido desde Freestar.

—¿Quieren bailar un tango?

—Quizás. Han enviado una lanzadera que abordará nuestra nave en cinco minutos.

Oh, Parvi. Qué jugada más sucia esperar hasta ahora para decírselo.

—Parvi, pensaba que éramos amigos —Davin hizo un puchero, dejando que su mente trabajara a toda velocidad —. ¿Esto es lo que me haces?

—La mayoría de nuestros pasajeros vienen de territorio

de Edén, Davin. Necesito mantenerme en su lado bueno. Lo siento.

—Ya lo creo. —Davin miró por encima del hombro a los guardias—. ¿Se supone que estos chicos deben mantenerme aquí hasta que llegue Edén?

—Espero que elijas esperar educadamente. ¿Puedo conseguirte uno de esos mojitos, si quieres?

Parvi tenía genuina esperanza en su expresión, sinceridad en esos ojos. Quizás los capitanes de crucero podían mantenerse aislados de los sombríos desenlaces que Davin veía tan a menudo. Como el que estaba a punto de provocar.

—Claro, tomaré uno —dijo Davin—. No tiene sentido que me arresten sobrio, ¿verdad?

Parvi, haciendo exactamente lo que Davin esperaba, asintió a uno del trío, quien llamó al ascensor, comisionado para traer bebidas.

—Entonces, ¿me quedo aquí de pie hasta que lleguen los matones o tienes una silla para mí? —preguntó Davin.

Parvi señaló más allá de Davin, a la izquierda del ascensor, donde varias sillas estaban fijadas a la pared. Probablemente destinadas a visitantes o turistas que querían ver alguna maniobra desde la perspectiva del capitán.

Davin le guiñó ligeramente el ojo a Parvi, se dio la vuelta y sonrió al guardia principal. Mientras Davin daba el primer paso hacia las sillas, el ascensor llegó, las puertas se abrieron con un tintineo.

Completamente abiertas.

Con el pie izquierdo plantado, Davin se lanzó hacia el ascensor abierto. Con el brazo izquierdo, Davin apartó al guardia de atrás a la izquierda, empujándolo directamente contra las sillas. El de la derecha, el hombre del mojito, comenzó a girarse por los gritos, justo a tiempo para que Davin lo empujara con el hombro dentro del ascensor. Algo, alguien, agarró la chaqueta de Davin, la de cuero negro del capitán, pero la tela resultó demasiado resbaladiza.

Con el guardia empujado en el suelo del ascensor, Davin giró mientras atravesaba las puertas, golpeando con la mano el teclado, presionando cualquier botón que lo alejara de allí. Mirando hacia el puente, vio al guardia principal corriendo hacia él, con Parvi detrás, con la mano en la frente.

Bien, un dolor de cabeza era lo mínimo que merecía por tenderle una trampa así a Davin.

La porra aturdidora del líder resultó un problema más inmediato, especialmente porque el ascensor no quería cerrarse con algo en medio. Davin retrocedió contra la pared del ascensor para esquivar el primer embate, luego se lanzó hacia delante para agarrar el brazo del guardia principal e inmovilizar la porra hacia fuera.

—Suéltame —dijo el guardia, con su cara bien afeitada, demasiado pulcra y su aliento a menta justo en la cara de Davin.

—Nah —respondió Davin, y le propinó un buen cabezazo.

Ahora bien, estampar la cabeza contra otra era una jugada arriesgada. Si lo hacías mal, Davin se haría tanto o más daño que el otro tipo. La clave, como Davin había aprendido tras demasiados intentos fallidos, era conectar su duro cráneo con las partes carnosas de su oponente.

En otras palabras, Davin apuntó a la nariz.

La frente del capitán asestó el golpe, aplastando algo de cartílago y haciendo retroceder al guardia principal unos pasos, manchando de rojo brillante ese uniforme tan elegante. La porra aturdidora cayó al suelo mientras el guardia se llevaba las manos a la cara para contener el flujo.

Malas decisiones por todas partes, demostrando que el

Galaxy's Song no invertía mucho dinero en sus fuerzas de seguridad. Mientras las puertas del ascensor, ahora despejadas, se cerraban, Davin se despidió con la mano de la tripulación del puente con los ojos como platos. Después de esto, probablemente estarían felices de volver a lidiar con borrachos en la cubierta de la piscina.

Un dolor abrasador subió por la pierna izquierda de Davin, adormeciéndola tan pronto como la descarga la recorrió. Davin pateó por instinto, estrellando la cabeza del guardia contra la pared del ascensor y dejándolo inconsciente. Cayendo sobre una rodilla, con su pierna izquierda ya sin interés en funcionar correctamente, Davin arrancó la porra aturdidora y le dio también una buena descarga.

—Eso sonó divertido —dijo Phyla, su voz fluyendo en el auricular de Davin—. Supongo que no vas a conseguir ese mojito.

Davin miró los números del ascensor, los pisos ascendentes en azul fluorescente sobre negro.

—Me dirijo al bar ahora mismo, ¿quieres uno?

—¿Qué tal si lo dejamos para otro día y traes tu culo de vuelta aquí?

Davin probó su pierna, casi se cae de bruces.

—Sobre eso. Se pasaron un poco con el aturdidor. Mi pierna izquierda estará fuera de servicio un rato.

—¿Estás diciendo que necesitas ayuda?

—Puedo cojear con los mejores, pero agradecería que me recogierais.

—Te tengo —la voz de barítono de Mox entró—. Mantén tu posición.

El ascensor llegó a su destino, se detuvo y abrió las puertas mostrando la abarrotada cubierta principal. Estar detrás de los letreros de *solo empleados* significó que ni un alma se molestó en apartar la mirada de sus cervezas para ver a Davin tambalearse hacia fuera.

—Sí, la mantendré —dijo Davin, derrumbándose contra la pared a la izquierda del ascensor. Las puertas se cerraron de nuevo, el ascensor probablemente dirigiéndose de vuelta para recoger a nariz sangrante y a su compañero—. ¿Cómo va nuestra hacker?

—No soy una hacker —dijo Vi, su señal entrecortada—. Soy ingeniera, muchas gracias.

—¿Y?

—Y si Merc puede seguir adulando a esta gente unos minutos más, creo que lo conseguiremos.

Davin apoyó la cabeza contra el frío metal. Se sentía bien. Un dron pasó zumbando con un folleto con el nombre de Davin, su foto, un anuncio para una cena con el héroe de la Tierra.

—Phyla, ¿sigues ahí?

—Aquí estoy. Opal está preparando el Jumper.

—Parvi dijo que una lanzadera de Edén venía de camino. ¿Puedes confirmarlo?

—Ya no está de camino —la voz de Viola de nuevo—. Está a una bahía de distancia, pero están ignorando a Merc y a mí.

—Hablando de poder estelar —murmuró Davin. A su lado, el ascensor zumbaba aproximándose—. Mox, tío, ¿dónde estás?

Una pregunta inútil: si Davin hubiera dedicado un segundo a mirar, a escuchar, habría oído y sentido el acercamiento de Mox. El hombre metálico retumbaba en la cubierta principal, turistas y personal dispersándose ante su carrera. El ascensor anunció su llegada. Mox irrumpió a través de los letreros.

Con un zumbido, la puerta del ascensor se abrió mientras Mox se detenía frente a él, Davin mirando cómo su amigo cruzaba los brazos y ponía su mejor cara de malo.

—Creo que ibais hacia abajo —dijo Mox a las personas dentro, a las que Davin no podía ver, a las que oyeron las palabras de Mox, a las que dudaron—. Ahora.

Un botón hizo clic, la puerta del ascensor se cerró y el elevador se alejó a toda velocidad. Mox giró, recogió a Davin tan fácilmente como Davin había recogido aquellas gambas en el desayuno.

—No tienen agallas, ¿verdad? —dijo Davin mientras Mox, sosteniendo a Davin como a una princesa de cuento de hadas, cruzaba corriendo la cubierta.

—Yo los llamaría listos —respondió Mox.

Merc y compañía manejaban lanzaderas desde los niveles inferiores, pero el *Galaxy's Song* daba a sus grandes apostadores —y a los invitados famosos— espacios especiales a lo largo de la planta principal, lo más fácil para sacar el dinero y meterlo en los bolsillos de Parvi. Las cinco bahías colgaban cerca de la popa, donde los motores del gran crucero estropeaban la vista, por lo demás perfecta.

—¿Siguen abiertas? —preguntó Davin, disfrutando del viaje en brazos de Mox. La pierna izquierda no volvería pronto—. ¿Las bahías?

—Los motores del *Song* no están encendidos —respondió Phyla—. Más vale que mováis el culo antes de que piensen en cerrarlas.

Mox gruñó, con la respiración por lo demás uniforme mientras esquivaba a algunos y arrollaba a otros en su travesía por la nave. Los turistas miraban boquiabiertos, el personal maldecía y los drones giraban alejándose. Davin lanzaba sonrisas y guiños, sabiendo que cada uno de estos bromistas llevaría esta historia a sus colegas, aumentando aún más su leyenda.

Esas tarifas por aparecer en público iban a subir.

Una luz creciente desvió la mirada de Davin de los espectadores hacia el cristal de arriba, donde varias naves espaciales pasaron volando rozando el crucero. Lo suficientemente cerca para que Davin reconociera los colores verdes, la estructura en forma de aguja que prefería la compañía menos favorita de todos.

—Acelera el paso, colega —le dijo Davin a Mox—. Van a acorralarnos.

—Davin —interrumpió Phyla—. Tenemos que saltar o no saldremos de aquí. Si esos cazas consiguen un buen ángulo, seremos historia nada más salir de la bahía.

—Más les vale no disparar contra mi nave.

—¿Te importaría pedirles que no lo hagan?

—Lo haré, pero no de la forma que les gustaría —dijo Davin, y luego dio un golpecito a Mox, una punzada con el dedo justo entre las garras metálicas negras que envolvían el pecho del hombre. Desde un centímetro de distancia, Davin vio más de lo que le hubiera gustado sobre los oscuros nódulos enterrados en la piel de Mox, transmitiendo señales desde el cerebro del hombre a sus extremidades metálicas—. Cambio de destino, amigo mío. Vamos a los propulsores.

—¿Estás seguro? —respondió Mox entre respiraciones, sin reducir el ritmo.

—¿Oyes alguna duda en mi voz?

Mientras Mox se desviaba a la derecha para esquivar un carrito de bebidas, Davin extendió un brazo y agarró una lata de algo. La abrió y dio un trago. Refresco de cereza.

Podría haber sido algo más fuerte.

Detrás de Mox, con Davin mirando por encima del hombro del hombre, un ritmo verde bosque uniforme y saltarín se balanceaba. Los soldados del transbordador de

Eden, en pie y fuera, persiguiéndolos con lenta y constante confianza.

—Vi, ¿me das algunas buenas noticias? —preguntó Davin.

—Pues estamos llegando —crepitó el comunicador de Viola—. Merc está aquí conmigo. Hemos bloqueado la puerta.

—¿Qué? ¿No decías que os estaban ignorando?

—Conozco a un tipo —intervino Merc, sonando sudoroso, tenso—. O él me conoce a mí. De los tiempos de la Tierra, así que estamos improvisando un poco. Pero no te preocupes, capitán. El bot de Vi nos tiene cubiertos.

—¿Cómo vais a salir de ahí? —Davin echó otro vistazo por encima del hombro de Mox y vio que seguían ganando terreno a los soldados de Eden. Bien—. No me gustan vuestras probabilidades en un tiroteo.

—Tenemos un buen transbordador atascado con nosotros —respondió Merc—. Si Vi consigue esas cuentas en los próximos cinco minutos, estaremos bien. A menos que este crucero tenga algún arma.

—Merc —Opal, tan seria como Davin nunca podría ser, interrumpió—, más te vale esquivar cualquier cosa que esta ballena obesa pueda disparar, o mejor no vuelvas.

Merc se rió.

—Reto aceptado, cariño.

Antes de que Davin pudiera pensar en otra pregunta, Mox giró, bajó el hombro y embistió a dos empleados vestidos de blanco y la puerta que había detrás de ellos. El fino portal conducía directamente a los motores, o más bien, a los monitores apilados uno encima de otro que controlaban los grandes propulsores del *Galaxy's Song*.

La mayoría de las naves de este tamaño ejecutarían todo desde el puente, igual que un humano no tiene cerebro en los pies, pero un pie, a diferencia de un motor, no explotaría si algo saliera mal, así que el crucero mantenía sus controles manuales aquí atrás. Cuidándolos había un hombre chupando un palito de cafeína, un hombre que miró, vio a Mox atravesar la puerta de un golpe y tomó la decisión inteligente de apartarse.

—Davin, si tienes una idea, ahora es el momento —dijo Phyla mientras Mox dejaba al capitán en la silla del hombre—. Nos tienen bloqueados.

—Vigila la puerta —le dijo Davin a Mox, que volvió a salir, arrancó las porras aturdidoras de los nerviosos empleados y los mandó a paseo—. Phyla, prepara el Jumper. Tendrás una pequeña ventana.

Llevándose la mano a la oreja, Davin bajó el volumen de su comunicador mientras mostraba los dientes al subordinado de los motores.

—¿Qué tal si me ayudas a poner estos chicos a toda potencia?

—¿A toda potencia? —El hombre parecía a punto de iniciar una discusión, así que Davin le interrumpió alcanzando la consola y pulsando botones—. ¡Maldita sea, tío! —El tipo se abalanzó hacia delante, agarrando las manos de Davin—. Nos matarás a todos. Si quieres poner en marcha los motores, haz esto.

El hombre tomó el control, accionó varias palancas. Un anuncio tranquilo resonó por toda la nave, diciéndole a todo el mundo que no prestara atención a las sacudidas, que la nave solo estaba haciendo un ligero cambio de rumbo. Davin observó las elecciones del hombre, esperó hasta que terminó, y luego el capitán de los Nueves sacó su porra aturdidora y golpeó al pobre tipo.

—Nada personal, colega —dijo Davin al cuerpo entumecido en el suelo—. No puedo dejar que arruines nuestra gran fuga.

—¡El tiempo se acaba, Davin! —gritó Mox desde fuera.

—Has oído al hombre, Phyla —dijo Davin—. ¿Ya no están esos cazas?

—Se han marchado, pero no voy a volar hacia esa estela —respondió Phyla.

—No tendrás que hacerlo. Cuenta hasta cinco, y luego sal disparada de ahí.

—¿Qué vas a hacer?

—Mox y yo seremos creativos, no te preocupes.

—No estaba preocupada, solo tenía curiosidad.

Ah, Phyla. Siempre mostrando su amor.

Davin le hizo el favor de contar en voz alta, llegando a cinco y deslizando los controles justo como lo había hecho el cuerpo en el suelo un minuto antes. Los motores tartamudearon, su empuje total muriendo rápidamente, pero la nave, grande y lenta como era, no se dio por enterada.

El vacío, algo hermoso.

—¡Estamos fuera! —gritó Phyla, y Davin, con un hormigueo apenas perceptible volviendo a su pierna izquierda, se apartó de la consola.

—Mox, hora de irnos —llamó Davin.

Mox no respondió, obligando a Davin a girar en la silla de la consola. Fuera de la puerta destrozada, el *Galaxy's Song* era una zona de guerra. Sonaban nuevas alarmas, la urgente Capitana Parvi ordenando a todos los invitados que volvieran a sus camarotes hasta que se resolviera el disturbio. Bebidas abandonadas, drones confundidos, personal escondido detrás de carritos de comida proporcionaban el telón de fondo para un escuadrón de Eden enfrascado en un cauteloso tiroteo unilateral con Mox.

El hombre del exoesqueleto se había agazapado tras un

carrito de palomitas robado y volcado. El mostrador metálico de la cosa, probablemente hecho para desviar las manchas de mantequilla, resultó ser una defensa adecuada contra el fuego esporádico.

Parece que Eden quería mantener las cosas controladas.

Davin, deslizándose hasta la esquina de la puerta, miró hacia fuera. Supuso que la compañía no tenía muchas ganas de añadir más mala publicidad a su plato disparando contra una nave civil, particularmente una que transportaba a los aliados políticos de Eden, los peces gordos de la Tierra que financiaban su expansión.

Así que en su lugar los doce soldados se desplegaron, usando el ocasional disparo para mantener a Mox agachado. En unos segundos más tendrían a Davin y a su amigo rodeados.

—Nuevo plan, Mox —dijo Davin.

—¿Nuevo plan? ¿Cuándo ha sido algo de esto un plan? —dijo Mox, girándose para poner su espalda contra el carrito y sus ojos furiosos en Davin.

—Ya sabes cómo lo hacemos —respondió Davin, y luego volvió a la consola.

Una aceleración directa no haría mucho en el vacío, ¿pero una parada brusca? ¿Una inversión? La física sería su amiga.

—Supongo que no me ayudarás con eso —Davin miró hacia abajo, al ingeniero aturdido—. ¿No? Bueno. ¡Mox, entra aquí!

El hombre metálico siguió el consejo, ignoró las llamadas de Eden para que se rindiera e hizo un salto salpicado de láser hacia la sala de control del motor.

—Sujeta esa puerta y gáname un minuto.

Mox obedeció, levantando el panel roto y sosteniéndolo lo mejor que pudo para llenar los huecos en el portal rectangular. Davin volvió a la consola, intentó leer los números, las pantallas.

Pilotar el Jumper era bastante simple: una palanca de vuelo, una única palanca que controlaba el empuje. La marcha atrás, una opción mucho menos potente que usaba solo los chorros de maniobra, requería un único interruptor.

El *Galaxy's Song* parecía tener algo similar, una opción débil resaltada para ayudar con las maniobras de acoplamiento, pensada para cuando el gran crucero ya estaba avanzando lentamente. Eso no generaría la fuerza que necesitaba, así que...

—Date prisa y haz algo, tío —gruñó Mox—. Están derritiendo mi panel.

—Siempre quejándote.

Los motores tampoco tenían una forma de pilotear la nave, como era de esperar. Lo que significaba que Davin tendría que ser creativo. Primero, golpeó la sección que controlaba los chorros de maniobra del *Galaxy's Song*, activando el grupo hacia la popa de la nave. Un zumbido comenzó bajo los pies de Davin, el crucero entrando en un lento giro mientras su velocidad hacia adelante se mantenía sin cambios.

—Entregaos —llamó una nueva voz, una mujer cuyo tono decía que no creía que los Nueves fueran a hacer tal cosa.

Más preocupante era lo cerca que sonó la llamada: los combatientes de Eden debían estar justo fuera de la puerta, esperando, con la esperanza de evitar un derramamiento de sangre. Y, quizás, necesitando llevar a Davin y Mox con vida.

Tampoco haría maravillas para las relaciones públicas tener al antiguo héroe de la Tierra abatido a tiros, desarmado, a la vista del público.

—Hay que amar ser famoso, ¿verdad? —dijo Davin. Antes de que Mox pudiera responder, el capitán giró la cabeza y gritó hacia la puerta—. ¡Estamos desarmados! ¡No disparéis!

Ganando tiempo.

El *Galaxy's Song* alcanzó un perfecto ángulo de noventa grados, sus motores no exactamente donde debían estar. Los chorros de maniobra seguían funcionando, todavía sin empujar contra el impulso de la nave.

—¿Qué demonios estás haciendo? —preguntó Mox.

—Una vez más, Capitán Masters. Salid con las manos libres —llamó de nuevo la líder del escuadrón.

—Tira la puerta a un lado, deja que nos vean —dijo Davin.

Su auricular zumbó, Phyla describiéndole cómo habían salido disparados por detrás, cómo ella y Opal estaban enfrascadas en un tiroteo con la nave de Eden. Viola tenía mejores noticias: habían hackeado la base de datos, las cuentas estaban ahora en su unidad. Merc estaba poniendo en marcha su escape.

Todo iba bien para los Nueves, excepto esto de aquí.

Mox lanzó la puerta a un lado, se puso en el umbral con las manos en alto. Bloqueó la vista del escuadrón de Eden.

El crucero continuaba su giro.

—¡No disparéis! —gritó Mox—. ¿Qué queréis de nosotros de todos modos?

—Solo queremos a Davin. Tú puedes marcharte —respondió la líder del escuadrón.

—Mi tripulación no se amotina —gritó Davin a su vez—. Tengo que decir que esta es una forma muy agresiva de conseguir un autógrafo.

La líder del escuadrón no mordió el anzuelo, en su lugar se lanzó a una divagación sobre una serie de delitos, cargos, crímenes contra lo que fuera, a quién le importaba. El crucero alcanzó su objetivo, completando una orientación completa, con su trasero donde antes estaba su nariz.

La consola parpadeó. Alguien desde el puente intentando tomar el control. Por fin se habían dado cuenta, quizás cuando Saturno quedó boca abajo, de que las cosas ya no iban bien. El comunicador de la estación crepitó, Parvi preguntando al ingeniero qué demonios estaba haciendo.

—Capitana Parvi —respondió Davin, mientras la líder del escuadrón de Eden seguía enumerando sus exigencias—. Te recomiendo que te sientes.

Parvi maldijo.

—Vamos a entrar si no os vais ya —dijo la líder del escuadrón de Eden.

—De acuerdo —respondió Davin—. Habéis ganado. Vamos a salir.

Puso los motores en marcha, a toda potencia, y esperó que Mox estuviera listo para jugar a atrapar.

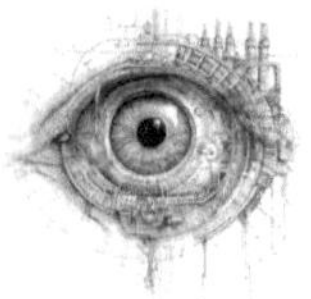

CUATRO

GOLPE DE LANZADERA

Los pobres combatientes de Eden no tenían adónde huir, nada a lo que agarrarse. Davin eligió avanzar, decidió no aferrarse a nada mientras se impulsaba desde su silla hacia Mox. La *Canción de la Galaxia* se sacudió con fuerza, un disparo completo en dirección opuesta que envió a todos dando vueltas sin control.

Mox, siendo Mox, pivotó, se sostuvo contra el marco de la puerta el tiempo suficiente para envolver a Davin con sus brazos y dejarse llevar por la fuerza. Como una pelota a cámara lenta, ambos rodaron hacia el caos.

Todos los objetos sueltos en la cubierta principal salieron volando. Platos, tazas, carritos enteros, el agua de las piscinas se liberó, girando para salpicar contra el suelo, entre ellos o sobre la desafortunada tripulación que no se había asegurado.

El escuadrón de Eden fue arrastrado junto con todo lo demás. Davin, seguro en los brazos de Mox mientras el exoesqueleto del hombre chirriaba contra el suelo lanzando chispas, se rio al ver a los infortunados soldados rebotando por todas partes, chocando contra esto y aquello.

—¡Aprovecha la inercia! —gritó Davin a Mox, mientras la fricción comenzaba a frenarlos.

Mox hizo lo que pudo, manteniendo su arrastre limitado a los bordes metálicos de su espalda. Los pies de Mox rebotaban en el aire, las piernas de Davin se enredaban con ellas como en un mal baile. Pasaron la sección restringida cerca de los motores y llegaron al pasillo que rodeaba la cubierta principal del crucero. Un dron, con sus propulsores confundidos, chocó contra el suelo junto a ellos, todavía anunciando a todo volumen las ofertas de bebidas de la noche.

—Gira —dijo Mox, soltando a Davin y colocando sus brazos sobre sus hombros.

Davin salió despedido, rodando al golpear el conducto. El capitán de los Nueve intentó verse tan bien como Mox, clavando sus manos en la pista elástica de falsa madera e impulsándose para intentar ponerse de pie. Su pierna izquierda, todavía entumecida, no quiso cooperar, haciendo que Davin diera un medio paso tambaleante antes de caer hacia delante.

Solo para que Mox, tras completar su giro, agarrara a Davin por su chaqueta y lo arrastrara consigo.

—¿Tengo que llevarte como a un bebé? —preguntó Mox, sosteniendo a Davin por su chaqueta.

—Sería agradable —respondió Davin—. Dirígete a los botes salvavidas, en medio de la nave.

—Ya lo suponía.

Mox recogió a Davin en sus brazos, cargándolo efectivamente como a un bebé. El exoesqueleto no resultaba la compañía más cómoda, pero Davin no iba a quejarse: era mejor que una celda de Eden.

El escuadrón disperso parecía estar reagrupándose, ya que algunos disparos salieron tras Mox, pero no parecían poner mucho empeño. Davin miró por encima de los hombros del grandullón, vio de nuevo a los combatientes de Eden quedándose atrás, tropezando.

Otra huida exitosa.

—Buena idea, Davin —dijo Mox entre respiraciones—. Incluso para ti.

—Creo que quieres decir, *como era de esperar de mí* —replicó Davin—. Las grandes ideas son lo mío, ¿sabes?

—Claro, excepto que siempre pareces meternos en situaciones donde necesitamos una.

—¿Recuerdas cuánto odiabas tu aburrida vida en la Luna?

—No recuerdo eso.

—Sí que lo hacías —dijo Davin—, podía verlo en tu cara. Cualquier excusa para marcharte.

—Falso.

Los botes salvavidas aparecieron a su izquierda, encajados en un nicho con banderines rojos solo para emergencias. Si alguna situación calificaba como tal, sería esta.

Davin y Mox se dirigieron al más alejado de los seis, cada uno de ellos una nave resistente y estrecha capaz de albergar hasta cien personas. Los botes colgaban como lampreas del costado de la *Canción de la Galaxia*, orientados hacia abajo para que, con la gravedad más leve, pudieran desprenderse sin necesidad de propulsión. Más allá de la puerta en espiral hacia el bote salvavidas, una plataforma circular esperaba para llevar a la gente a sus asientos, cada uno equipado con correas para mantener a las personas con vida.

A los Nueve no les importó lo más mínimo, con Davin deslizándose directamente en el asiento del piloto y activando la secuencia de lanzamiento. La gravedad artificial hacía que Davin se sintiera como si estuviera tumbado boca arriba, mirando directamente hacia arriba, pero cuando el bote salvavidas se desprendió sin apenas protesta, los micropropulsores lanzaron el cilindro lejos y orientaron a Davin como debía estar: frente a una vista perfecta y sólida de Saturno.

—¿Ves? —dijo Davin mientras el crucero se alejaba a su derecha, y el bote salvavidas reproducía sus instrucciones preprogramadas con una voz agradable—. Suave y simple.

Mox suspiró.

—¿Suave y simple? —crujió la voz de Phyla en su oído—. ¿Quieres decirle eso a estos pilotos de Eden?

Davin se reclinó en su asiento, buscó su nave entre las estrellas y no la vio. Sin embargo, los simples escáneres del bote salvavidas los detectaron: el *Jumper* estaba rodeado por cinco cazas, pequeños puntos circulando alrededor de un cuadrado más grande.

—Phyla, Opal, pensaba que ya os habríais ocupado de ellos —dijo Davin.

—He derribado tres. No captan la indirecta —gruñó Opal—. Son unos cabrones tenaces.

—Recogednos y os ayudaremos —dijo Davin.

—Si reduzco la velocidad para acoplarme, vamos a perder esta nave —respondió Phyla secamente—. Ocupaos de vosotros mismos.

Frunciendo el ceño, Davin se volvió hacia Mox. Estaban a la deriva, el empuje mínimo del bote salvavidas apenas suficiente para llevarlos a una luna habitable en, digamos, unos pocos días. Sin armas, solo señales de socorro.

—¿Ideas? —preguntó Davin.

—Esperar que ganen —respondió Mox.

—¿Ideas mejores?

Su auricular crujió.

—¿Qué tal un rescate? —la voz de Merc llegó clara, ya no amortiguada por los escudos magnéticos de la bahía de acoplamiento—. Estamos libres. Os tenemos en los escáneres y vamos hacia vosotros.

—Dime que tenéis las cuentas —dijo Davin.

—Oh, las tenemos —respondió Vi—. Más les vale valer todo este lío.

Davin optó por no decir que Eden les habría perseguido de todos modos. Con cuentas o sin ellas, los Nueve habrían tenido que salir disparados del crucero.

—Un trabajo excelente, Vi. Recogednos y luego veamos cómo podemos ayudar a Phyla.

Esa resultaría ser una cuestión complicada. Phyla y Opal mantuvieron la danza, derribando otro caza de Eden mientras el *Jumper* sufría quemaduras láser y subsistemas reventados. Merc, por supuesto, había tomado una lanzadera de pasajeros desarmada. De precisamente cero utilidad en combate. La nave, un cubo alargado con un par de alas bulbosas para almacenamiento de carga a cada lado, no estaba construida para la atmósfera. No estaba construida para nada excepto transportar personas apiñadas en sus filas de asientos azules ligeramente acolchados.

Con la *Canción de la Galaxia* alejándose rápidamente, Merc tenía la lanzadera en rumbo de intercepción con el *Jumper*, un viaje retorcido y sinuoso mientras este último hacía fintas y se batía en duelo con los cazas.

—¿Y ese es su hogar? —preguntó Davin, ocupando el asiento del copiloto en el estrecho habitáculo. Las prioridades de la lanzadera no eran los pilotos, sino el espacio. Mox, Viola y Puk se acomodaron en los asientos de pasajeros—. ¿La fragata de Eden?

—Exacto —dijo Merc, mirando tanto el radar con la mancha más grande aparte de la *Canción de la Galaxia*, como la única que se dirigía hacia ellos—. Si llegamos al *Jumper*, tendremos unos minutos para escapar.

Cuatro cazas rodeaban ahora la nave de los Nueve, y Opal había derribado otro con las torretas del *Jumper*. Buen trabajo, pero la existencia del *Jumper* planteaba una pregunta diferente: seis cazas deberían haber podido convertir la nave de Davin en metralla a estas alturas, especialmente sin una tripulación completa a bordo para manejar las armas del *Jumper*.

—¿Entonces por qué sigue intacta? —murmuró Davin.

—¿Qué? —preguntó Merc sin apartar la mirada, con las manos en el tosco volante de la lanzadera—. ¿Has dicho algo?

Recordó las palabras del líder del escuadrón de Eden. Exigencias, pacientes, de llevarse a Davin vivo.

—No nos quieren muertos —dijo Davin.

—¿Por qué?

—¿Porque Eden no quiere mataros? —Davin negó con la cabeza—. A mí, quizás. ¿Pero a Phyla? ¿Al *Jumper*? Esos cazas solo están jugando, intentando ralentizar a Phyla.

—No creo que sea a Phyla a quien quieren, jefe —dijo Merc—. Opal está en esa nave.

Opal, en su día líder rebelde. Alguien que sabría dónde estaban sus bases, qué naves podrían quedarles. Que podría decir a Eden si valía la pena hacer estas ofertas de paz, o si los rebeldes estaban a un estornudo del colapso.

—Somos un grupo valioso, ¿verdad? —dijo Davin.

—Dos de vosotros. Quizás Vi. —Merc se encogió de hombros—. Yo soy feliz sin estar en el punto de mira, es más fácil disparar a Eden por la espalda.

—Ahí tienes una idea.

Davin abrió el comunicador, vinculó su señal de destino al *Jumper*. No podían ver las naves por sí mismos, pero contra el brillante telón de fondo de Saturno, los destellos láser mostraban su objetivo.

—Phyla, ¿qué tal si das la vuelta hacia nosotros?

—Por si no has leído tu radar, Davin, hay una fragata de Eden acercándose a vuestro culo —respondió Phyla.

—Tengo un plan para eso, pero primero necesitamos atraerlos.

—¿Me estás pidiendo que confíe en ti?

—Sabes que sí, Phyla.

Una maldición, un clic.

Davin sonrió a Merc—. Dime, ¿tú y Opal habláis así?

—No exactamente. ¿Qué estás tramando, capitán?

—Reduce la velocidad, acerquemos a todos bien juntitos.

Davin salió disparado del asiento, se apresuró hacia Viola y Mox. Les explicó su idea, dejó que Mox y Vi buscaran fallos, fallos que llenaron juntos. Cuando Davin regresó a la cabina, el *Jumper* y sus molestos cazas se acercaban a toda velocidad. La fragata se cernía en la vista trasera, visible cuando Davin deslizó una pantalla de la cabina hacia las cámaras de popa.

—Dame el canal abierto —dijo Davin.

—Hecho —respondió Merc, accionando un interruptor.

Si el comunicador con el *Jumper* iba directamente a Phyla, el canal abierto llegaba a todas partes cercanas. Los cazas, la fragata, cualquier otro —¿quizás la Capitana Parvi? — que estuviera escuchando.

—Hola a todos —comenzó Davin, reclinándose en un asiento que no tenía flexibilidad—. Quien os habla es Davin Masters, héroe de la Tierra y buen tipo en general. Viendo que estamos todos más o menos juntos, ¿qué os parece si dejamos de disparar y tenemos una pequeña charla?

Una mirada a Merc, un encogimiento de hombros como

respuesta. Frío. Davin pensó que era una apertura decente, calmar los ánimos y dejar que los matones de Eden supieran con quién estaban tratando. El silencio se prolongó durante cinco segundos completos, pero Davin notó que los cazas dejaron de encender sus láseres, dando algo de espacio al *Jumper*. Opal fue lo suficientemente inteligente como para aceptar el alto el fuego, las torretas superior e inferior del *Jumper* quedaron en silencio.

—Davin Masters —llegó una voz entre dientes apretados—. Me alegra ver que estás entrando en razón. Apagad todas vuestras naves y preparaos para el abordaje.

—Puedo hacerlo, buen amigo —dijo Davin—. Excepto que yo te di mi nombre. ¿Qué tal si tú me das el tuyo?

—Heath Swane. No necesitas saber más, y sé que no te importa. Apaga los sistemas.

El hombre tenía razón en que a Davin no le importaba, pero el nombre ayudaba. En cuanto se alejaran de este pequeño inconveniente, Davin haría que Vi investigara un poco.

—Ya has oído al hombre, Phyla. Merc. Vamos a ser amables.

Merc hizo una última maniobra, orientando la lanzadera hacia la fragata. Dispuso la nave para el acoplamiento, luego cortó la energía. Davin intercambió lugares con Viola, dejó que ella preparara algunas travesuras, y se unió a Mox en el bote salvavidas.

—Apuesto a que no pensabas que volaríamos en esto otra vez —dijo Davin.

—Conociéndote, lo esperaba.

—¿Soy predecible?

—Más vale que no.

Las luces de la lanzadera se apagaron, Merc siguió las instrucciones de Heath y apagó todos los sistemas. El piloto y Viola, con Puk flotando detrás, se unieron a Davin y Mox en el bote salvavidas. La maliciosa sonrisa de Vi le dijo a Davin lo suficiente. El plan estaba en marcha.

Davin encendió el comunicador del bote salvavidas, cambió la frecuencia a la banda de los Nueve. Con el *Jumper* a menos de un kilómetro, Phyla y Opal deberían captarlo.

—¿Estáis atentas, señoritas? —preguntó Davin.

—¿Tienes un plan, Davin, o solo nos estás entregando? —respondió Phyla rápidamente.

—Porque no pienso ir a una prisión de Eden —añadió Opal.

—Yo tampoco —dijo Merc.

—Nadie va a ir a una prisión de Eden. —Davin comprobó los escáneres. La fragata estaba cerca. Habían enviado un par de pequeños remolcadores automatizados para atrapar la lanzadera, y después al *Jumper*—. ¿Estáis listos para encender los motores y recogernos?

—Si no os hacen volar por los aires —respondió Phyla—. Esperemos que Heath no sea tan listo.

Heath seguía el manual de Eden. Los remolcadores encontraron la lanzadera, se engancharon a ella y la llevaron hacia la fragata mientras Phyla colocaba el *Jumper* detrás, apagando la energía y esperando su turno con los remolcadores. Un turno que, con suerte, nunca llegaría.

Davin tenía el dedo levantado, observando cómo los números avanzaban en la pantalla del bote salvavidas. Específicamente, la distancia entre el bote salvavidas y la fragata, los metros que separaban la media sonrisa engreída de Davin del seguramente enfadado rostro de Heath. El capitán de Eden sonaba como alguien que había asesinado su propio sentido del humor.

Cuando los dígitos cayeron por debajo de un tercio de kilómetro, Davin bajó el dedo.

—Es la hora —dijo Davin mientras golpeaba el botón de liberación del bote salvavidas.

La nave se desprendió de la lanzadera robada de Merc, expulsándose en paralelo a la fragata, directamente hacia el *Jumper*. Las manos de Davin no se detuvieron ahí, accionando un interruptor y empujando la pequeña palanca que controlaba los motores del bote salvavidas. La pequeña nave no tenía mucho combustible, pero sería suficiente. Tenía que ser suficiente. La lanzadera robada y la fragata quedaron atrás mientras Davin orientaba el bote salvavidas hacia su nave. El *Jumper* cobró vida: las torretas apuntaron y dispararon, alejando a dos cazas perseguidores de Eden mientras Phyla aceleraba hacia Davin.

—Ahora veremos qué clase de tipo es Heath —dijo Davin.

El comunicador crepitó. Davin lo ignoró.

—Estamos arrancando —dijo Vi—. Cinco segundos.

Davin puso el bote salvavidas en rumbo de colisión con el puerto de acoplamiento del *Jumper*, un pequeño círculo al que apuntar en todo este espacio. Líneas aparecieron en la pantalla, gritándole que alterara su trayectoria, redujera su velocidad, rezara para que el *Jumper* redujera la suya.

Todavía no.

Un brillante rayo verde salió disparado desde la fragata, partiendo el camino entre Davin y el *Jumper*.

—Un disparo de advertencia —dijo Davin. El comunicador crepitó de nuevo—. ¿Vi?

—Allá vamos —dijo la ingeniera, y todo el grupo se giró para mirar.

La lanzadera robada ejecutaba un programa específico, varios pasos codificados a toda prisa por Vi. No tuvo tiempo para hacer algo complicado y tampoco lo necesitaba: la lanzadera cobró vida, sus motores encendiéndose a máxima potencia. Tenía menos de cien metros entre ella y la fragata, una distancia demasiado corta para que las torretas encontraran un blanco fácil. Un proyectil verde rozó la lanzadera, quemando un panel del techo. No había tiempo para esquivar. El naranja floreció. Los escombros volaron. La fragata pareció estremecerse, su curso desviándose mientras la explosión se extendía desde la bahía de acoplamiento y moría al desaparecer el oxígeno. La impecable fragata de Eden, de Heath, parecía haber recibido un puñetazo traicionero en su costado.

—¡Frénanos! —gritó Merc, apartando a Davin de su obra.

El capitán detuvo los propulsores del bote salvavidas, activó los chorros de maniobra para reducir la velocidad mientras el *Jumper* se acercaba. Los cazas restantes de Eden mantuvieron la distancia, aparentemente sin ganas de arriesgar sus vidas contra la puntería de Opal.

—Eso ha sido precioso —le dijo Mox a Vi.

—Me alegro de que funcionara —dijo Vi, y Davin notó que ella seguía mirando fijamente los restos.

—Oye —intervino Davin mientras el *Jumper* iniciaba el acoplamiento, con clics y ruidos metálicos resonando por todo el bote salvavidas—. Eden tiene protocolos hostiles, ¿verdad? Seguro que no había nadie en esa bahía de acoplamiento cuando explotó.

Viola dudó, luego asintió hacia Davin. —Claro, tienes razón.

Davin escuchó el timbre, un enlace exitoso. Pulsó el botón, la única escotilla del bote salvavidas abriéndose hacia el hermoso interior del *Jumper*. Interpretando su papel de capitán, Davin dejó salir primero a los demás, solo Mox se quedó atrás. Esperando una felicitación, tal vez una palmada en el hombro del grandullón, todo lo que vio fueron ojos fulminantes.

—No puedes seguir protegiéndola —gruñó Mox.

—Lo verá cuando esté lista —respondió Davin—. Hasta entonces, ¿qué daño hace?

—Necesitarás que apriete el gatillo y no será capaz —Mox pasó junto a Davin, lanzándose dentro del *Jumper*. Davin suspiró, le siguió, y expulsó el bote salvavidas en cuanto estuvo dentro.

La fragata de Eden no era más que un punto cuando Davin subió a la cabina del *Jumper*, acomodándose en su asiento habitual junto a Phyla. Mucho más espacioso y desgastado que el bote salvavidas o la lanzadera robada de Merc. También pequeños recuerdos adornaban el espacio, artefactos de todo el sistema solar recolectados en sus viajes: una postal de Galaxy Forge de Marte, una foto de toda la tripulación de los Nueves —incluyendo a Erick, Trina y Cadge— en los páramos helados de Eden Prime. El favorito de Davin, sin embargo, tenía que ser una mano metálica de tamaño real.

—Hola amigo —Davin saludó con la mano hacia la consola central—. ¿Me echaste de menos?

—Tanto como echo de menos esos dedos —respondió Fournine, el antiguo androide, actual IA de la nave—. Es decir, nada en absoluto. Los cuerpos son una mierda, amigo mío. Deberías deshacerte del tuyo.

—Me pondré a ello ahora mismo —Davin se reclinó, con los brazos detrás de la cabeza, miró a Phyla—. ¿Adónde nos dirigimos?

—A ninguna parte todavía —dijo Phyla—. Vi está preparando las cuentas para enviarlas a Roxley, así que hasta que eso esté hecho estoy intentando mantenerme en el alcance de transmisión del *Galaxy Song*.

Fournine tomó las palabras de Phyla y proyectó un diagrama en el parabrisas del Jumper, mostrando la fragata de Eden, el *Galaxy's Song* alejándose hacia la derecha, y Phyla haciendo un giro en bucle en la misma dirección. Mientras el diagrama general se desvanecía, Davin vio una delgada línea azul extendiéndose hacia la oscuridad.

—¿Se considera pilotaje cuando solo estás siguiendo el rail? —preguntó Davin.

—¿Me dices quién acaba de superar en vuelo a seis cazas de Eden ella solita? —replicó Phyla.

—Ay —acotó Fournine.

—Vale, ordenador, puedes llevarte algo de crédito —dijo Phyla—. Fournine mantuvo nuestros escudos de energía optimizados.

Davin pasó por las pantallas de su consola, llegando a una evaluación de daños, cualquier sistema fuera de línea. No había nada.

—Solo daños cosméticos —gorjeó Fournine—. Un trabajo experto, si puedo decirlo yo mismo.

—Acabas de decirlo —respondió Davin—. No quiero desanimarte, pero no creo que intentaran matarnos.

—Davin, enviaron una fragata entera tras nosotros —dijo Phyla—. Eso es un buque de guerra. Docenas de soldados de Eden. Nosotros somos seis.

Fournine emitió una tos robótica.

—Siete —corrigió Phyla—. Lo siento.

—Sí, somos importantes —dijo Davin—. Obviamente.

—Más que eso, tienen que pensar que somos peligrosos. Realmente peligrosos.

Davin contuvo otra respuesta sarcástica. Phyla estaba haciendo lo suyo, esa charla seria destinada a sacarlo de su estúpida fanfarronería. Tal vez debería escuchar, solo por esta vez.

Vi le salvó, entrando en la cabina y golpeándose la cabeza contra el techo inclinado. Maldijo, levantó la vista de su muñequera y se frotó el chichón.

—¿No podríais hacer esto más grande? —dijo Vi, sentándose en la silla detrás de Davin. Puk, siempre presente, flotó con su forma esférica hasta el lugar detrás de Phyla—. Es un verdadero peligro.

—Solo cuando estás pegada a esa pantalla —dijo Davin—. ¿Tienes buenas noticias?

—Está empaquetado y listo —dijo Vi—. Encriptado además. Nadie que fisgonee sabrá lo que estamos enviando.

Davin se frotó las manos, alcanzó la consola. —Entonces vamos a charlar. Cuanto antes nos alejemos de esta fragata, más feliz seré.

Roxley respondió a la llamada, Fournine proyectando el feed de vídeo en el parabrisas del *Jumper*, de modo que la cabeza azulada de Roxley tenía a Saturno como hermoso telón de fondo. Su suite parecía un desastre, con muebles volcados siendo enderezados y sus lacayos ocupados barriendo cristales rotos. El hombre mismo tenía lo que parecía un moratón en desarrollo bajo su ojo izquierdo.

—Sois unos imbéciles —dijo Roxley a modo de saludo—. Supongo que era demasiado pediros que mantuvierais las cosas en silencio.

Davin sonrió, —¿Acaso es esa una de mis cualidades? ¿El sigilo?

—Aparentemente no. Si me estáis llamando para suplicarme que os ponga en contacto con Alissa, podéis largaros, porque...

—Tenemos los códigos —interrumpió Davin—. Todas

las cuentas que jamás podrías desear. Muy bien empaquetadas además.

Roxley dudó, inclinó la cabeza. —¿Cómo las habéis conseguido tan rápido? Llevamos una semana en este barco sin romper la seguridad.

—Secretos del oficio. Pero créeme, son auténticas.

—Entonces, ¿dónde están? Mi bandeja de entrada está vacía.

Davin chasqueó la lengua, —Vamos, vamos, Roxley. Así no es como funciona el trato. Tú nos das los detalles, nosotros te damos las cuentas.

—No hay confianza entre nosotros, ¿verdad?

—Cero.

Roxley asintió, —Entended que si estas cuentas son falsas, si me estáis engañando de alguna manera, Alissa lo sabrá antes de que habléis con ella. No conseguiréis lo que queréis.

Detrás de Davin, Viola tomó aire entre los dientes. Roxley no era lo bastante tonto, aparentemente, para dejarse engañar con trucos simples.

—De acuerdo —dijo Davin—. Envíanos los detalles, nosotros haremos que las cuentas vayan en tu dirección —Apartó la mirada de la cámara, fingió un ceño fruncido—. Lo siento, parece que Eden no ha terminado con nosotros. Espera las cuentas diez minutos después de que la información de Alissa llegue a nuestro buzón.

Roxley fulminó con la mirada, —No os muráis primero.

La llamada se cortó y Davin sintió miradas extrañas de su piloto e ingeniera. En lugar de explicarse, Davin se volvió hacia Vi.

—¿Tienes solo los números, o conseguiste más información con esas cuentas?

Vi inclinó la cabeza, —Clase de tarifa. Sus paquetes de crucero. Patrocinadores corporativos si los tenían.

—Bueno, ¿no es eso perfecto? —dijo Davin—. Ordena la lista, pon todos los lacayos de Eden arriba. Apuesto a que Roxley va a vaciar las cuentas en orden, así que dale un montón, luego mezcla el resto.

—¿No se dará cuenta? —preguntó Phyla.

—Con suerte, no antes de que encontremos a Alissa.

—¿Estás arriesgando esto para que Vi salve a algunos pasajeros del crucero su dinero?

Vi, trabajando duro para implementar la sugerencia de Davin, ignoró a Phyla.

Davin ofreció una ligera sonrisa como respuesta. —No todos merecen que su dinero desaparezca.

Un timbre sonó por toda la cabina, Fournine anunciando que se había recibido un paquete digital, descargado a sus servidores, y limpiado de cualquier virus desagradable.

—Léelo, amigo mío —dijo Davin, volviéndose hacia las estrellas, Saturno y la línea azul del *Jumper*.

—Si queréis contactar con Alissa, enviad el mensaje hacia la Tierra en la siguiente frecuencia —Fournine leyó la nota con una imitación pasable de la voz de Roxley—. Usad el código adjunto. Después de eso, ella se pondrá en contacto si quiere hablar.

Un poco paranoico, pero factible. El estómago de Davin rugió y el bufet apareció en su mente. Langostinos suculentos, arroz esponjoso, mangos por docenas... hasta que recordó dónde estaba. —Toca papilla nutritiva —murmuró Davin.

—Pobrecito —respondió Phyla, introduciendo las coordenadas. La línea azul cambió cuando Fournine escogió la ruta óptima hacia la Tierra, lo más rápido para obtener la respuesta de Alissa. En el radar, la fragata de Eden hizo un lento giro hacia ellos, pero el gran barco no tenía ninguna posibilidad de alcanzar al *Jumper* en una carrera libre.

—Nos van a seguir todo el camino —dijo Phyla—. Y si nos detenemos, nos atraparán.

—Cuando lo hagan, lo lamentarán —dijo Davin.

—¿Y eso por qué, fanfarrón?

—¿No te has enterado? Estás volando con el mayor héroe de la Tierra. No podemos perder.

Solo Vi le dio una risa de lástima por eso.

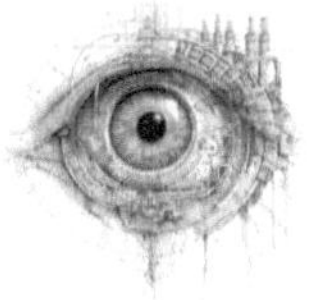

EN LA RUTA SOLAR

Una ducha, un tentempié —nada comparable con la calidad del crucero— y Davin se sentía casi normal. Los efectos persistentes de la porra eléctrica le producían un hormigueo punzante en la pierna izquierda, y Davin tenía la habitual colección de moratones y músculos doloridos ganada después de cualquier pelea, pero, oye, estaba a bordo de su nave, con su tripulación intacta.

Difícil discutir con eso.

La *Jumper* zumbaba llena de vida. Desde su camarote, Davin oía a Opal y Merc charlando por el pasillo a la izquierda. Abajo, Mox se ocupaba de sí mismo en la bodega de carga, con el robot de Vi, Puk, ayudando a limpiar las articulaciones del exoesqueleto de Mox. La propia Vi, a juzgar por los ocasionales golpes metálicos, pasaba el tiempo con otro proyecto en el taller.

¿Y Phyla?

Phyla no había abandonado la cabina, haciendo cálculos con Fournine. Les había echado a él y a Vi después de la charla con Roxley, en busca de privacidad para concentrarse y orientar la nave para la transmisión de comunicaciones de largo alcance. Lo cual, vale, a Davin le venía bien para asearse.

Y debía agradecer a algunas personas.

Mox fue el primero, el grandullón demasiado difícil de pasar por alto justo allí en medio. Los trapos cubrían su espacio, junto con un par de latas grasientas. Puk, la esfera flotante, sumergía una jeringa extendida en el aceite y se desplazaba alrededor, inyectándolo en las articulaciones de fibra flexible.

—¿Te das cuenta de lo asqueroso que es eso? —dijo Davin, acercándose y poniendo las manos en las caderas, con una expresión de falso disgusto.

—No venía en el folleto —dijo Mox, mirando a su izquierda y frotando una banda negra.

—¿Qué venía?

—La venganza.

Tema delicado, ese. Hora de desviarse.

—Gracias por lo de antes —dijo Davin—. Me recordó a los viejos tiempos.

—¿Rescatar tu trasero? Sí, lo hizo.

—Eh, creo que nos salvamos mutuamente.

Mox mostró un par de dientes blancos. —Tú siempre encuentras una salida.

—Más bien una victoria. —Davin apoyó la espalda contra una pared cercana, observando cómo Puk rociaba otra articulación. El leve siseo seguido de una salpicadura era realmente desagradable—. Pero no capto muchas vibraciones positivas de ti ahora mismo.

Mox encogió los hombros, encontrándose con la mirada de Davin con una propia cansada. —Tengo un trabajo. Está en Luna, no siendo perseguido por aquí.

—¿Preferirías hacer eso que andar con nosotros? —El

aire despreocupado de Davin luchaba por mantenerse—. ¿En serio?

Puk retrocedió un metro mientras Mox extendía sus brazos hacia atrás, desplegando el exoesqueleto hasta su máxima envergadura. Por un momento pareció que Mox estaba a punto de darle a Davin el abrazo más intenso que jamás hubiera recibido.

Pero no, solo era otra comprobación de sistemas.

—Ya cumplimos nuestro tiempo, ¿no? —dijo Mox—. Estoy en esto por esto. No puedo dejar que Eden lo arrase todo, pero ya no busco trabajos de mierda. —Recogió los brazos y Puk comenzó a trabajar en la parte inferior de la espalda—. ¿No estás cansado, Davin? ¿O esto todavía te emociona?

—Intentamos retirarnos. No salió muy bien.

—Phyla encontró lo suyo.

La parte no formulada: ¿qué haría Davin consigo mismo si no estuviera metiéndose en líos y recibiendo palizas?

—¿Estás diciendo que debería buscarme un hobby?

—Quizás incluso dos —Mox miró hacia atrás a Puk—. ¿Casi listo ahí atrás? Este hombre necesita una ducha.

—No te equivocas —dijo Davin.

—¿Sobre qué parte?

El taller parecía, como siempre lo había hecho ya fuera Vi o Trina quien lo dirigiera, una especie de cámara de tortura. Cadenas colgaban de raíles a través del techo. Un largo banco de trabajo adornado con herramientas se extendía a lo largo de la habitación. Mangueras, sierras, válvulas de cierre de emergencia acechaban por todas partes. Suficiente material para construir un nuevo motor desde cero, no es que Davin se atreviera jamás.

Algunas cosas se paga a las personas adecuadas para hacerlas.

Vi estaba inclinada sobre una extraña esfera, una monstruosidad magnética diseñada para cortar la energía a través de naves en kilómetros a la redonda. A menos que, por supuesto, bloquearas su frecuencia. Un truco ahora conocido tanto por los rebeldes como por Eden, haciendo el dispositivo inútil.

—¿Verdad? —preguntó Davin después de unos segundos intentando averiguar qué estaba haciendo Vi—. ¿Es inútil?

—Más bien de un solo uso —dijo Vi—. Cambiar la frecuencia es fácil. El cifrado también. Pero si lo usamos de nuevo, las naves simplemente apagarán sus transpondedores.

—No es un mal efecto. —Si el enemigo no podía hablar entre ellos, la ventaja era para Davin—. ¿Qué tiene de malo?

—Ellos también los tienen —dijo Vi—. Si hacemos de esto algo habitual, todos pelearán en silencio. Es como volver a la edad oscura, tratando de usar banderas o algo para señalar lo que queremos, solo que el campo de batalla tiene un millón de kilómetros de ancho.

Davin se sentó en el banco de trabajo, observando a Vi usar un destornillador como un artista podría manejar un pincel. —Entonces, en este escenario, ¿estás diciendo que tenemos amigos?

—Estoy diciendo —respondió Vi sin levantar la vista— que habrá otra pelea, y la mejor manera de detenerla antes de que empiece es esta cosa de aquí.

—Allí atrás, no querías que los rebeldes robaran a todas esas personas. Antes de eso, inventaste un dispositivo que puede detener una pelea, y ahora quieres garantizar que funcione. ¿Cuándo te volviste pacifista, Vi?

—Siempre lo fui.

—Tu familia gana mucho dinero con las armas, ¿lo sabes, verdad?

—No me gusta ver a la gente herida, Davin. ¿Es eso un problema?

—No, mientras no te impida ayudarnos.

Ahora Viola levantó la mirada, con las gafas protectoras brillando bajo la dura luz del banco de trabajo. —¿Lo ha hecho hasta ahora?

—Te hice hacer ese baile con las cuentas por tu conciencia. Es arriesgar una reunión con Alissa, la oportunidad que tenemos para que vea la cordura, para encontrar un acuerdo con Eden. Hice eso por ti. —Davin dio unas palmaditas en el banco de trabajo, deslizándose fuera de él—. Eres buena chica, eres condenadamente lista, y tengo suerte de haberte encontrado en aquel bar de Europa hace demasiadas copas, pero en nuestro mundo, los riesgos te alcanzan.

—En tu mundo, Davin —dijo Vi—. No en el mío.

—Entonces espero, Vi, que tu mundo sea hacia el que nos dirigimos.

La verdadera pareja poderosa de la *Jumper* comía ruidosamente en la cocina, un momento que Davin interrumpió tras escuchar sus voces de camino a la cabina. Merc y Opal tenían su cena desplegada ante ellos, un plato de pasta con verduras de aspecto delicioso que normalmente no se encontraba en la nave de los Nueves.

—Cogimos un poco después del almuerzo en el crucero —dijo Opal ante la mirada de Davin—. Pensé que querríamos algo más que papilla nutritiva. ¿Quieres un bocado?

—Mucho —dijo Davin, pero rechazó el tenedor que le ofrecía Opal—. Es vuestro, disfrutadlo.

—Lo estoy haciendo, gracias —dijo Merc. Se unió a Opal mirando a Davin—. ¿De vuelta a la Tierra otra vez?

—Aburrido, ¿verdad? —Davin se deslizó en una silla. No había visto a Phyla salir de la cabina todavía, lo que significaba que podría seguir haciendo cálculos—. Todos estos planetas interesantes y siempre volvemos a ese.

—La Tierra no está tan mal —dijo Opal. Mientras Merc se encorvaba sobre su comida, devorándola, Opal comía con elegancia estratégica, cazando un fideo a la vez y saboreando los bocados—. Les gustas, Davin.

—Ja. La última vez que comprobé, la mayoría de Eden viene de la Tierra, y no parecen muy aficionados a mí.

—Especialmente desde que te uniste a nosotros —dijo Merc—. Mala jugada para tu imagen pública, capitán.

—A Davin no le importa su imagen —dijo Opal—. Es un hombre de dinero. Comprado y vendido por un buen precio.

Davin arrugó la nariz. —Eh, gracias, Opal.

Ella le dedicó una sonrisa. —No todo el mundo necesita ser un santo.

Davin se rio. —¿Estás diciendo que soy un demonio porque no me gusta estar sin blanca?

—Estoy diciendo que tú y yo tenemos ideales diferentes, y estoy bien con eso.

Davin se reclinó en su silla, un movimiento fácil en la gravedad cero de la *Jumper*.

—¿Estás comprometiendo los tuyos para volar conmigo? —preguntó Davin.

Las palabras trajeron un matiz diferente a la conversación. No era realmente lo que Davin pretendía, pero así fue. Cada miembro de los Nueves había seguido su propio camino después de la Tierra y los androides, cada uno había cambiado. Opal, siempre tan atormentada por su pasado, parecía haber perdido ese impulso implacable y solitario que la hacía tan buena francotiradora.

¿Por qué lo había cambiado?

—Mientras estés hiriendo a Eden, estoy dentro.

¿Venganza, entonces? ¿Unirse a los rebeldes no para ayudar a su causa sino para quemar tanto de Eden como pudiera? Algo frío, incluso para ella.

—Esa es la idea —dijo Davin, luego se volvió hacia Merc—. ¿Y tú, campeón? ¿Contento de estar aquí?

—Solo voy donde ella me dice. —Merc se metió más pasta en la boca.

—¿Eso es todo lo que hay ahora en Merc?

—Eso es todo.

Davin esperó, esperando que el piloto elaborara, pero Merc solo le guiñó un ojo a Opal y mantuvo su atención en la comida. Aunque, ¿cuán sorprendente era eso, realmente? ¿No seguiría Davin a Phyla dondequiera que fuese? ¿Especialmente si había un bufé de mariscos?

—Cuando encontremos a Alissa —dijo Davin a Opal—, ¿estarás bien si ella quiere paz?

Opal dejó su tenedor, juntó las manos. —Davin, ella no va a querer paz.

—¿No?

—Ella es como yo. Eden le ha hecho demasiado daño. Lo único que Alissa quiere es sangre.

Phyla efectivamente seguía haciendo cálculos en la cabina, hablando con Fournine cuando Davin se unió a ella. Mapas de navegación se proyectaban en el parabrisas, rutas para llegar a la Tierra a través de diferentes puntos de parada, cada uno con sus propios riesgos: patrullas de Eden, posibles piratas, o tan aislados que cualquier problema con la *Jumper* sería fatal.

—¿Ya has elegido uno? —preguntó Davin, retomando su asiento. La *Jumper* se había alejado de Saturno, dejando un campo de estrellas dominado por el lejano Sol como vista—. Voto por el más corto.

—Eso nos mataría —dijo Phyla mientras continuaba deslizando el dedo por la pantalla de su consola—. Por lo que puedo ver, Eden no está descansando. Están cazando.

—Podría habértelo dicho. Ese gordito de Heath y su fragata dieron una buena pista de que Eden quiere tomar territorio.

—Cierto, lo que hace más difícil ir hacia la Tierra. Estaremos corriendo entre una multitud y no podemos chocar con una sola persona.

—Afortunadamente, tenemos un buen piloto.

Phyla puso los ojos en blanco.

—Lo que necesitamos es un caza para Merc. Necesitamos reponer munición dura para no depender de los láseres después de una o dos peleas. Y los escudos podrían usar una mejora: colapsaron demasiado rápido en esa pelea.

—Todo lo que oigo es dinero cayendo de mi bolsillo. —Davin extendió la mano, puso una mano en la muñeca de Phyla—. No tenemos suficiente para rearmarnos. Esquivar es nuestro juego. Mantener la calma.

—Algo que haces tan bien.

—Si tengo que mantener esta cara oculta durante un tiempo, lo haré —Davin dejó escapar un suspiro extravagante—. Será tan difícil para todos mis fans.

Phyla sacudió la cabeza. —¿Cómo acabé contigo?

—El destino, me temo. —Por fin Davin consiguió una risita. Phyla se incorporó de la consola, se estiró.

—Fournine, mantennos en el curso más silencioso por ahora. —Una mirada hacia Davin—. Podría irme a dormir, pero... —Un brillo en esos ojos. Davin levantó una ceja—. He estado en esta cabina demasiado tiempo —continuó Phyla, el brillo sacando una mirada traviesa—. ¿Qué me dices, capitán? ¿Quieres dar una vuelta en los simuladores?

La cara de Davin decayó, pero solo por un momento. —¿Estás segura, Phyla? Hoy estoy en racha.

—Oh, estoy muy segura. Vamos, fanfarrón. Tengo el recorrido perfecto en mente.

Un cielo seccionado brillaba sobre montones destartalados, torres construidas con chatarra y mantenidas con espíritu. El humo de los fuegos de cocina llenaba el aire, elevándose antes de ser aspirado por las rejillas de ventilación del techo. Mirando hacia abajo, Davin podía ver multitudes arrastrando los pies, podía oír gritos penetrantes mientras los comerciantes intentaban cerrar tratos con personas demasiado pobres para permitírselos.

—Esto es muy parecido —dijo Davin. El simulador incluso rociaba un olor a humo—. ¿Cómo lo has hecho?

—Yo no lo hice —respondió Phyla. Ambos estaban sentados en sus motos virtuales, descansando en una plataforma muy por encima del Hueco del Vagabundo—. Lo hicieron algunos fans míos cuando descubrieron de dónde soy.

—Espera, ¿tienes fans que hicieron esto?

—¿Qué te sorprende más, Davin, que mis fans hicieran esto o que tenga fans?

Davin dudó, se dio cuenta de que no tenía una respuesta lista para esa pregunta. Phyla, ahora vestida con su ajustado traje de carreras, el pelo y la cabeza envueltos bajo un casco, lo salvó con una risa.

—Relájate, esto se supone que es divertido —dijo.

Pasó la pierna por encima de su moto, parecía lista para empezar la carrera, pero Davin entrecerró los ojos mirando hacia el pueblo. Ahora que miraba más de cerca, veía imperfecciones: torres que se alzaban donde no había ninguna en la realidad, la multitud repetía las mismas personas cada par de metros, y nadie iba realmente a ninguna parte, todos se arrastraban en un bucle sin fin. Perforar un agujero en la escena permitió a Davin arrancarse de los recuerdos que siempre esperaban en el Hueco del Vagabundo. No había estado en Miner Prime en un tiempo, no sentía necesidad de volver. Nunca.

—¿Es eso algo de introspección lo que veo? —dijo Phyla, mirando desde su moto—. ¿El gran Davin Masters mirando hacia su pasado y preguntándose cómo llegó hasta aquí?

—Qué va —Davin se sacudió para mostrar una sonrisa —. Solo estudio el recorrido para poder humillarte en mi terreno.

—¿Tu terreno?

—Soy mayor que tú, así que sí, todo es mío.

Phyla se rio. —No puedes demostrarlo.

Cierto, Davin no tenía registro de cuándo entró en esta vida. Tampoco lo tenía Phyla. A nadie le importaba realmente lo que pasaba en el Hueco del Vagabundo, excepto a sus padres, y ellos hace tiempo que se habían ido.

—Tampoco puedes demostrar que me equivoco. —Davin pasó la pierna por encima de la moto—. ¿Cuántas vueltas?

—Solo una —dijo Phyla—. Ya es bastante tarde, y algunos tenemos que mantener esta nave en rumbo.

—Una vuelta es suficiente.

Davin colocó las manos en el acelerador y el freno. Por delante, la pista salía de la plataforma, una franja púrpura que se alejaba de ellos y serpenteaba alrededor, a través, por encima y por debajo de las torres. Los circuitos reales no podían enviar corredores a toda velocidad cerca de tanta gente, y mucho menos de sus hogares, pero aquí en el simulador...

Cuantas más emociones, mejor.

Tres puntos rojos tenues aparecieron sobre la visión de Davin, flotando en el aire virtual. Se volvieron verdes uno a la vez, en una secuencia lenta. A medida que se apagaban, Davin mantuvo presionado el freno y aceleró a tope, despertando la moto de su letargo. El simulador hacía vibrar su asiento, el agarre bajo su mano izquierda. Un gemido rasposo zumbaba. El último verde destelló. Davin soltó el freno. La moto se lanzó hacia adelante, una bestia desatada.

El recorrido descendía ante él, la velocidad empujando a Davin a lo largo de sus contornos. Phyla le seguía el ritmo a la derecha, la apertura era un tiro recto, sus idénticas motos digitales emparejadas. La habilidad entraría en juego en momentos. El primer giro a la izquierda trajo una amplia curva envolvente, permitiendo a los motoristas inclinarse alto y bajar deslizándose con impulso. Phyla se deslizó a su derecha para hacer precisamente eso y Davin la dejó, apretando ligeramente el freno y aflojando la aceleración para conseguir un giro más cerrado. Verás, el recorrido descendía justo después del terraplén para rozar a la multitud virtual, y Davin pensaba aprovecharlo. Mientras su moto apuntaba a la izquierda, mientras Phyla subía por el terraplén, Davin aceleró a fondo, cortando por la esquina y volando fuera del recorrido.

—¡Wooooo! —gritó Davin, porque, ¿por qué demonios no?

Aterrizó con un golpe suave en la pendiente descendente, cómodamente por delante y acelerando. Davin miró hacia atrás mientras una recta les daba un respiro, y vio a Phyla sacudiendo la cabeza. Como si esperara algo diferente. Esos trucos no seguían viniendo sin embargo, y Phyla fue recortando la ventaja de Davin mientras se entrelazaban a través de la ciudad de chatarra. Cada giro la acercaba un poco más, el final más o menos una certeza, hasta que Davin giró alrededor del extremo más alejado de una horquilla y se encontró mirando algo que casi había olvidado. Frenó de golpe, soltó el acelerador, y luego dejó que la moto rodara hasta detenerse frente a una tienda en particular, un lugar apilado con demasiados recuerdos. Phyla pasó zumbando, lo vio, y dio un perezoso giro con su moto.

—Pensé que habías dicho que eran fans —dijo Davin, aturdido, mirando la tienda donde su primer amor, Lina, había trabajado, había crecido—. ¿Por qué sabrían de esto?

El edificio tenía todos los detalles correctos. No era la misma copia pegada que Davin veía en otros lugares. Alguien se había tomado el tiempo de crear esta cosa, de hacerla bien.

—No lo sabían —dijo Phyla, bajándose de su moto para pararse junto a él—. Les pedí que lo hicieran, les di fotos. Les conté los detalles.

—¿Por qué?

Phyla le miró. —Siempre bromeamos con que no tenemos hogar, Davin. Quería mostrarte que sí lo tenemos. Siempre lo tendremos.

Davin extendió la mano hacia él, pero su mano parpadeó al ir más allá del recorrido, más allá de la capacidad del programa para renderizar.

—Justo como un recuerdo —murmuró Davin—. No está realmente ahí.

—Pero cuando necesites un minuto, cuando quieras recordar, puedes volver y mirar esto. Puedes oír y oler el hogar.

Davin miró fijamente. Contó las pocas ventanas, confirmó que eran correctas. Vio el camino polvoriento que pasaba junto a la casa, donde habían jugado tantos juegos estúpidos. Inmaculado. Y no algo en lo que quisiera ahogarse ahora mismo.

—Supongo que ganaste la carrera —dijo finalmente Davin.

—Gané a los diez segundos. Esa maniobra que hiciste fue ilegal. No se puede abandonar el recorrido, ni siquiera por saltos geniales.

—Este deporte es una mierda.

—Si fueras bueno, tal vez lo verías de otra manera.

Los simuladores no tenían programación para permitirte abrazar a alguien, coger su mano o darle un beso. Cuando Phyla se movió junto a Davin, ambos parpadearon, el juego tratando de averiguar si habían chocado entre sí. ¿Romántico? No del todo, pero entonces, para Davin y Phyla, no del todo romántico era lo mejor que conseguían.

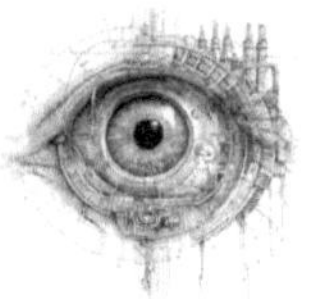

SEIS

DEMOS UNA OPORTUNIDAD A LA PAZ

Después de la simulación, Phyla se escapó a las duchas y a dormir. Como era la persona que impedía que la *Jumper* se estrellara contra un asteroide o una nave descarriada, Davin no cuestionó su decisión, aunque los demás habían decidido celebrar su supervivencia con una despiadada partida de póquer en el centro de la *Jumper*. Fournine seguía pendiente de la frecuencia de Alissa, pero aún no había respuesta.

Comparado con las simulaciones, con otros juegos y películas almacenados en los discos de la *Jumper*, sacar aquellas desgastadas cartas siempre parecía algo rudimentario, pero en el mejor sentido. Mox desenterró una mesa del taller de Vi y la colocó en medio de la bodega vacía. Merc preparó una ronda con licor sustraído del crucero, dispuso los vasos, y Davin se deslizó en el último sitio.

Las apuestas eran sencillas: responsabilidades en la nave. Davin tenía una cuadrícula dibujada en la pared fuera de la cabina, con nombres y tareas escritas por todas partes. Quien terminara con más fichas al final de la noche podría elegir sus tareas, mientras que el peor jugador inevitablemente acabaría limpiando los retretes.

La fuerte bebida de Merc, una mezcla agridulce cargada con un whisky ardiente, elevó la energía de Davin a un nivel pícaro. Comenzó con apuestas fuertes y faroles, presionando a todos en la mesa y soportando los insultos que le lanzaban.

—La próxima vez no voy a disparar al tipo antes de que te vuele la espalda —dijo Opal después de que Davin la obligara a retirarse antes de un prometedor flop—. A ver cómo te sienta.

—Has estado sentada en el asiento de comandante durante tanto tiempo —contraatacó Davin—, ¿siquiera sabes todavía cómo disparar?

—Hay cuatro pilotos de Eden ahí atrás que conocen la respuesta.

—¿Pero eran buenos pilotos? —preguntó Mox a Merc mientras Vi barajaba y repartía la siguiente mano—. ¿O la típica basura de Eden?

—¿Me estás preguntando si mi esposa podría volarme en un Viper?

Davin soltó un silbido bajo, mientras Opal clavaba la mirada en Merc y su sonrisa socarrona.

—Con un ojo cerrado —dijo Opal.

—Fallarías por un kilómetro —replicó Merc—, incluso con ambos ojos abiertos y Fournine diciéndote cuándo disparar.

En esa mano, Opal llevó a Merc de paseo, casi dejándolo sin fichas de un solo golpe mientras se apoyaba en sus ases de mano para alcanzar la gloria. Después, con un gesto despidió a Merc, le dijo que trajera otra ronda, y el piloto accedió sin quejarse.

—Ya veo cómo ascendiste de rango —dijo Mox a la francotiradora.

—La confianza y la habilidad son una combinación letal —respondió Opal.

—Una que los rebeldes no tienen mucho —intervino Vi mientras Davin barajaba, esperando a Merc—. Roxley llevaba días en esa nave y nosotros robamos esas cuentas en unas horas.

—Es que somos así de buenos —dijo Davin.

Opal no se hizo eco del sentimiento, en su lugar apuntó con un dedo en dirección a Vi.

—Tienes razón. Los rebeldes son un montón de marginados que no les gusta que les digan qué hacer. No estamos organizados, no estamos entrenados para luchar. Eden debería estar aplastándonos, solo que somos difíciles de encontrar.

—Os encontrarán eventualmente —dijo Vi.

—Eh —interrumpió Davin—, nada de charlas deprimentes. No después de haber conseguido una victoria hoy.

—Una pequeña victoria —dijo Vi, pero su cara expresaba algo diferente, cierta astucia mientras recogía sus cartas.

Las fichas, un juego barato que había estado en la *Jumper* desde antes de que la nave cayera en manos de Davin, salpicaron la mesa. Vi, Davin y Mox se mantuvieron en juego.

—¿Estás pensando en algo, Vi? —preguntó Mox, volteando una carta.

La mano de Davin era una porquería, pero siguió apostando de todos modos. Vi había mostrado una mezcla de desinterés y timidez toda la noche, pero esta vez salió disparando. Subida tras subida, tan absurdas que tanto Mox como Davin deberían haberse retirado. Deberían, pero la siguiente carta le dio a la mano de Davin un atisbo de esperanza.

¿Y la final? Ahora sí había una oportunidad.

Vi no había respondido a la pregunta de Mox, dejando que las fichas hablaran mientras la mano continuaba ardiendo. Cruzaba miradas cuando Davin o Mox necesitaban igualar una apuesta, su expresión mostraba una excitación férrea.

Mostraron sus cartas. La última mano desesperada de Davin no fue suficiente. Tampoco la de Vi. Mox los brindó a ambos, pareciendo tan confundido como se sentía Davin. Vi se había quedado sin fichas, condenándose a fregar retretes.

—Creo que tenemos que ir a por todas —dijo Vi, recostándose en la silla y aceptando la segunda ronda de Merc mientras el piloto regresaba—. Cass dijo que no sabía qué estaba pensando Alissa. ¿Y si no está pensando nada? ¿Y si ha abandonado la causa? Para cuando lo descubramos, Eden podría haber ganado ya.

—Suéltalo ya —dijo Mox.

—Enviemos un mensaje —respondió Vi, y luego miró a Davin—. No cualquiera, sino él. El héroe de la Tierra. El grandullón. Que Davin diga que no aplastarán a la gente, que estamos juntos en esta lucha.

Davin dio un sorbo a la segunda bebida de Merc. Consideró el anuncio de Vi. Opal negó con la cabeza, Merc jugueteaba con su vaso, y Mox lanzó a Vi una mirada curiosa, como si hubiera anunciado que podía volar agitando los brazos.

—¿No lo entendéis? —continuó Vi—. Ahora mismo Eden es la única voz que se escucha. Nos llaman a todos criminales y nadie dice lo contrario. Eso va a inclinar la Tierra a favor de Eden, va a hacer que nos cacen, como en la *Galaxy's Song*. Nos aplastarán como a insectos.

—¿Qué va a lograr la cara fea de Davin? —preguntó Merc.

—¿A quién llamas feo? —dijo Davin—. Este rostro precioso adornó la portada de la Revista Mensual de Mercenarios en su momento.

—Esa revista no existe —señaló Mox.

—Sí, bueno, lo habría hecho si existiera, y todos lo sabéis —dijo Davin—. Vi, entiendo lo que dices. Volvemos a poner el foco en la gente, quizá Eden no pueda matarnos a todos sin pensárselo dos veces.

—Exactamente —dijo Vi.

—Mi pregunta es —dijo Opal—, ¿de dónde has sacado esta idea? No eres experta en marketing.

Vi se sonrojó.

—Del crucero. La cara de Davin estaba por todas partes, y sus eventos siempre estaban llenos. Sí, el capitán los usaba para conseguir bebidas gratis, pero ¿y si hiciéramos algo útil? Es popular.

—Merecidamente o no —dijo Mox.

Davin terminó la bebida de Merc. El whisky dio un impulso de canela ardiente a su confianza, como si Davin lo necesitara. Vi tenía razón, el Héroe de la Tierra era bastante popular, y bien podría usar su fama para algo que mereciera la pena. Se levantó y apartó la silla de la mesa.

—¿Vi? Vamos a tener una charla con el sistema solar.

Davin sintió la bofetada a través de su sueño. La sintió peor en los nebulosos segundos posteriores, cuando sus ojos se abrieron para ver a una furiosa Phyla de pie sobre él. En el estrecho confín de su camarote de capitán, la figura imponente de Phyla la hacía parecer más grande, más enfadada y, en general, nada que quisiera ver.

—Hola —consiguió decir Davin, esbozando una débil sonrisa.

—¿Hola? ¿Hola? —Phyla pareció a punto de reír por un segundo antes de que la sonrisa desesperada de Davin surtiera efecto y ella se desplomara en la cama—. ¿Eso es todo lo que puedes decir?

Davin buscó un vaso de agua, lo encontró y vertió el líquido reciclado y rancio por su garganta. Sentía la boca seca, como si estuviera llena de algodón. Por lo demás, sin embargo, la resaca parecía mantenerse a raya, señal de que había dormido más de lo previsto.

—Vi tuvo una idea. La seguimos —dijo Davin, incorporándose para sentarse junto a Phyla—. ¿Qué ocurre?

—Simplemente mueve el culo a una torreta.

Resultó que transmitir un mensaje a lo ancho atraía atención. Resultó también, en un detalle que Parvi no proporcionó, que Eden tenía sustanciosas recompensas por los Nueves. Particularmente por Opal, Merc y Davin. Capturar a los tres y un contrabandista espacial podría encontrarse acomodado por una buena temporada.

Emitir la propuesta de Davin para que todos se llevaran bien fue como encender una luz alrededor de Saturno y Júpiter diciendo eh, aquí estamos, venid a buscarnos. El cuarteto que ahora perseguía a la *Jumper*, acercándose desde múltiples ángulos, tampoco parecía importarle el mensaje de Davin.

—Es como si ni siquiera lo hubieran escuchado —dijo Davin mientras se acomodaba en la torreta superior de la *Jumper*. Opal tenía la inferior, mientras que Mox, Vi y Merc brindaban apoyo—. Aquí estoy yo, diciendo demos una oportunidad a la paz, ¿y ellos vienen con las armas disparando?

—Todavía no están disparando —corrigió Vi desde la sala de máquinas.

—Pero lo harán —dijo Phyla, las voces llegando al auricular de Davin mientras se familiarizaba nuevamente con los controles de la torreta.

Primero se deslizó las gafas. Las pantallas frente a cada ojo transportaron a Davin al espacio exterior, utilizando cámaras anidadas alrededor de la torreta en el casco para darle una imagen clara de los objetivos. Aparecieron destacados en rojo alrededor de las cuatro naves que se aproximaban, solo dos de las cuales estaban en la línea de tiro de Davin. Las otras estarían en la de Opal, o en la de Phyla, que tenía un cañón frontal y un lanzamisiles.

Oh sí, la *Jumper* podía defenderse. Incluso con su etapa de transportistas de carga, ni Davin ni Phyla quisieron desmontar las armas. Llámalo intuición, llámalo nostalgia, pero la capacidad de volar algo siempre parecía resultar útil.

Davin no podía ver sus manos, pero cada una agarraba una palanca gris de relleno blando, un cardán rotatorio que se deslizaría con su visión mientras él tiraba, empujaba o giraba las caderas.

—¿Simplemente les disparamos? —preguntó Davin, con la nave más cercana casi a tiro.

—Estabas demasiado ocupado soñando, pero todos enviaron sus ultimátums. Rendíos o morid —gruñó Phyla—. Parece que Eden ha autorizado las recompensas vivos o muertos.

Merc silbó.

—Realmente es como en los viejos tiempos.

—Aquellos eran buenos momentos —dijo Davin.

—No hagamos de estos los malos momentos, caballeros —intervino Opal—. Concentraos.

El primer objetivo de Davin tenía la actitud de un modificador respecto a los viajes espaciales, reclamando una nave barata y fea y equipándola con basura. Armas, propulsores, generadores de escudo adicionales y quién-demonios-sabe qué más sobresalían por todos lados de la caja. La falta de sutileza continuaba en su aproximación: una línea recta de intercepción, fácil de apuntar, fácil de volar por los aires.

El combate espacial no ocurría todo cerca y cariñoso, así que cuando Davin comenzó a mantener apretado el gatillo y escupir energía letal, apuntó hacia un contorno, ahora bordeado de verde para mostrar que la nave había entrado en el alcance de tiro. La nave y su metal moteado no eran visibles a simple vista, pero cuando Davin disparó, apareció un modelo 3D en su espacio virtual, flotando en la esquina inferior derecha.

Por si Davin quería examinar a su enemigo, el ordenador de la *Jumper* le proporcionaba una imagen.

La mayoría de las naves tomarían maniobras evasivas cuando los láseres llegaran, pero esta se mantuvo obstinadamente en su trayectoria. Los disparos de Davin rebotaron, cada uno brillando con un azul-púrpura al impactar mientras su energía se desvanecía en los escudos de la nave. Más extraño aún, el enemigo ni se molestó en devolver el fuego, continuando su curso de asalto sin, bueno, el asalto.

—Mi tipo tiene mucha defensa —dijo Davin—. ¿Cómo estamos de munición?

—Reabastecidos en Freestar —respondió rápidamente Phyla—. Dale con todo.

Davin accionó un interruptor con el pulgar en la palanca de control de la torreta. Una serie de suaves clics terminó con un alegre timbre, indicándole que estaba listo, así que siguió adelante, manteniendo apretado el gatillo. La torreta se sacudió, obligando a Davin a nivelar su flujo de disparos, un efecto de retroceso no presente con los láseres. Muy presentes con su nuevo fuego, sin embargo, eran las balas.

Si los láseres eran más baratos y fáciles de trañsportar

debido, bueno, a su falta de forma física, las balas tenían la ventaja de la masa. Los fragmentos cónicos atravesaron el espacio para golpear la nave que se aproximaba, deslizándose limpiamente a través del escudo de energía de la nave y mordiendo su casco. Los láseres provocaron los destellos blanco-azulados, las balas le proporcionaron a Davin un espectáculo brillante seguido por los motores de su objetivo mientras el piloto abandonaba su ataque.

—Eso lo ha sacudido —dijo Davin, rociando algunas rondas extras al hombre.

—Los míos van despacio —dijo Opal—. No les gusta el calor.

Ah, cierto. Davin tenía un segundo objetivo. Hizo girar la torreta, volviendo a los láseres, y encontró su nuevo objetivo acercándose por la parte trasera de la *Jumper*. La estela del motor de la *Jumper* hacía vibrar y parpadear al objetivo.

—Este tipo es más listo que el otro —dijo Davin—. Phyla, necesito que subas, a la de tres.

Phyla confirmó con un chasquido, iniciando la cuenta atrás mientras Davin nivelaba su torreta. Líneas verdes rebotaban a través de la estela del motor, disparos láser tragados por los robustos escudos de la *Jumper*.

Verás, Davin llevaba tiempo en este juego, y la *Jumper* aún más. Esto no era un aperitivo fácil para cazarrecompensas principiantes. Una sonrisa se instaló en el rostro de Davin mientras los láseres mordían en el vacío. Cuatro contra uno, y los Nueves tenían la ventaja.

Phyla elevó la *Jumper* en un giro brusco, uno que eliminó la cobertura de la estela del motor. El enemigo, situado casi al alcance máximo, no pudo ajustarse, lo que dejó a Davin con una apertura perfecta.

Energía amarilla brotó de su torreta, un chorro casi

sólido que golpeó y persiguió a la esbelta nave cazadora mientras intentaba alejarse en picado.

A diferencia del pesado monstruo modificado al que Davin disparó primero, esta cosa priorizaba la velocidad. Esa velocidad y agilidad, como habría dicho Phyla, necesitaban un piloto que supiera usarlas, y aunque este tenía la inteligencia, no tenía la habilidad para reaccionar lo suficientemente rápido. Los láseres de Davin golpearon los escudos durante el primer segundo, los atravesaron un momento después, y destrozaron los motores de la nave con forma de flecha en el tercero.

—Tengo una baliza de socorro —dijo Phyla—. Quedan tres.

—Y los tres están de mi lado —intervino Opal rápidamente—. Se están agrupando. Creo que entienden cómo trabajamos.

—Deberías haberte quedado con ese Viper, Davin —intervino Merc.

—Y tú deberías haberte quedado con nuestra tripulación, Merc, y lo habría hecho.

El campo de estrellas en la visión de Davin se sacudió. No el giro deslizante de un viraje inducido por Phyla sino un tirón brusco. Estar atrapado entre Júpiter y Saturno dificultaba encontrar puntos de referencia estelares, pero Davin podía leer bastante bien los pequeños puntos blancos y azules. Eso, y la maldición de Phyla, confirmó que algo había salido mal.

—Esa maldita caja nos ha enganchado —dijo Opal—. Voy a freír su...

Los comunicadores crepitaron. Los auriculares de Davin murieron, las gafas se oscurecieron. La estática inundó su oído mientras se quitaba los auriculares de un tirón y respiraba en la absoluta oscuridad.

—Fournine —dijo Davin, palpando a su alrededor y desabrochándose el cinturón—, ¿sigue funcionando el soporte vital?

No hubo respuesta.

El *Jumper* atravesaba el espacio, inerte y atrapado en un carrete. Davin bajó de la torreta, sintiendo cómo temblaba su nave mientras su captor los atraía más cerca. Las sombras jugaban al pillapilla con los dispersos diodos amarillos; las luces de emergencia, tan cruciales en cualquier nave espacial, demostraban ahora que habían valido cada crédito invertido.

Gritos y respuestas resonaban por toda la nave mientras los Nueves confirmaban su estado y su frustración. Davin saltó al segundo nivel y miró hacia la cabina. Debajo de él, Mox, Vi, Merc y Opal se estaban armando. Quienquiera que se sintiera lo suficientemente arrogante como para abordarlos no recibiría una cálida bienvenida.

—¿Arpón de impacto? —preguntó Davin mientras se agachaba para entrar en la cabina.

La luz estelar difuminaba el amarillo, destacando a Phyla en un gris borroso mientras se inclinaba sobre una consola muerta, manipulando palancas manuales debajo.

—Nos han atrapado bien —respondió Phyla—. Ha sido culpa mía por dejar que tres de ellos nos atacaran por un solo lado.

—Ellos también volaban. No puedes controlarlo todo.

—Gracias, Davin, pero sé cuándo he metido la pata.

Davin apretó los labios. Un arpón de impacto habría golpeado al *Jumper* con una sobrecarga de energía, transmitida directamente a las entrañas de la nave a través del gancho afilado. Casi todos los sistemas, incluido Fournine, fritos en una zona muerta hasta que las cosas se reiniciaran.

—¿Cómo de grave es? —preguntó Davin.

—Ve a los motores y compruébalo tú mismo —replicó Phyla bruscamente—. Fournine no responde, así que no pinta bien. Y por culpa de tu estúpido mensaje, vendrán más.

A veces lo mejor era dejar a Phyla a su aire. Darle espacio.

Davin se retiró a sus propios aposentos, abrió el casillero donde guardaba a Melody y preparó el arma mientras el Jumper daba una última sacudida. Se oyeron clics cerca de la escotilla. Una escotilla que no se abriría sin la liberación manual.

—Mox —llamó Davin, dirigiéndose de nuevo a la bodega de carga. Su tripulación estaba apostada en varias posiciones cubiertas, volcando mesas y sillas del juego de cartas para improvisar una defensa—. Abre la escotilla.

—¿Puedes repetir, jefe?

—Si nos vuelan la entrada, nos quedaremos con este percebe encima. No quiero eso, ¿tú sí?

Mox aceptó el consejo y atravesó la bodega de carga en dos largas zancadas hasta la escotilla principal. Mientras Davin saltaba hacia abajo, empujándose con la mano para descender en gravedad cero, Mox tiró de una pesada palanca en el lado derecho de la escotilla.

Cuatro válvulas se desengancharon con un quejido de protesta, y la puerta se abrió hacia arriba. Con una tripulación novata, Davin podría haber planteado alguna estrategia, podría haber indicado quién debería disparar primero.

Con estos veteranos, Davin hablaba con su escopeta.

La puerta se abrió y, tan pronto como tuvo un hueco claro, Davin asomó a Melody y apretó el gatillo. La escopeta escupió una bola de energía concentrada, un orbe azul ardiente que se precipitó por el túnel de acoplamiento.

—¿Ves algo? —dijo Davin, con la espalda contra el casco del Jumper, sin visión del corredor.

—Le has hecho una quemadura muy bonita a su escotilla —dijo Merc, agachado detrás de la mesa de póker con su pistola láser en una mano y su porra aturdidora en la otra —. Están demasiado asustados para salir.

Antes de que Davin pudiera hacer otra observación, Puk, el bot esférico de Viola, entró zumbando en la sala.

—¡Están entrando por la bahía! —anunció Puk, su voz robótica transmitiendo el pánico a la perfección.

—Merc, Opal, Vi, quedaos aquí —dijo Davin, improvisando una estrategia—. Mox, conmigo.

El grandullón se deslizó a través de la escotilla abierta para seguir a Davin mientras avanzaban a patadas por la bodega de carga hasta el pequeño hueco en el lateral del *Jumper*, apenas lo suficientemente grande para un caza unipersonal.

Hoy en día, la bahía de acoplamiento servía como depósito de chatarra, con provisiones adicionales y pertenencias amontonadas allí. Un par de diodos amarillos colgaban sobre la entrada, una puerta cuadrada que daba directamente a las cajas y bolsas apiladas. Ninguno en la bahía misma, dejando las cosas a oscuras.

A oscuras excepto por un resplandor brillante que venía de la esquina derecha. Unos idiotas que pensaban que podrían abrirse paso cortando.

—Pónte el traje —dijo Davin, tirando de una palanca similar junto a esta puerta. La liberación manual hizo su trabajo, cerrando la puerta de la bahía lo suficientemente hermética como para mantener el aire dentro—. Yo cogeré el traje más pequeño.

—Obviamente —respondió Mox.

Nueve trajes espaciales de emergencia colgaban en la

bahía de acoplamiento, el único lugar con suficiente espacio adicional para almacenarlos. Mientras el resplandor exterior se intensificaba —a medida que los atacantes cortaban más profundo— Davin y Mox se pusieron los trajes. Un poco incómodo, diseñado para la supervivencia en lugar de tiroteos, el traje blanco fantasmal hacía que Davin se sintiera como si estuviera recubierto de gelatina. Todo un poco más lento, un poco más pesado. Los gatillos de Melody no se ajustaban a sus dedos completos, así que Davin usó las puntas. Menor cadencia de tiro, menos precisión.

Mejor que explotar en una masa viscosa cuando la nave se despresurizara en un segundo.

Mox se dirigió hacia la línea de corte, explicando que los golpearía tan pronto como el agujero se abriera. Davin agarró al hombre, cuyo exoesqueleto rugoso casi atravesaba su traje, y lo retuvo.

—Cuando revienten esa entrada —dijo Davin, su voz transmitiéndose a través de los comunicadores del traje—, todo lo que hay en esta bahía va a salir disparado hacia ellos. Quizá sean lo bastante tontos como para tragárselo.

Con esa esperanza en mente, los dos se cubrieron detrás de unas cajas mohosas de papilla nutritiva —sin fecha de caducidad en esos bebés— y apuntaron al punto brillante.

Ver cómo perforaban el casco del *Jumper* se sentía un poco como si le arrancaran un ojo, pero Davin hizo lo posible por centrarse en cualquier otra cosa. Comprobó su respiración —lenta, uniforme—, la batería de Melody —lista para funcionar— y la posición de Mox —excelente— antes de empezar una cuenta atrás silenciosa en su cabeza.

A los cinco, un panel de un metro de largo y ancho se desprendió del casco exterior del *Jumper*, la puerta de la bahía de acoplamiento, y desapareció en el espacio profundo. Un novato, alguien que no prestara atención, podría haber disparado justo entonces y revelado su posición. Davin y Mox contuvieron el fuego, esperando ver qué se arrastraba dentro.

El primer tipo —o chica, difícil de decir bajo los voluminosos trajes y los cascos— entró primero, abriéndose camino con la muñeca. Cuando su brazo entró en el *Jumper*, un dispositivo en la muñeca se abrió, expandiéndose en un rectángulo largo y plano, con un resplandor azul-púrpura cubriendo su superficie.

Escudos de energía portátiles, cómo los odiaba.

El hombre llevaba una escopeta estándar en la cintura, que alcanzó sin urgencia. Detrás de él, otra forma llenó el hueco del panel desaparecido.

Los ojos de Davin se desviaron hacia Mox, esperando que el grandullón entendiera lo que Davin sabía: los intrusos no se daban cuenta de que los Nueves estaban allí.

Ante la mirada de Davin, Mox, junto a sus piernas y fuera de su campo de visión, mostró los dedos contando hacia atrás desde tres. Davin volvió a concentrarse, no en el tipo con el escudo, sino en la persona que entraba detrás de él. ¿Por qué?

Porque cuando los dedos de Mox terminaron de contar, el grandullón empujó su caja de papilla nutritiva con la fuerza de un exoesqueleto. En gravedad cero, la caja se disparó como una bala, Mox transmitiendo el impulso al presionar sus pies contra el casco interior detrás de él.

El pobre idiota tenía un escudo de energía, claro, pero ese escudo no estaba hecho para detener cubos de cien kilos. La caja golpeó al tipo, empujándolo con fuerza contra la puerta de la bahía de acoplamiento y despejando la línea de fuego de Davin.

El característico rayo verde de Melody avanzó hacia el segundo intruso, una devastadora bola de fuego que hizo que la pequeña bahía brillara con un tono esmeralda durante su vuelo de un segundo.

La esfera se rompió contra el traje espacial, estallando en una llama reptante. Ambos intrusos recibieron la explosión, una ola de calor que moría rápidamente sin oxígeno, pero lo suficientemente lenta como para fundir ambos trajes hasta convertirlos en escoria.

Mox continuó el ataque.

El hombre metálico pasó como una bala junto a Davin, dirigiéndose como un misil hacia el segundo intruso, que ahora tenía un gran agujero en su traje. Con un solo puño, Mox golpeó a la persona aturdida, posiblemente muerta, a través del agujero que habían creado, lanzándola al vacío.

La maravilla escudada, tras haber sido golpeada con una caja y medio frita por la explosión de Melody, intentó recomponerse, un esfuerzo que terminó abruptamente cuando Mox agarró la cabeza con casco del hombre y la estampó contra la puerta exterior de la bahía de acoplamiento.

—Dos menos —dijo Davin, manteniendo a Melody apuntando hacia el agujero—. ¿Cero por venir?

Mox arrancó el escudo de la muñeca del hombre y lo encajó a través del agujero cortado. No encajaba perfectamente, pero era suficiente para bloquear cualquier entrada casual. Davin ayudó a empujar más cajas para asegurarlo, fijando el escudo robado en su lugar. El *Jumper* no podría presurizar la bahía de acoplamiento en un futuro cercano, pero tendrían tiempo para reaccionar ante nuevos intrusos.

—¿Qué hacemos con este? —preguntó Mox después de que hubieran montado la barricada.

Davin se arrodilló, echó un vistazo más de cerca, muy consciente de que los otros Nueves podrían estar luchando por el núcleo del *Jumper* en ese mismo instante. De todos modos, un rescate rápido que dejara abierta la posibilidad de una puñalada por la espalda no valdría mucho.

El capitán no tenía de qué preocuparse: la explosión de Melody había quemado un agujero claro hasta la piel del hombre. Cualquier oxígeno que hubiera tenido habría sido succionado. Al menos la muerte habría llegado rápido.

—Está muerto —dijo Davin, tratando de ignorar un cuerpo más añadido a su creciente cuenta—. Vámonos.

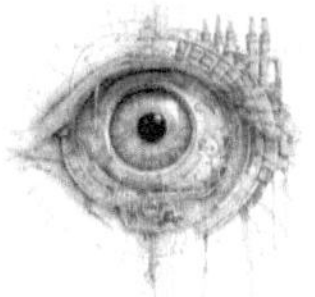

SIETE

LA HISTORIA DE TODA UNA VIDA

Davin prefería con mucho iniciar fiestas que terminarlas. Acercarse a la barra, hacer alguna declaración grandiosa seguida de chupitos volando entre la multitud, encontrando la lujuria en el licor, destacaba como un placer singular. Igual que irrumpir en un tenso enfrentamiento, soltando una frase que todos en la sala recordarían hasta que, a menudo momentos después, estirasen la pata.

Así que cuando Davin y Mox tiraron de la palanca de emergencia, exponiendo el Jumper al vacío durante unos atronadores segundos, esperaba que la puerta sellada del otro lado —gracias a Mox y sus músculos monstruosos por ello— fuese una presentación. Específicamente, presentando a Melody a una segunda oleada de invasores.

En cambio, el núcleo del Jumper estaba vacío. Los gritos de Phyla venían desde arriba, claro, una letanía de maldiciones que parecía cesar solo cuando la piloto encontraba tiempo para respirar. Los diodos amarillos ofrecían pocos detalles, pero destacaban impactos de explosiones en las paredes y el suelo. Una célula de energía gastada flotaba en el aire.

—¿Qué ha pasado? —dijo Davin, quitándose el casco—. ¿Hemos ganado?

—Phyla sigue viva —Mox se unió a Davin en deshacerse del traje—. Así que no hemos perdido.

Con Melody preparada, Davin entró de una patada en el centro del Jumper, girando para enfrentar la escotilla. La puerta circular estaba abierta, mostrando un túnel iluminado de azul que conducía del Jumper a la nave de abordaje.

Tampoco había nadie allí.

—¿Phyla? —gritó Davin hacia arriba, manteniendo sus ojos en el túnel—. ¿Estás bien ahí?

—¿Te parece que estoy bien? —respondió Phyla desde arriba—. ¡Habrá que reemplazar la mitad de estos cables!

—Ah, claro. Me refiero a si estás sola ahí arriba.

—¡No es momento para ponerte celoso, Davin!

Davin le lanzó una mirada interrogante a Mox, quien confirmó que las otras habitaciones del Jumper estaban despejadas. El hombre se encogió de hombros.

—¿Sabes dónde podrían estar Opal, Merc y Vi? —intentó Davin con otra táctica.

—Puk está aquí conmigo —la cabeza de Phyla apareció sobre la barandilla, mirando hacia abajo. Puk flotaba detrás —. El bot dijo que lo teníamos bajo control.

—¿Entonces adónde ha ido todo el mundo?

Por la maldita escotilla, ahí es donde habían ido. Davin y Mox, mediante el proceso científico de eliminación, descartaron todas las opciones hasta que se encontraron recorriendo una delgada membrana que conectaba el Jumper con la fea nave cúbica demasiado modificada.

Atravesar una membrana de acoplamiento se sentía como, así lo imaginaba Davin, lo que experimentaban todos esos personajes de los dibujos animados cuando eran tragados por monstruos. Cerrado, con tubos flexibles pegándose por todos lados. El aire, bombeado y reciclado, tenía un matiz rancio. Gases plásticos. Los pies de Davin resbalaban en el delgado filamento, lo que en gravedad cero significaba que constantemente caía hacia adelante, hacia atrás y, en general, parecía un idiota.

No es que Mox se las arreglara mucho mejor. Usaba su alcance superior para abarcar el tubo como una especie de araña, moviendo una pierna o un brazo a la vez.

—Por esto nunca usamos estas cosas en las incursiones —murmuró Mox mientras avanzaban—. Demasiado engorrosas y lentas.

Sin embargo, los atraques directos requerían acercarse mucho. Quizás no lo mejor si pensabas que tu objetivo podría autodestruirse, o si tú mismo podrías provocar alguna explosión.

La membrana tenía costillas que recorrían sus lados, cargadas para mantener una estabilidad relativa mediante energía eléctrica. Recorrían los cincuenta metros de conexión, la longitud máxima para este tipo de cosas, y sobre la cual Davin tenía algunas opiniones muy particulares.

—¿Por qué hacerla tan larga? —preguntó Davin a nadie en particular—. ¿Solo para que el paseo dure una eternidad?

—¿Ganar tiempo? —sugirió Mox—. Quizás esos tipos pensaban que sus refuerzos vendrían desde el otro lado.

—Entonces podrían haberse quedado en su propia nave, esperando que todo estuviera despejado.

—Tal vez puedas preguntárselo tú mismo, Davin.

—Eso espero. Esto es ridículo.

Las quejas de Davin no los llevaron al final más rápido, pero cuando llegaron, otra escotilla abierta los recibió. Con la escotilla, afortunadamente, llegaron sonidos más amigables. Vi, Opal y Merc lanzándose pullas entre ellos.

—Lanzadlos al espacio —la voz de Merc sonaba mucho más aburrida de lo que debería—. Si jugáis tan mal, deberíais chupar vacío.

—Creo que ya han aprendido la lección —siguió Vi—. ¿Verdad, chicos? ¿No volveréis a hacer esto?

Davin dio una patada más fuerte, se echó a Melody al hombro e hizo un temerario salto hacia la escotilla. Lo último que necesitaba era que Vi hiciera algún ingenuo trato que dejara a esos vagos libres del castigo por el daño que habían causado a la nave de Davin.

El capitán de los Wild Nueves se precipitó en la nave enemiga, con las manos sobre la cabeza en un salto puntiagudo y estilizado. Para mayor efecto, Davin se inclinó hacia su movimiento, enderezándose mientras entraba en el espacio común de la nueva nave.

Como el *Jumper*, esta embarcación tenía su cuadrado principal rodeado de ramificaciones. Un diseño genial para el espacio exterior y torpe para el trabajo en atmósfera. A diferencia del *Jumper*, que Davin mantenía relativamente limpio para el servicio de transporte de carga, esta parecía lista para una fiesta.

Sofás, algunos con cerraduras para encadenar a posibles prisioneros, formaban un círculo en el espacio principal. En el centro de ese círculo había un trono, algo que Davin no había visto en mucho tiempo, y nunca fuera de las peores clases de prisiones: una silla de monitoreo, donde una persona podía girar sobre sí misma y, con solo pulsar un botón en cualquiera de las consolas frente a ella, iniciar dolor y castigo a sus prisioneros.

No solo cazarrecompensas, entonces, sino la clase que trataba a sus objetivos como basura.

La primera mirada de Davin captó todos los malos instrumentos, y la segunda vio lo limpios que estaban todos.

Los sofás parecían impecables, el monitor brillaba como si nunca hubiera sido escupido o rociado con fluidos corporales peores. La alfombra —¿alfombra?— debajo de él brillaba con un azul estrellado. Una melodía de jazz sonaba por todas partes.

—Hola, capitán —dijo Merc, sosteniendo un rifle nuevo y confiscado—. Bienvenido a bordo del *Venganza de Maisie*.

El trío de Davin estaba al otro lado del monitor, dominando a un cuarteto esposado y desarmado. Davin se acercó, usando el monitor como punto de impulso para elevarse un par de metros sobre todos los demás.

Al principio, por el tono de Merc y las palabras de Vi, Davin esperaba ver un montón de niños. Tal vez algunos padres ricos complaciendo la fantasía de un niño, olvidando que tales fantasías podían matarlos.

En cambio...

—¿Qué demonios es esto? —preguntó Davin, contando más canas entre el cuarteto de las que jamás había visto en un solo lugar—. ¿Nos está atacando la tripulación original del Apolo?

La ciencia había hecho lo suyo con la esperanza de vida humana, extendiéndola bastante, pero Davin no veía a muchos viajeros espaciales alcanzando el siglo, y ninguno tomando un enfoque agresivo del negocio.

Estos cuatro, tres hombres y una mujer, lo miraban con un desdén decepcionado. Davin recordó de repente Vagrant's Hollow, la mirada severa que un comerciante podría dar cuando él, con cinco años, robaba una fruta con los dedos pegajosos o jugaba con una pieza de repuesto.

—No bromees así sobre tus superiores —dijo el hombre más a la izquierda, una suave colección de arrugas—. Hemos visto y hecho más de lo que tú harás nunca.

—¿Sabes con quién estás hablando? —replicó Davin—. Somos los Wild Nueves. Soy el maldito héroe de la Tierra.

—Noticias viejas —dijo la mujer, y Vi se rio. Incluso Opal intentó, sin éxito, ocultar una pequeña sonrisa—. Nosotros somos lo nuevo.

Sacudiendo la cabeza, Davin miró a Merc:

—¿No hay nadie más en la nave?

—Ni un alma. Vi y yo la recorrimos.

—¿Qué pasó con el tercer cazador de ahí fuera?

—Huyó cuando te atrapamos —anunció la mujer, aparentemente orgullosa—. Vio que teníamos los derechos y se marchó.

—Disculpa, ¿los derechos? —preguntó Davin—. ¿Qué?

—Ley de recompensas —dijo el cuarto hombre—. Somos los que te enganchamos, así que somos los que recibimos la recompensa.

—¿Y los que intentaban abrirse paso quemando mi nave desde el otro lado?

—Contratistas —resopló el Blandito—. No muy buenos, por lo visto.

—Muertos ahora —dijo Mox, acercándose por la izquierda de Davin.

—Bien, una factura menos que pagar.

Davin pasó la mano por su frente, sobre sus ojos. Cada vez que pensaba que tenía una pista sobre esta vida, alguien venía y le daba la vuelta a todo.

Los detalles llegaron rápido una vez que Davin abrió la puerta, después de enviar a Vi y Merc de vuelta al *Jumper* para ayudar a Phyla con las reparaciones. El cuarteto, que se había dado un nombre que Davin se negó a recordar, eran locales del espacio de Júpiter y habían decidido pasar sus últimos años abandonando trabajos diarios por hazañas osadas. Todas esas marcas de explosiones en la bodega de carga del *Jumper* provenían de disparos aleatorios, una estrategia de abrumar y ganar aconsejada por innumerables vídeos y libros idiotas sobre cómo ser cazarrecompensas.

¿Eran malvados estos cuatro matones con más dinero que sentido común?

No.

¿Habían dañado el *Jumper* lo suficiente como para dejarlo muerto en el espacio? Según Phyla, las pinzas habían reventado las conexiones entre las baterías y los motores del *Jumper*, dejando inerte la nave de los Nueves.

—Así que vais a pagar por arreglar esto —dijo Davin al cuarteto, aún encerrados en el sofá. Mox estaba con él, habiendo regresado los demás al *Jumper*—. Luego vais a reevaluar vuestras decisiones vitales.

—No vamos a pagarte nada —declaró el malhumorado aspirante a líder—. Todos sois criminales buscados.

—¿Incluía vuestro pequeño cuento de hadas ser lanzados al espacio? —replicó Davin—. Porque ahí es donde os dirigís, amigo. Un largo sueño frío.

Davin esperaba alguna palidez en la piel. Algo de sudor. Tal vez una mirada entre ellos mientras se daban cuenta de que esto no era un juego de niños sino uno con consecuencias reales.

En cambio, Davin se ganó una carcajada.

—Claro, adelante, inténtalo —dijo el hombre—, y para cuando hayas terminado, la fragata estará aquí y estaréis bien y verdaderamente jodidos.

—¿Fragata?

—La que nos dijo que obtendríamos la recompensa completa si os manteníamos aquí el tiempo suficiente para que nos alcanzaran —el hombre se esforzó, no pudo girar lo suficiente para leer su reloj de pulsera—. No puedo ver la hora ahora, pero si el pájaro de Eden puede volar, debería estar aquí en cualquier momento.

Las opciones revoloteaban por la cabeza de Davin. Salvo un milagro, el *Jumper* no escaparía de nada pronto. Los Nueves podrían abandonar el barco, tomar este e intentar escapar. Pilotar la nave de otra persona no sería fácil, pero mejor que caer en manos de Eden.

—Mox, trae a Phyla aquí —dijo Davin—. Necesitamos trasladar los suministros y quitar estas pinzas.

El anciano se rio de nuevo.

—No podéis llevaros nuestra nave. No volará sin que os digamos los códigos. Y no hay posibilidad de que lo hagamos.

—¿Adivino que amenazaros con la muerte no os hará cambiar de opinión?

—Ni un poquito.

—Te estás volviendo muy molesto, ¿sabes? —Davin miró a Mox—. ¿Alguna idea?

—No creo que podamos vencer a una fragata nosotros solos, Davin.

El capitán puso los ojos en blanco.

—Gracias por la dosis de realidad.

Pero el comentario de Mox tenía algo de verdad. Una idea, incluso. Los Nueves no podían escapar de la fragata en el *Jumper*, no podían superar en disparos a toda una nave llena de soldados. Si eliminabas esas opciones, se presentaban un par de nuevas.

—Tenéis esta nave tan elegante —dijo Davin, apoyándose contra el monitor y mirando fijamente al cuarteto—, ¿así que realmente estáis haciendo todo esto por el dinero, o por la aventura?

Los ojos se movieron de un lado a otro. Dos encogimientos de hombros.

Hora de probar una corazonada.

—¿Y si nos ayudáis, en lugar de hacer lo aburrido y poneros del lado de Eden, la gran y desagradable compañía? —Davin jugaba con las probabilidades aquí, esperando que la gente navegando tan lejos de la Tierra tuviera menos lealtad a la corporación gigante—. Perdonaré el daño a mi nave, perdonaré todos esos disparos al azar en mi sala de estar, y os daré la historia de vuestras vidas.

—¿Qué historia?

—Podréis salvar a la general rebelde, a su amor y a este tipo de aquí —Davin señaló con la cabeza a Mox, quien parpadeó.

—¿Quién es ese? —preguntó el líder abultado, mirando a Mox—. ¿Algún robot?

—Un Centurión —respondió Davin, exagerando—. Si los alejáis de Eden, obtendréis vuestra historia, y aun así podréis cobrar la recompensa por mí.

—Davin, ¿qué demonios? —preguntó Mox.

—Piénsalo —dijo Davin a los cautivos antes de llevar a Mox a un lado, fuera del alcance de su oído—. Este es el trato, amigo. No ceden ante las amenazas y nos estamos quedando sin tiempo. Vosotros tres escapáis, Vi y Phyla trabajan en el *Jumper* mientras yo gano tiempo con Eden. Luego nos reunimos.

—Te estás saltando muchos pasos ahí, Davin —dijo Mox—. Como que Eden podría simplemente dispararte.

—Eso va a pasar de todos modos. Que vosotros tres escapéis nos da una oportunidad. Aún puedes llegar hasta Alissa si Eden se pone homicida.

—Estás...

Un fuerte grito desde la escotilla, Opal llamando a Davin, interrumpió a Mox. La fragata de Eden había llegado.

—Heath, colega, ¿puedo llamarte así? —dijo Davin desde la cabina del *Jumper*, mirando la versión azul claro del capitán de Eden.

Heath, cuyo encuentro cercano con el transbordador en explosión parecía haberlo dejado más nervioso que antes, reunió sus ojos saltones y los apretó en una mirada fulminante.

—Llámame como quieras, Masters —dijo Heath—. Estoy más interesado en cómo pareces estar libre, a pesar de que dicen lo contrario.

Detrás de Davin, sonaban ruidos por todo el *Jumper* mientras Mox, Opal y Merc trasladaban apresuradamente suministros a través de la membrana hacia su supuesta nave de rescate. El cuarteto había cedido a la idea de Davin, quien calculaba que la rendición era mitad por la aventura y mitad por, bueno, no morir.

—Oh, me atraparon —dijo Davin, levantando las palmas —. Estamos atascados. Muertos en el agua. Ahí tienes una frase que no tiene mucho sentido en estos días, ¿verdad?

Heath suspiró.

—Si te atraparon, ¿por qué no responden a mis llamadas?

—Están ocupados descorchando champán, supongo — Davin hizo un puchero—. Han dañado mi nave, Heath. La habrían destrozado si no hubiera alzado la bandera blanca.

—Me alegra oírlo —respondió Heath—. ¿Entonces estás listo para rendirte? ¿Y tu tripulación contigo?

—¿Qué tripulación? —Davin miró a Phyla—. Solo estamos mi chica y yo a bordo. Abandonamos a todos los demás cuando salimos de Saturno.

—¿Abandonamos?

—Esos rebeldes son muy astutos, amigo mío. Pequeñas naves por todas partes listas para llevarse a los suyos a un lugar seguro. —Davin se inclinó hacia delante. Era el momento de cerrar este trato antes de que Heath indagara demasiado—. Si quieres venir a por mí, esta es tu oportunidad. Prométeme que no dañarás más mi *Whiskey Jumper* y me iré sin oponer resistencia. Garantizado.

—No aceptaré más garantías tuyas, Masters. El transbordador estará en camino en unos momentos, y si algo sale mal, te juro que te convertiré en átomos.

Heath se desconectó, dejando a Davin encogiéndose de hombros hacia Phyla.

—Llega un punto en que las amenazas dejan de tener sentido, ¿no crees? —preguntó Davin.

—Preferiría recibir menos.

—Eso lo dice la piloto aburrida.

—Hay una diferencia entre la emoción y la amenaza, Davin.

—Para mí es la misma adrenalina, cariño.

El cuarteto despegó con el trío de Davin a bordo, sus garfios arrancando más metal del *Jumper* al salir. Vi y Puk encontraron su propio escondite en los compartimentos ocultos de carga del *Jumper*: un espacio estrecho que sería suficiente para resistir inspecciones superficiales. Después Vi y su robot podrían reparar la nave, haciendo que el *Jumper* fuera apto para el espacio de cara a lo que seguramente sería una audaz fuga.

Davin y Phyla esperaron el transbordador de acoplamiento en la escotilla, con la ropa metida en bolsas como si fueran de vacaciones. Melody estaba segura en su casillero. La única arma de Phyla era su actitud, y era más que suficiente.

Cuando la escotilla se abrió, una familiar líder de escuadrón de Eden entró de golpe, toda armada y equipada para un tiroteo. Parecía casi decepcionada cuando la recibió la sonrisa de Davin con las manos libres, y sus dedos tardaron en soltar el gatillo del rifle.

—No soy un mal perdedor —dijo Davin a modo de explicación.

Venir en paz no significaba que trataran a Davin y Phyla, bueno, pacíficamente. Los soldados de Eden les pusieron esposas a ambos y los forzaron a sentarse en asientos restrictivos en el transbordador. Davin y Phyla esperaron mientras Eden hacía un registro del *Jumper*, confirmando que no estaba preparado para explotar como la última nave.

No fue hasta que toda la tripulación del transbordador regresó a bordo y la nave de Eden se desacoplaba cuando Davin se dio cuenta de que las cosas podrían estar saliendo mal.

—¿No os la lleváis? —preguntó Davin a la líder del escuadrón, quien se había quitado el casco y miraba a Davin como si fuera a romperle el cerebro con su concentración—. ¿Vais a dejar el *Jumper*?

—El capitán no la quiere —dijo la mujer—. No es difícil entender por qué, después del truco que hiciste.

—¿Qué truco?

La mano de la líder del escuadrón salió disparada, colocando fríos dedos enguantados alrededor de la garganta de Davin. No era un agarre firme, sino un toque ligero, con las puntas explorando.

—La bomba del transbordador —dijo la líder del escuadrón, inclinando la cabeza, más concentrada en sus dedos que en sus palabras.

—¿Qué demonios estás haciendo? —preguntó Phyla.

—Típica enfermedad de los viajeros espaciales —dijo la líder del escuadrón, soltando la garganta de Davin y haciendo lo mismo con Phyla. La piloto del *Jumper* trató de evadir el agarre, pero cuando tu cabeza estaba bordeada por restricciones metálicas, no había mucho que pudieras hacer —. Tantos años aquí fuera debilitan los huesos. Podría romperlos tan fácilmente.

—Esperemos que no lleguemos a eso —ofreció Davin.

La líder del escuadrón, con sus compañeros prestando mucha atención apiñados en el transbordador detrás de ella, volvió sus ojos hacia Davin.

—Davin Masters. Te burlaste de mí en el crucero. No lo olvidaré. —Deslizó su mirada hacia Phyla—. ¿Quién eres tú?

—Ve a chupar una supernova —dijo Phyla.

La líder del escuadrón frunció el ceño.

—No lo entiendo.

Phyla abrió la boca, preparando otro insulto, pero la líder del escuadrón la tapó.

—No porque no tenga sentido del humor, sino porque tu humor no es el mío. Así que si no me río de tus bromas, es porque no son graciosas. Para mí.

—No era una broma —dijo Davin—. Te está diciendo que te arrojes al vacío porque estás ayudando a una empresa malvada a ser malvada.

La líder del escuadrón no apartó la mirada de Phyla. En cambio, estudió a la piloto con más intensidad que antes, como si memorizara cada rasgo.

—Creo que te conservaré —dijo la líder del escuadrón —. Pareces más interesante.

—¿Conservarme? —Phyla no pudo evitar preguntar.

—Puedes llamarme Aya —dijo la líder del escuadrón—. Bienvenida a nuestro mundo.

—Eso no responde a mi pregunta —replicó Phyla.

Aya respondió con la más leve de las sonrisas, pasó una mano enguantada por la cara de Phyla, midiendo su mandíbula, sus mejillas, hasta que el piloto del transbordador dijo que estaban acoplándose, obligando a todos a abrocharse en sus asientos por la maniobra.

El capitán Heath Swane recibió a Davin y Phyla en la bahía de aterrizaje, queriendo echar un buen vistazo a sus nuevos cautivos. Davin intentó estar a la altura de su reputación, ofreciendo un gesto despreocupado de granuja, esa vibra de vida fácil. Esperaba que Heath fuera un ciudadano modelo de Eden, engalanado con un inmaculado uniforme verde bosque, cumpliendo cada mandamiento al pie de la letra.

Heath desafió las expectativas.

A pesar del tono oficial cortante de la transmisión, Heath esperaba al final de la rampa del transbordador con un aspecto desaliñado. El uniforme del hombre mostraba un rango de Eden, sí, pero también tenía manchas. Arrugas, algunas máculas. El hombre se mantenía erguido, ayudado por lo que parecían dos pies artificiales, rígidos y sin disimular en absoluto.

Junto a él estaban un médico, un robot enfermero y la alférez, con la nariz metida en su muñequera.

El entorno captaba la banalidad estéril de todas las bahías de atraque: luz blanca fluorescente brillante cayendo desde arriba, baldosas manchadas en el suelo. Líneas estarcidas en paredes grises y simples guiando cajas, combustible y todo lo demás a sus lugares correspondientes. Los soldados de Eden que precedían a Davin bajando por la rampa fueron a su propio cuadrado, formando y pareciendo realmente aburridos en el proceso.

Solo Aya, etérea, permaneció cerca de Heath después de descender.

—Vamos, vosotros dos —dijo, llamando desde la rampa a Davin y Phyla como una guía turística dándoles la bienvenida—. Es hora de bajar.

—¿Qué es esto? —susurró Phyla—. ¿Nos ha capturado la nave más extraña de la flota de Eden?

Davin se encogió de hombros, aceptando las rarezas. Habían recorrido todo el sistema solar, visto a mucha gente normal y no tanto. No había razón para que Eden fuera diferente.

—Esperemos que no sean sádicos —murmuró Davin.

Guió a Phyla bajando la rampa, extendió su mano hacia Heath. El capitán de Eden la alcanzó con ambas manos, dándole a Davin un vigoroso apretón. Una sonrisa lenta y amplia estiró el rostro arrugado de Heath.

—Davin Masters —dijo Heath—. A pesar de nuestros desacuerdos anteriores y nuestra situación actual, realmente es un honor conocerte.

—Eh, ¿igualmente?

Heath asintió hacia sus propios pies.

—Aclararé esto de inmediato: le metiste un láser al hombre que me hizo esto, y por ello te estaré eternamente agradecido.

Davin repasó su demasiado largo catálogo mental, tratando de pensar qué víctima podría haber sido enemiga de Heath.

—Bosser Oates —respondió Heath, viendo el pensamiento de Davin—. Una persona verdaderamente terrible. Así que gracias.

—De nada. —Davin se adaptó. Cualquier punto a favor era, bueno, un punto a favor—. Siempre es un placer conocer a mis fans. ¿Tienes una foto? Te la firmaré. Luego, si pudiéramos pedir prestadas algunas piezas y un viaje de vuelta, os dejaremos continuar con lo vuestro.

Heath se rió, una tos húmeda.

—Masters, me alegra tanto ver que los rumores son ciertos. Eres un hombre divertido. —La sonrisa disminuyó—.

Desafortunadamente, también eres un terrorista. Te quedarás con nosotros hasta que, imagino, me ordenen arrojarte por una escotilla. Quizás no sea el final que esperabas para ti mismo, pero te aseguro que lo haré rápido y sin dolor.

Heath retrocedió, miró a Phyla.

—¡Y la piloto de carreras! Disculpa mi descortesía, querida, pero soy propenso a quedarme deslumbrado ante las estrellas. Aya ya ha pedido permiso para trabajar contigo, y se lo he concedido. Ella es, creo que descubrirás, una criatura fascinante.

El dedo medio de Phyla trascendía el cristal entre sus celdas de detención, llegando directamente a los ojos de Davin al otro lado del estrecho pasillo. Estaba sentada en su catre, realmente solo una losa metálica con la sábana más delgada encima, mirando a Davin, quien le devolvía el gesto con uno propio.

Les habían quitado la ropa, reemplazándola con simples túnicas. Habían sido sometidos a duchas, a registros en busca de drogas y otras herramientas, y los habían dejado en estas celdas con nada más que metal gris a su alrededor.

—No puedes decir que esto fue mi culpa —dijo Davin, sabiendo que Phyla no podría oír las palabras—. No estaba pilotando la nave cuando nos capturaron.

Phyla entrecerró los ojos hacia él. Intentando leer sus labios. Fracasando, con suerte.

Peor aún, Heath estaba de acuerdo con la evaluación de Aya, diciendo que dejarían el *Jumper* a la deriva hacia cualquier destino que le esperara. Vi y Puk estarían por su cuenta, abandonados para reparar una nave potencialmente demasiado dañada.

Aunque, por otro lado, ¿no debería Davin preocuparse por sí mismo? Con Heath, su fan número uno, obteniendo la aprobación para enviar a Davin al espacio profundo, parecía que su suerte podría haberse agotado.

Arriba, en el techo, un panel se deslizó a un lado. Una pequeña pantalla descendió, y Davin notó una similar cayendo en la celda de Phyla. El monitor quedó colgando a unos centímetros por debajo del techo, inclinado hacia el catre, encendiéndose con un alegre timbre primaveral.

—Bienvenido a detención —dijo una voz robótica calmada mientras el logo de Eden aparecía en la pantalla—. Esperamos que disfrutes de las siguientes presentaciones, diseñadas para mantenerte tranquilo hasta que se decida tu destino.

Un comienzo incómodo. Cuando el logo de Eden desapareció, un cervatillo lo reemplazó, tambaleándose por un bosque sereno. Una música suave comenzó a sonar, del tipo que Davin esperaría si estuviera recibiendo un masaje. Haciendo una meditación.

¿En dónde demonios se había metido Davin, y cómo podría salir de aquí?

OCHO

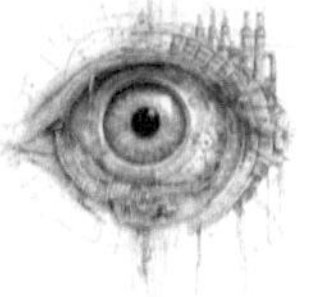

JUEGO DE ZAPATOS

Se llevaron a Phyla después de una hora, sesenta minutos de metraje de fondo con alces pastando en laderas montañosas, mariposas revoloteando entre flores y ocasionales olas rompiendo en playas serenas. Todo acompañado por flautas etéreas y cuerdas de guitarra. Davin podría haberse sentido relajado de no ser por, ya sabes, el metal duro a su alrededor, las luces intensas y la perspectiva de una eliminación rápida y silenciosa.

Porque, ¿qué más querría Eden de él? Vi tenía razón cuando dijo que la reputación de Davin haría difícil una ejecución pública. Su anuncio transmitido por todo el sistema solar solo sería la guinda del pastel heroico de Davin: ¿el héroe de la Tierra volviendo al centro de atención para luchar por la paz?

Ni siquiera Eden podría absorber un golpe así.

¿Verdad?

Los secuestradores de Phyla eran dos rígidos lacayos de Eden vestidos de verde bosque. Mercenarios a sueldo que cumplían con los estrictos requisitos de un amo corporativo. Sin personalidad, todo propósito. Asqueroso. Davin consiguió llamar su atención golpeando la ventana de su celda, y cuando lo miraron, Davin les mostró el dedo corazón con ambas manos.

Al menos Phyla sonrió ante eso. Después se la llevaron con esposas aturdidoras.

Pero ella seguiría viva. No había razón para que la líder del escuadrón de Eden hubiera sido tan extraña solo para deshacerse de Phyla como si fuera basura. Ahora bien, reflexionó Davin, eso no significaba que Phyla no *deseara* estar muerta. Los humanos podían ser extraños y terribles de muchas maneras, y el poder tendía a magnificar esos rasgos.

Por eso Davin miró con escepticismo al Capitán Heath Swane cuando el hombre apareció fuera de la puerta de su celda apenas diez minutos después de que Phyla desapareciera. Todavía con su uniforme arrugado, Heath tenía lo que parecía ser café o chocolate caliente en una mano, con una mancha en el labio superior que se limpió con la manga. La barrera de cristal de la celda se interponía entre ellos, sin otra alma a la vista.

Heath estudió a Davin, la palabra que surgió en la mente de Davin bajo la intensa mirada del capitán de Eden. Cuando eres una celebridad, te acostumbras a que la gente te examine con la mirada, pero Heath tenía un matiz diferente en su forma de mirar. Menos admiración, más análisis. No tanto *quién es este tipo* sino más bien *cuál es su masa muscular, ritmo cardíaco y cómo podría matarlo rápidamente.*

—Si sigues mirándome así te cobraré una tarifa —dijo Davin.

—La pagaría con gusto —respondió Heath, una respuesta que Davin no esperaba dado el cristal entre ellos. Ante la mirada de Davin, Heath se levantó una manga y tocó su pulsera—. Siempre escuchando.

—¿Quieres decir que *tú* siempre estás escuchando? ¿Específicamente tú? ¿No algún lacayo de Eden, sino tú? ¿A todas horas? —Davin sacó el labio inferior y asintió—. Interesante estrategia, capitán.

La más leve de las sonrisas burlonas.

—Encontrarás estrategias interesantes por todas partes a bordo de mi nave, Capitán Masters.

—Es Davin. Solo mi tripulación puede llamarme capitán.

—¿Es eso lo que hace que te quieran tanto? ¿Tu insistencia en evitar los títulos?

—Carisma natural, Heath.

Davin, en la fiesta posterior al apocalipsis androide en la Tierra, se había encontrado bailando de una entrevista a la siguiente, construyendo una reputación entre fans agradecidos y fascinados. En aquel momento, los presentadores habían dado a Davin consejos sobre cómo ganarse a un público, cómo calentar a una multitud. Manipularlos para que le quisieran le parecía un poco desagradable, pero el resultado final libró a los Nueves de cualquier cargo, permitiendo que su tripulación se marchara para seguir sus sueños.

Mereció la pena.

Heath levantó un dedo. La puerta de cristal de la celda se deslizó a un lado. El capitán de Eden estaba a menos de dos metros de Davin, evidentemente desarmado. Davin podría abalanzarse sobre él, intentar tomarlo como rehén, negociar su liberación.

Un hombre más verde podría haberlo hecho. Ya llegarían mejores oportunidades.

Heath frunció el ceño mientras Davin mantenía las distancias.

—¿No se supone que eres impulsivo?

—Pero no estúpido —dijo Davin—. ¿Qué estabas diciendo antes?

—Ven conmigo —respondió Heath, sin responder en absoluto a la pregunta—. Me gustaría entender quién eres.

Los primeros pasos fuera de su celda no hicieron sentir a Davin como un hombre libre. Quizás porque varios guardias se colocaron detrás de él y Heath. Quizás porque los pasillos de la fragata tenían una personalidad ecléctica, con diversos mandamientos ordenando a la tripulación estar a la vez "en sintonía consigo mismos" y "vigilantes contra los forasteros". Quizás porque la música ambiental que sonaba por los altavoces de la fragata mezclaba un jazz espasmódico con los mismos sonidos de masaje para el alma que los vídeos de Eden.

Así que no, Davin no se sentía libre, pero sí sentía que estaba en caída libre.

—Supongo que nunca has visto una nave como la mía —dijo Heath mientras se detenían ante un par de ascensores. El capitán dio un giro a las palabras, como si Davin debiera tomarlo como una broma, pero el rostro del hombre mantenía una expresión impasible. Monologando—. Estoy seguro de que entiendes el deseo de dejar huella.

¿Qué tipo de huella quería dejar Heath?

Davin no formuló la pregunta. Mejor, aquí, escuchar y ver qué detalles podría revelar Heath. Mejor, también, captar la disposición de la fragata, buscar señales que mostraran dónde había acabado Phyla. Vi conseguiría poner en marcha el *Jumper* eventualmente, y cuando llegara el rescate, Davin tenía que estar listo para liderar la fuga.

—La individualidad siempre ha sido mi sello distintivo —continuó Heath mientras llegaba el ascensor, el capitán haciendo pasar a Davin al interior. Los guardias les siguieron, abarrotando el espacio—. ¿Por qué molestarse en hacer algo si no vas a hacerlo de una manera nueva?

—¿Te dices eso a ti mismo cuando haces café? ¿Cuándo echas una siesta?

Los ojos entrecerrados de Heath le dijeron a Davin todo lo que necesitaba saber sobre el sentido del humor del hombre, su orgullo.

—Eden trabaja con mercenarios todo el tiempo —dijo Heath mientras el ascensor aceleraba; Davin pensó que bajaban, pero en el espacio siempre era difícil saberlo—. Son herramientas útiles, cuando se mantienen en su lugar. Recogen su moneda y siguen adelante. —Una mano en el hombro de Davin, más la presión de un comandante a punto de dar noticias desagradables que un amigo ofreciendo consuelo—. Pero ese no eres tú, ¿verdad?

Ángulos. Siempre que estaba en una negociación —y esto era sin duda una negociación— Davin intentaba averiguar no solo lo que su oponente quería, sino cómo iba a conseguirlo. Hasta ahora Heath había mostrado fuerza —los guardias, sacando a Davin personalmente— y una fría camaradería.

¿Por qué?

¿No iba a lanzar a Davin al espacio?

—No soy idiota —Davin se encogió de hombros mientras el ascensor se detenía en su destino—. Tampoco soy una máquina, ni malvado. Si me contratas para matar niños, no lo voy a hacer. Si me contratas para transportar carga desde Saturno a Marte, estoy dentro.

El ascensor se abrió. Las luces se encendieron. Una amplia bodega de carga se extendía ante ellos, cargada con comida, munición y otras necesidades para una nave de combate. Heath le hizo un gesto a Davin para que saliera, luego el capitán tomó la delantera. Un pasillo central dividía la bodega de carga en mitades, y Heath se mantuvo en el centro.

—Eden no te contrató para transportar carga, ¿verdad? —preguntó Heath.

—¿Te refieres a Europa? Ese fue un trabajo de seguridad.

Por no mencionar que era una trampa que los mismos rebeldes a los que Davin ahora intentaba ayudar le estaban tendiendo a Eden, pero Davin guardó silencio sobre ese punto.

—Cuando fallaste, ¿qué pasó?

—¿Cuando fallamos?

—Los inspectores aterrizaron, ¿no? —Heath seguía caminando mientras hablaba, sin dejar que ninguna emoción entrara en su voz. A su alrededor, las inocuas cajas se alzaban amenazantes. Los guardias, con sus pasos resonando en el metal, los seguían a varios metros de distancia. Ni un alma más, ni un robot se unió a ellos—. Murieron, ¿sí?

—Parece que conoces la historia.

—El registro oficial dice que murieron en una desafortunada explosión. Un accidente. —Heath giró a la izquierda, por un estrecho ramal entre cajas del tamaño de un ataúd con piezas de repuesto para cazas Viper—. Ese registro es una mentira.

—Tus palabras, no las mías, jefe.

Si el sarcasmo de Davin le dio a Heath algún reparo, el capitán no lo mostró.

El capitán, sin embargo, finalmente dejó de deambular por el laberinto de carga. Heath señaló con la cabeza una enorme caja, disimulada por cajas ordinarias de papilla de nutrientes a su alrededor. Con bordes plateados, laterales de metal liso salvo por un logotipo de Eden cuadrado en el centro de cada uno, la caja parecía cara. No algo que Davin encontraría en el *Jumper*.

—¿Sabes qué es esto? —preguntó Heath.

—Parece que es tuyo.

Heath negó con la cabeza.

—Todo lo que hay aquí perteneció una vez a un tal Bosser Oates.

—Ese hombre era un cabrón. Siento que te hayas quedado con su basura.

—Tienes razón sobre Bosser, pero no sobre lo que dejó atrás. —Heath puso una mano sobre la caja, un toque casi reverente—. El hombre vivió toda una vida.

—Y arruinó muchas más.

—Incluida la mía. —Por una vez, la calma de Heath tembló, y Davin captó la ira en su tensa mandíbula—. Pero Bosser fue lo bastante amable como para darme una oportunidad de recuperarla. —Heath miró por encima de su hombro a Davin—. ¿Sabes por qué no te he matado todavía?

—Esperaba que me lo dijeras. Todavía tengo resaca de ese crucero, ¿sabes?

—El escenario aún no está completamente preparado —dijo Heath—. Cuando esté terminado, cuando todos puedan verlo exactamente como yo necesito que lo vean, morirás.

Androides. A pesar de todo el trabajo que hicieron los científicos creando los robots humanoides, Eden y algunas otras compañías ambiciosas arruinaron el experimento. Les dieron armas, velocidad y una inflexible línea legal para entregar la muerte a cualquier criminal lo bastante desafortunado como para atraer la atención equivocada. Cualquier cínico que se preciara —y Davin, aquí, tenía cinismo de sobra— se dio cuenta rápidamente de que el revestimiento legal solo servía para dar a los que manejaban los hilos un escuadrón de asesinos impecables. Durante un tiempo, las máquinas recorrieron la galaxia, disparando tiros mortales y capturando almas pobres con impunidad.

Davin habría sido uno de ellos, excepto que Fournine jugó mal sus cartas. Se metió en la pelea equivocada, con probabilidades que ni siquiera sus increíbles reflejos podían convertir en victoria. Ahora esa habilidad unía las coordenadas del *Jumper*. Y Bosser, el hombre que intentaba convertir a todos esos androides en su leal ejército, encontró su fin gracias a Davin y Vi. Mientras Vi no quería el estatus de celebridad, Davin absorbió la fama que vino con la popularidad, difundiendo el plan de Bosser por la red y las ondas.

Los androides fueron desechados, convertidos en elegantes cafeteras y calculadoras de vuelo. Una gran victoria para la sociedad.

Una gran pérdida para el Capitán Heath Swane.

Davin apoyó la cabeza contra la pared de su celda. Observó la basura meditativa de Eden en la pantalla. Seguía sin haber rastro de Phyla. Podría no volver nunca. Incluso si lo hiciera, puede que Davin no estuviera allí para verla.

Heath no había esbozado su plan, no se había puesto en plan villano y monologado la jugada en la bodega de carga. En su lugar, Heath afirmó que los androides habían sido malinterpretados, que Bosser había arruinado muchísimas vidas. La muerte de Davin, afirmó Heath, no tenía nada que ver con Eden, los rebeldes o cualquier otra cosa. El mercenario estaría dando su vida para traer de vuelta una noble empresa: las máquinas asesinas más mortíferas del sistema solar.

Cómo, exactamente, la muerte de Davin lograría eso era una incógnita para cualquiera.

El cuándo y el dónde, sin embargo, no eran misterios. Heath tenía su fragata deslizándose hacia el principal punto de transmisión de Júpiter, una boya de red que captaría el vídeo de la muerte de Davin y lo difundiría por las estrellas con un retraso mínimo, sin posibilidad de interferencia, de sabotaje.

—Todos serán testigos de ti —había dicho Heath antes de dar la vuelta a Davin y sacarlo de la bodega de carga.

Davin tamborileó con los dedos en el suelo. Una pequeña parte de las palabras de Heath resultaba atractiva: de una manera sombría, sería elegante irse como una leyenda. El problema era que Davin aún no había cumplido los cincuenta. Marcharse ahora parecía simplemente un desperdicio, especialmente con la carrera de piloto de Phyla en auge. Tenía tantas apuestas que hacer, tantas peleas de bar que iniciar.

Sus ojos recorrieron la celda. Retrete, catre, televisor con sus sonidos relajantes y la puerta. No era láser como en Eden Prime y las prisiones más nuevas. A la antigua usanza, gruesa. Davin se detuvo, entrecerró los ojos ante el cristal. Las celdas antiguas significaban una fragata con algunos años de antigüedad. Los grabados en las paredes, la vestimenta despreocupada decían que Heath no dirigía un barco disciplinado.

Davin se levantó de un salto, fue a colocarse debajo del monitor. No era un gigante, pero con un buen salto, Davin podría poner sus manos en la pantalla. Eso, también, mostraba un estilo antiguo: Davin apostaría a que las nuevas celdas de Eden tendrían estas cosas proyectadas, quizás incrustadas en las paredes. Todo para evitar que un prisionero tuviera ideas o herramientas.

Fue a su catre a continuación, quitó el colchón. Improvisando. Apoyó la cama contra la puerta de la celda a lo largo, el delgado rectángulo manchado cubriendo el ancho de la puerta. El retrete no ofrecía ninguna pieza con la que jugar, pero estaba bien.

Davin tenía lo que necesitaba.

Agachándose, Davin se desató ambos zapatos. Eden lo había registrado, le había quitado sus posesiones, le había dado túnicas y zapatos. Se quitó uno, luego el otro. Cada movimiento hecho lentamente, como si Davin estuviera pensando en el proceso mientras lo hacía.

Levantó un zapato, lo lanzó al aire y lo atrapó con la mano derecha. Apuntó con el talón. Goma, pero lo suficientemente gruesa. La transmisión de Eden cambió a una sublime playa tropical. Arena que iría perfecta con su zapato de suela suave.

—Así termina la paz —murmuró Davin, echó el brazo hacia atrás y lanzó su calzado.

El zapato dio una vuelta en el aire, golpeó la pantalla y la hizo añicos. El cristal se esparció, siguieron las chispas. El audio, desafortunadamente, no se vio afectado: Eden seguía queriendo que Davin se relajara, imaginara el océano, dejara que las olas lo cubrieran.

Como las olas, dos guardias a medio gas vinieron corriendo. Ambos tenían porras aturdidoras listas mientras llegaban a la celda de Davin, uno mirando a un lado para golpear su placa contra el panel de control de la celda. La puerta de cristal se deslizó, el colchón cayendo en el nuevo espacio. El primer guardia, el que no había escaneado su identificación, saltó dentro balanceando su porra. Un golpe a lo bestia, que Davin supuso que lo habría dejado muerto si hubiera conectado.

Pero ir a lo bestia era un movimiento predecible. Davin avanzó hacia el alcance del guardia, balanceando su otro zapato hacia arriba mientras el golpe por encima de la cabeza del guardia pasaba de largo junto a la cabeza de Davin. Sujetando la parte superior del zapato, el arma improvisada de Davin golpeó con un impulso parecido al de un látigo, la goma estrellándose contra la barbilla del guardia con la fuerza suficiente para apartarlo.

Y abrir un camino para el compañero del guardia.

El número dos entró con más astucia, pasando por encima del colchón con su porra en posición vertical a la altura de la cintura. Ojos cautelosos. Un rostro curtido por el clima. Un uniforme más almidonado que cualquiera que Davin hubiera visto en la fragata. Experimentado.

—Eh —dijo Davin, desviando los ojos por encima del hombro del guardia, como si hablara con un amigo.

El guardia se sobresaltó, mirando por encima de su hombro durante una fracción de segundo. Esta vez Davin utilizó su puño izquierdo, un golpe en el estómago del guardia. Cuando el hombre se dobló, Davin empujó con su mano derecha —dejando caer el buen zapato al suelo— y empujó al guardia contra su compañero golpeado en la cara, que justo se estaba levantando de la pared de la celda para otro fuerte golpe.

La cosa es que las porras aturdidoras no necesitaban ser balanceadas para hacer su efecto. Un toque enviaba la descarga paralizante por toda la columna vertebral, y los dos guardias bailaron lo suficiente como para noquearse mutuamente. Temblando, la pareja se desplomó a los pies descalzos de Davin.

—Heath, amigo, tienes que conseguir mejor ayuda —dijo Davin, liberando las porras aturdidoras de sus dueños.

También se puso los zapatos, tomándose su tiempo para hacerlo bien: ninguna gran fuga merecía ser frustrada por un resbalón. Cuando Davin terminó de atarse los cordones, escuchó el sonido que había estado esperando: algún guardia en los controles dándose cuenta de que los matones no habían cumplido con su intento de acoso.

La puerta de cristal de la celda se disparó, tratando de

sellarse, y golpeó directamente contra el colchón. Una moderna puerta láser habría quemado el resistente algodón, pero el cristal solo lo aplastó hacia un lado. Quedaba una sólida brecha de medio metro, con el colchón empujado en forma de U.

—La mejor cama que he tenido jamás —le dijo Davin mientras pasaba por encima de ella hacia el pasillo de la prisión.

Ahora, ¿dónde estaba su piloto?

El mapa mental que Davin tenía de la fragata tenía algunos agujeros importantes. Recordaba la ruta desde la bahía de atraque hasta las celdas, desde las celdas hasta la bodega de carga, y eso era todo. Algunas bifurcaciones sugerían cafeterías, lavabos, barracones. Ninguno era candidato probable, pero quedarse en este pasillo solo conseguiría que Davin muriera antes del espectáculo final de Heath.

El ascensor sería.

Arrancando a esprintar, Davin dejó atrás las celdas para correr directo hacia los ascensores de la fragata. Ocho celdas significaban una prisión pequeña, lo que significaba que el guardia de los controles estaba entre Davin y los ascensores, acurrucado detrás de los monitores. Mientras Davin corría, el guardia se asomó, sacando un auténtico rifle y apuntando.

Davin lanzó una porra. El objeto, brillando con energía azul quemadora de nervios, giró de punta a punta hacia el guardia. Pero no exactamente hacia ella: Davin confiaba en su precisión, pero confiaba más en las probabilidades.

Mientras la guardia levantaba su rifle, la porra se estrelló contra los monitores cercanos. La energía eléctrica se derramó en las pobres pantallas, sobrecargando sus procesadores y haciéndolas estallar en una cascada colectiva. El humo y las brasas al rojo vivo envolvieron a la guardia mientras apretaba el gatillo, un disparo que pasó por encima del hombro de Davin para dejar una marca en el techo detrás de su espalda.

El capitán de los Nueves se lanzó a la derecha, al lado contrario del elegido para disparar por la guardia, para ganar medio segundo y poder rodear la estación de monitores humeante. Su oponente optó por el pánico en lugar de la depredación, disparando en dirección a Davin. Agachándose detrás de la estación de la consola, un semicírculo frente a las celdas, con los ascensores detrás, Davin echó un vistazo al cielo de láser carmesí sobre su cabeza.

Buena manera de desperdiciar una carga de energía ahí mismo.

Rodando hacia su derecha, Davin se mantuvo en cuclillas, quemándole las pantorrillas, y se dirigió hacia la posición de la guardia. Ella pidió su rendición un par de veces, puntuando cada petición con una ráfaga láser. Los monitores continuaban dando problemas, cada uno crepitando más chispas, más humo blanco. Todavía no había alarmas. Debe ser un gatillo manual, y Davin había visto demasiados guardias dudar en activarlo cuando el mal desempeño podría volverse en su contra.

Es más fácil pedir perdón cuando el prisionero ya está capturado.

Davin saltó, usando su mano izquierda para agarrarse a la consola mientras se levantaba. El agarre le permitió impulsarse por encima, deslizándose sobre un escritorio mientras la guardia giraba, tratando de apuntar con su rifle. Tenía velocidad, girando rápido con láseres resplandeciendo por el camino.

Si Davin hubiera mantenido el equilibrio, si hubiera hecho el elegante aterrizaje que había planeado, habría recibido un disparo en el pecho. En cambio, Davin golpeó un escritorio cubierto de cristal resbaladizo, con café derramado y directrices aleatorias laminadas. Su trasero se deslizó como un trineo, lanzándolo fuera del escritorio al suelo mientras el disparo de la guardia chamuscaba los pelos más altos de Davin.

Davin podría haber perdido su momento de estilo, pero siguió con el movimiento, golpeando hacia arriba con su segunda porra aturdidora, dando a la guardia en el estómago y enviando su ser verde bosque tambaleándose. Con un movimiento de dedo, un agarre de mano, Davin había apagado y enfundado la porra aturdidora, reemplazándola con el rifle medio vacío de la guardia.

Apilada detrás de la consola, sucia y sin ceremonias, esperaba la ropa de Davin y Phyla. Un cambio rápido para quitarse la obvia vestimenta de prisionero, y Davin se sintió casi normal.

Los ascensores, y Phyla, esperaban justo adelante.

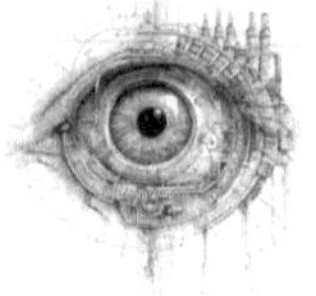

NUEVE

VISITA A LA FRAGATA

El ascensor, como suelen hacer los ascensores, presentaba opciones. Una pantalla simple, no mucho más grande que la mano de Davin, mostraba los diez pisos de la fragata. Como los niveles se extendían de proa a popa, no podían etiquetarse simplemente como la cafetería, el gimnasio, los barracones. En su lugar, Eden desplegaba un diccionario lleno de iconos, con los círculos ilustrados rellenando cada número de nivel. Para alguien con conocimientos, era una forma rápida de elegir un destino.

Para Davin, era un desastre.

Pulsó un piso al azar, sin querer perder tiempo descifrando iconos con los refuerzos de Eden presumiblemente en camino. El ascensor emitió un pitido ante su elección, pero las puertas permanecieron abiertas. Davin esperó, pero no pasó nada. Entonces la comprensión le golpeó.

—Primera vez, ya sabes —dijo Davin a nadie mientras volvía a llevar la mano a la consola. Esta vez seleccionó el piso superior a su primera elección, su propio maldito piso.

El ascensor aceptó esta petición con más aplomo, cerrando las puertas y llevándose a Davin. El viaje al siguiente nivel transcurrió en el tiempo que le tomó confirmar la energía del paquete de potencia de su rifle robado: demasiado baja para enfrentarse a toda la fragata, suficiente para hacer una entrada.

Le esperaba un semicírculo, uno rebosante de trastos cargados en carritos. Luces brillantes. Impecable, salvo por las franjas que recorrían las paredes guiando a los transportadores hacia destinos tan nebulosos como "mineralización de materiales" y "procesamiento de polímeros". Varios palurdos de Eden miraron hacia Davin cuando se abrieron las puertas del ascensor, todos en diversas contorsiones empujando carritos.

No había forma de que Phyla estuviera aquí, y una mirada a la pequeña pantalla confirmó que este nivel tenía un único icono.

—Piso equivocado, que tengáis un buen día —Davin saludó con la mano y pulsó el siguiente nivel.

Dos errores significaban que el tercero tenía que ser el correcto, ¿verdad?

Davin pasó los pocos segundos de tiempo inactivo entre pisos tratando de recordar si alguna vez había visto una fragata dedicar tanto espacio a trabajos de construcción. Las naves estaban hechas para la guerra, para la velocidad en comparación con los cascos más grandes. Los cargueros o las desgarbadas bases espaciales tenían formas mejor diseñadas para la fabricación.

¿Qué estaba tramando Heath?

—Concéntrate, colega —murmuró Davin cuando se abrieron las puertas.

Otro semicírculo, éste con los típicos estándares chapuceros de Heath. Señales manchadas marcando cafeterías, barracones y un centro de entrenamiento le dieron a Davin sus tres opciones. Tres posibilidades: Apostaría a que no se habían llevado a Phyla para darle de comer —aunque Davin, con su estómago rugiendo, no le haría ascos— ni la habían traído para ayudar a hacer algunas camas en los barracones. Pero, ¿qué líder de escuadrón no querría arrojar a un prisionero a los lobos para ayudar a enseñar a sus tropas una cosa o dos?

Como en el nivel de fabricación, este también estaba lleno de gente. La mayoría lucía el verde bosque de Eden, pero en los primeros pasos de Davin vio también a un par con ropa civil. ¿Visitantes? ¿Amigos de Heath o inspectores gubernamentales?

—¡Eh!

Davin se giró ante la llamada, que venía de un tipo de aspecto severo con uniforme de Eden. El hombre señaló el rifle de Davin.

—No pareces ser de aquí, pero todos los rifles deben estar enfundados fuera del campo de tiro.

—Entendido —dijo Davin, luego dudó. No le había robado una funda al guardia, pensando que los combates serían directos hasta el final—. De hecho, te diré qué, me dirijo al campo de tiro. ¿Te importaría indicarme la dirección correcta?

Davin esperaba que el tipo simplemente le señalara hacia el centro de entrenamiento, pero su pregunta solo le ganó una mirada más dura. Sin hablar, el hombre de Eden, llevando lo que debía ser su almuerzo en una mano, se acercó directamente a Davin. A medio metro de distancia. Davin tenía el rifle apuntando lejos y hacia el suelo, con una sonrisa despreocupada en la cara, pero sabía que podía golpear al hombre en una milésima de segundo con la culata del rifle.

—Sujeta esto —dijo el hombre, ofreciéndole su

almuerzo, un recipiente cuadrado lleno de diversos sabores de papilla nutritiva.

Davin miró el mejunje, su estómago acordando con sus ojos posponer la hora de la comida. Más importante, ¿era la petición una trampa? ¿Planeaba el tipo quitarle el rifle a Davin tan pronto como la comida ocupara una mano? ¿Hasta dónde llegaba el engaño del hombre?

No llegas a ser un reconocido jugador fallando en leer a la gente. Davin apartó la mirada de la comida, observó la cara del hombre, su porte, y tomó la decisión: este tío tenía toda la astucia de una roca. Soltando su mano derecha de la culata del rifle, dejando que el arma colgara de su izquierda, Davin tomó la comida.

—Aquí —dijo el hombre, quitándole suavemente el rifle de las manos a Davin y deslizándolo en una cartuchera de hombro, que el hombre rápidamente se quitó de la espalda y entregó a Davin—. Tenemos extras en los barracones. No sé quién te dejó salir de tu nave así, pero aquí no vamos con las armas desenfundadas.

—Gracias —Davin le devolvió el almuerzo.

El tipo asintió, metió un dedo en algo parecido a papilla de arándanos y se marchó. Davin se quedó mirándolo durante un largo momento, preguntándose si todos en esta nave eran tan raros como su capitán. Hablando de eso, ¿qué estaba haciendo Heath? Alguien tenía que haber revisado las grabaciones de la prisión y visto a los guardias a estas alturas. ¿Cómo era posible que la nave no estuviera llena de idiotas tropezando unos con otros para llevarse la cabeza de Davin?

Sus padres, en Prime Minor, solían decirle a Davin que no cuestionara la buena fortuna cuando llegaba. El sistema solar no tenía mucha, así que disfrútala cuando un poco venga a tu manera.

Como mercenario, Davin encontraba esa perspectiva la peor clase de estupidez. ¿Algo bueno pasaba sin razón? Mejor encontrar una, y encontrarla rápido antes de acabar pagando un alto precio.

El centro de entrenamiento, al menos, resultó estar cerca. La cafetería se situaba en la proa de la fragata mientras que los barracones ocupaban la popa, colocando el centro de entrenamiento en el, bueno, centro. Llegar allí significó adoptar un paso de pícaro y seguir por un pasillo repleto de horarios de clases, cursos extra y algún que otro folleto para un club de aficionados en la fragata. Un tipo entusiasta había colgado una hoja anunciando sus cursos de cocina cada metro, con un abundante plato de albóndigas en cada una.

El estómago de Davin no lo agradeció.

El centro de entrenamiento en sí no era una sala cuadrada individual sino, más bien, todo un conjunto que iba desde entrenamiento con pesas hasta cintas para correr en gravedad cero destinadas a combatir los efectos nocivos de la gravedad sobre una persona —por su paso flotante, Davin supuso que la centrífuga y rotación de la fragata generaban media g— a canchas de baloncesto y tenis. El pasillo de Davin se dividía en forma de T, con el pasillo transversal reemplazando los paneles de pared por ventanas. Lanzando una moneda mental, Davin giró a la izquierda.

El baloncesto parecía divertido: todos podían hacer mates, lanzar largos pases flotantes a través de la cancha.

Lo que Davin no vio en todo el recorrido fue a Aya y Phyla.

—¿Puedo ayudarte? —Una mujer que venía por detrás, con uniforme de Eden, una insignia que la situaba en el servicio del centro de entrenamiento. Desvió sus ojos de la cara de Davin a su rifle—. El campo de tiro está en la otra dirección.

—Ah, claro —dijo Davin—. Primera vez.

—Tendrás que registrarte —la mujer se giró con Davin, llevándolo de vuelta a la T y al único escritorio que esperaba allí—. No se permite disparar en la fragata sin registrarse.

—No busco disparar, solo guardarlo.

Una ceja alzada. —También necesitaré tu nombre para eso.

Davin no tuvo oportunidad de darlo. Mientras llegaban al escritorio, su lucha por decidir entre su nombre real o una mentira encontró su fin en los labios de otro cadete de Eden, un hombre agitado que corría hacia el escritorio. Que tuviera una pistola desenfundada encendió las señales de alerta de Davin, que comenzara su anuncio declarando que el rebelde fugitivo había escapado confirmó su intuición.

—Solo de boca en boca —continuó el hombre, sus ojos pasando de Davin a la mujer y vuelta—. El capitán quiere que vigilemos al tipo pero no nos enfrentemos a él. El capitán cree que podría venir aquí, así que...

Los ojos del hombre volvieron a Davin, pareciendo verlo por primera vez.

Ah, el momento lento y delicioso cuando se da cuenta de un error. Davin casi podía ver la lista de verificación pasando por la mente del hombre: ¿hombre desaliñado de mediana edad? Comprobado. ¿Largo abrigo negro? Comprobado. ¿Brillo en los ojos? Absolutamente.

—¿Por qué cree el capitán que podría venir aquí? —preguntó Davin mientras el hombre daba un paso atrás.

Estar en territorio enemigo significaba mantener la atención en el entorno, y Davin contó al menos diez empleados de Eden vagando por los pasillos delante, detrás y a su derecha. Aunque ninguno llevaba rifles —¡solo en el campo de tiro!— su puro número habría puesto a Davin en desventaja. Necesitaba llegar a algún lugar con un pasillo más estrecho, una ruta de escape.

—El capitán no lo dijo —tartamudeó el hombre—. Él, eh.

Davin sintió que la mujer lo miraba. Su curiosidad decía que había identificado a Davin igual que el hombre, pero había visto lo que el hombre no: un tiroteo aquí terminaría con la decisiva inmolación de Davin. También había notado a otra pareja de Eden acercándose hacia ellos, todavía ajenos, por el pasillo. Veinte pasos más harían que la cuenta fuera un inestable cuatro contra uno.

—Este es el juego, chicos —dijo Davin, tanto porque le gustaba cómo sonaba la frase como porque estos dos cadetes de Eden parecían verdes en asuntos de viajes espaciales—. Necesito encontrar a mi piloto, y se la ha llevado vuestra líder de escuadrón. Una dama llamada Aya. Indicadme su dirección y os dejaré volver a vuestra cita.

El hombre se sonrojó. La mujer cruzó los brazos, frunciendo el ceño. Quince pasos. Davin movió su mano izquierda hasta su hombro.

—Aya siempre anda por aquí —dijo la mujer—. Si quieres encontrarla, ve recto por aquí. Puerta al final. —Una mirada hacia el tipo—. Y él no es mi tipo, así que cuida tu boca.

—Hecho y hecho —Davin se quitó un sombrero invisible ante la mujer, y se alejó en la dirección que ella había señalado. Al pasar junto al cadete, el que sostenía una pistola temblorosa, Davin sacó rápidamente su mano derecha, agarró la pistola por el cañón y se la arrebató. La lanzó al aire y la atrapó por la empuñadura—. Gracias por esto, colega.

Órdenes o no, Davin no iba a dejar que algún chico mantuviera una pistola apuntando a su espalda. Detrás de él, los dos tripulantes que se acercaban llegaron hasta la mujer, y una pregunta llegó a oídos de Davin: "¿Quién es ese tipo?"

—Tiene asuntos con Aya —respondió la mujer—. Yo lo dejaría en paz.

Lista como ella sola, esa chica.

El final del pasillo dejaba claro que esto no era simplemente un corredor que terminaba en sí mismo. En cambio, las paredes y el techo parecían haber tenido una crisis y volver con un nuevo propósito en la vida: el gris simple y sucio había sido moteado con color, como si alguien hubiera cosido láseres arcoíris en las paredes. Los paneles del techo mostraban frases, insípidas como *¿Qué te hace feliz? ¿Cómo puedes combatir tus miedos?*

Por un momento Davin se preguntó si todavía estaba en una fragata de Eden o si había caído en un sueño psicodélico. ¿Inundaría Heath su nave con gas alucinógeno solo para jugar con Davin?

Probablemente no.

La puerta al final del pasillo tenía un escáner con luz verde. Sin cerradura, entonces. Simplemente entra y únete a la fiesta. Davin consideró: ¿entrar con las armas fuera, o seguir interpretando al visitante confundido, ver hasta dónde le llevaría eso?

Bueno, no muy lejos, viendo que Aya sabría exactamente quién era él y por qué estaba allí. Armas fuera, entonces.

Davin dejó caer la pistola en un bolsillo del abrigo, puso el rifle en sus manos, colocó un dedo en el gatillo, giró su codo derecho para tocar el panel de entrada de la puerta. Sin queja, la barrera se deslizó a un lado, abriendo hacia otra amplia sala de entrenamiento. Las otras áreas de ejercicio de la fragata coincidían con sus etiquetas: grandes espacios, líneas para juegos o ejercicios, máquinas de pesas y cintas de correr dispersas por todas partes.

Aya tenía otras ideas.

Diez estaciones —Davin no podía pensar en otra forma de llamarlas— se extendían uniformemente por toda la sala, con cinta adhesiva de colores en el suelo marcando las divisiones. Cada estación tenía una silla o banco, y no de los tipos amigables que Davin podría ver en un parque o café: esposas y correas inundaban las cosas, brillando con la luz dispersa desde arriba. Las líneas fluorescentes de otros lugares estaban parcheadas aquí, cortinas de oscurecimiento estiradas a través de secciones para crear un tablero de ajedrez sombreado de luz en el suelo. Tan raro como era todo eso, sin embargo, la atención principal de Davin se centró en los cascos que colgaban sobre cada silla y banco.

El *Jumper* tenía varios simuladores empaquetados en una bodega de carga secundaria. Pareciendo grandes cápsulas de píldoras, los simuladores podían llevarte prácticamente a cualquier lugar que quisieras ir. El óvalo circundante mantenía tu cuerpo en su lugar, permitiendo que el simulador te mantuviera inmerso. Estos serían diferentes, te darían una versión a medias para tus ojos y oídos mientras las restricciones aseguraban que no te lanzaras contra una pared y te lastimaras. Nadie usaría estos para entrenar, nadie usaría esta configuración para divertirse cuando existía la variedad de cuerpo completo.

Afortunadamente, Davin podría obtener respuestas a sus preguntas.

Aya, junto con otros tres payasos de Eden, estaba cerca de la última estación a la derecha. Allí, atada de espaldas a un amplio banco, con un casco en la cabeza, estaba Phyla.

Un monitor portátil, acercado con ruedas, acaparaba la atención de Eden. Davin estaba demasiado lejos para ver bien, pero apostaría a que mostraba una transmisión de lo que Phyla estaba viendo, tal vez algunos números adicionales como sus signos vitales, actividad cerebral. Erick, el antiguo médico de los Nueves, habría podido interpretar esas cosas.

No es que importara: este no era un experimento que fuera a continuar.

Aya no jugaba a los juegos de sus compañeros. Pasó de largo el monitor, inclinándose sobre Phyla con una mano envolviendo la muñeca de Phyla. Como en la lanzadera, la mirada inspeccionadora de Aya, su postura inclinada, sugerían una observación, un experimento.

Sobre Phyla.

—Eh —anunció Davin, apuntando el rifle al grupo de Eden—, se acabó la fiesta, gente. Sacadla o los láseres empezarán a volar.

El personal de Eden igualó la mirada incrédula de Aya antes de que su líder suspirara. Sacudiendo la cabeza, Aya hizo un gesto cortante a los tres de Eden mientras retrocedía de Phyla, soltando la muñeca de la piloto.

—Heath no me dijo que comenzaría tan temprano —dijo Aya mientras Davin entraba más en la habitación.

Davin dio varios pasos hacia la izquierda por cada uno hacia adelante, permitiéndose girar y cubrir tanto la puerta por la que acababa de entrar como el grupo de Eden. No parecía haber otra salida. No era bueno, ya que significaba que Davin tendría que abrirse paso de vuelta a través del único pasillo, pero no siempre se puede elegir el campo de batalla.

—Supongo que tú y Heath deberíais trabajar en vuestra relación —dijo Davin—. ¿Está apagada?

Phyla todavía tenía el casco puesto, pero Davin se refería a la simulación. Cortar bruscamente a alguien de un mundo virtual podía ser problemático de muchas formas, así que la mayoría de los sistemas no lo permitirían a menos que fuera una emergencia. En su lugar, tendrías una cuenta atrás de diez segundos, con una voz tranquila diciéndote que la experiencia estaba terminando mientras el universo se desvanecía a un agradable blanco o negro.

—Está apagada —dijo uno de los bromistas de Eden.

Los tres se agruparon, con su monitor, contra la pared del fondo de la habitación. Aya permanecía a un par de metros de Phyla. Las manos de la líder de escuadrón seguían moviéndose nerviosamente hacia Phyla.

—Estás interrumpiendo un trabajo importante, ¿sabes? —dijo Aya mientras Davin se acercaba, lentamente.

—Es un hábito mío. —Davin dirigió rápidamente el rifle hacia las esposas—. Desatadla.

Aya metió la mano en un bolsillo —llevaba uniforme de combate, todo en verde bosque de Eden— y sacó una pequeña tarjeta llave. Pasándola por las esposas, Aya abrió las restricciones de Phyla. Las manos de la piloto fueron rápidamente a su cabeza, quitándose el casco de RV. Y ahí estaba ella, Phyla, pareciendo un poco aturdida pero por lo demás sin peores consecuencias.

—Hola —dijo Davin, haciendo retroceder a Aya con el rifle—. Bienvenida a tu fuga de prisión.

Phyla parpadeó, vio a Davin, atrapó la pistola que él le lanzó. —Un poco tarde.

—Tuve problemas para conseguir indicaciones.

La piloto rodó fuera del banco lejos de Aya, se giró y apuntó con la pistola a la líder del escuadrón. Dudó mientras Aya extendía las manos, mostrando que no tenía un arma encima.

—Estamos con el tiempo contado, cariño —dijo Davin—. Si vas a liquidarla, hazlo y vámonos.

En lugar de eso, Phyla apuntó a la izquierda, disparó y quemó un agujero a través del monitor. El grupo de Eden se dispersó, uno maldiciendo todo el camino como si le hubieran disparado a él en su lugar. Aya pareció impasible, pero, mientras Phyla apuntaba y disparaba una y otra vez, la líder del escuadrón encontró su ira. Cada disparo que Phyla apretaba iba directo a un casco de RV, quemándolos todos hasta hacerlos pedazos.

Un movimiento paralizante tan lejos de la Tierra, donde los nuevos conjuntos serían difíciles de encontrar.

—Muy satisfactorio —dijo Phyla, una vez completada la destrucción.

—¿Dejarla viva, pero destruyendo los cascos? —preguntó Davin.

—No intentó matarme —respondió Phyla—. Si lo hace, está muerta.

—Genial. Si has terminado de freír hardware, ¿estás lista para irnos?

—Totalmente.

Con Phyla cubriendo su espalda, Davin se dirigió hacia la puerta. Durante todo el camino, ideas torpes rondaban la cabeza de Davin sobre cómo realmente saldrían de la nave. Sin el *Jumper*, había dos opciones: secuestrar otra nave, o llegar a una lanzadera de evacuación y despegar. Esta última definitivamente tenía ventaja de viabilidad, pero entonces, Heath también lo sabría. Todas deberían tener guardias esperando fuera para acribillar a Davin.

Mejor mantenerlo impredecible.

Davin llegó a la puerta, activó el escáner, y vio un pasillo que se extendía directamente hacia un escuadrón armado. La rápida mirada confirmó armadura corporal, confirmó rifles levantados. Confirmó que estaban atrapados. Y, sin embargo, los defensores de Eden no dispararon antes de que Davin volviera a esconderse en la habitación.

No eran rápidos con el gatillo, esta gente.

—¿No hay salida? —preguntó Aya desde el otro lado mientras Davin transmitía la no tan genial actualización a Phyla.

—No me digas que hay una puerta secreta desde aquí —preguntó Davin a Phyla—. ¿Has visto alguna?

—Me trajeron por esa puerta —Phyla comprobó la potencia de su pistola—. Davin, no me digas que pasaste por todos los problemas para llegar aquí solo para que nos capturen de nuevo.

—Lo estoy intentando, ¿vale?

—¿Os ha superado Heath en inteligencia a los dos? —preguntó Aya.

Davin la ignoró, miró de nuevo hacia la puerta. —Bien, nuevo plan. Juntamos el paquete de potencia de tu rifle, lo lanzamos por el pasillo como si fuera una granada. Cuando se dispersen, cargamos.

—¿Todo el camino hasta el ascensor? —preguntó Phyla.

—¿Tienes una idea mejor?

—Yo podría tenerla —dijo Aya, acercándose, todavía manteniendo las manos abiertas para mostrar que no había cogido un arma letal en alguna parte—. Si estáis dispuestos a escuchar.

Motivos ulteriores. Las malditas cosas infestaban la vida de Davin. Nadie jugaba simple ahora, ciñéndose a los buenos y los malos. La gente siempre tenía que tener otra agenda. Cuando Davin miraba a Aya ahora, no solo veía a una líder de escuadrón de Eden con un hobby extraño, sino a alguien más impulsado, o más desesperado. Dispuesto a arriesgarlo todo en una jugada.

O eso, o Aya estaba a punto de ofrecer un plato abundante de mierda con la esperanza de que Davin y Phyla lo mordieran. Peor aún, Davin no estaba seguro de que tuvieran otra opción.

—Habla —dijo Phyla, ajustando su voz a hielo de esa manera que tenía.

—Tomadme como rehén —dijo Aya.

Silencio. El trío de Eden al fondo tenía los ojos desorbitados ante la sugerencia.

—Heath no me disparará —respondió Aya—. Podemos salir directamente.

Davin miró a Phyla. —Supongo que eso significa que si las cosas van mal, puedes vengarte antes de que la palmemos.

—Eso es positivo —dijo Phyla—. Bien. Quédate quieta. —La piloto, entregando su pistola a Davin, cacheó a Aya. No encontró armas, ni herramientas peligrosas—. Está limpia.

Durante el registro de Phyla, Davin escuchó, intentó oír si la gente fuera de la puerta se estaba acercando. Hasta ahora, nada. Como si Heath tuviera a sus combatientes esperando a que Davin y Phyla salieran, a pesar de, bueno, Aya y sus amigos investigadores ahí dentro. La postura iba en contra de casi todas las directivas de conflicto que Davin conocía. Eden tenía números, tenía potencia de fuego, tenía a sus objetivos atrapados, pero no hacía nada.

Así que cuando Aya se colocó en la puerta, con las manos en alto, y dijo que estaba lista, Davin sintió un escalofrío. Esta fuga no iba bien, y si Davin fuera un apostador —y definitivamente lo era— pondría todas sus monedas a que iría a peor.

DIEZ

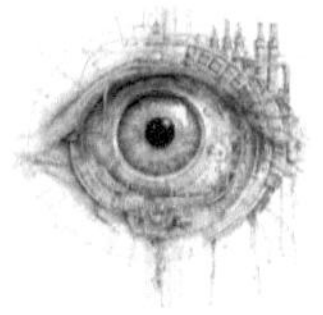

UNA ESCAPADA

Cómo abrirte paso para escapar en una nave hostil, lección uno: lleva contigo un rehén valioso. Davin no podía, ni siquiera confiaba en Aya lo más mínimo, pero cuando la alternativa era ser acribillado en un gimnasio siniestro, bueno, te conformas con lo que hay.

—Guíanos —dijo Davin a Aya, dejando que Phyla vigilara la retaguardia.

Aunque no hacía falta: el trío de investigadores de Aya parecía mareado ante la idea del combate. A veces Davin olvidaba que existían profesiones, vidas enteras que no giraban en torno a encontrar formas ingeniosas de matar a otras personas. Como encontrar una roca rara, ver a esos tres.

—¿Adónde queréis ir? —preguntó Aya mientras se acercaban a la salida y a la falange que esperaba al otro lado.

—Al transbordador más cercano, si no te importa —dijo Davin.

—Eso será una buena caminata —respondió Aya—. ¿Seguro que no puedo convencerte de que tomes algo más cercano?

Con Davin a la espalda de Aya y Phyla a la sombra de Davin, los tres formaron una fila india mientras salían del gimnasio. El pasillo psicodélico hizo que Davin sintiera como si estuviera abandonando un sueño, uno que se estrellaba contra una terrible realidad: ocho soldados en formación con armas de fuego apuntándoles directamente.

—Por ahora, solo sácanos de este pasillo —dijo Davin.

—Por supuesto. —Aya agitó los brazos—. No disparéis. Me tienen como rehén.

Para ser una rehén, su tono sonaba sedado, como una actriz en la quincuagésima toma de una escena aburrida.

Pero, oye, los soldados no dispararon. Tampoco retrocedieron, pero mientras Aya seguía avanzando, con Davin y Phyla pegados a ella en cada paso, ningún láser los abatió. Unas cuantas órdenes sin convicción de que soltaran a Aya resonaron en su dirección, gritadas por algún comandante detrás del grupo. Cuando Davin no hizo ningún gesto de obedecer, los soldados no intentaron nada nuevo.

—Estos deben ser los peores de Eden —dijo Davin mientras el trío avanzaba lentamente hacia los soldados y la intersección—. ¿Ni siquiera lo intentan?

—No estamos entrenados para esto —respondió Aya, manteniendo la cara hacia delante—. ¿Cuántos campos de batalla requieren negociación de rehenes?

—Seguid moviéndoos —interrumpió Phyla—. Esto no es una tertulia.

Aya los condujo hasta unos pocos metros, hasta el punto donde Davin consideró que incluso un disparo impreciso podría arriesgarse a eliminarle a él y a Phyla. Aun así, los soldados contuvieron el fuego. Incluso retrocedieron, alejándose de la intersección como un cangrejo asustado.

Contribuyendo al momento surrealista, el anunciador de la fragata comenzó a leer el menú de la cena: pasta nutritiva de langosta con un batido multivitamínico. Sin alarmas, sin llamados a las armas.

Heath era oficialmente el capitán más extraño que Davin había conocido, y eso que la lista era bastante larga.

—Alto —dijo Davin cuando llegaron a la intersección, con el rifle justo en la espalda de Aya—. Comprueba a tu izquierda. ¿Hay algo en el pasillo?

—Nada en absoluto. Despejado hasta los ascensores —dijo Aya—. ¿No tenéis suerte?

Cuando miró hacia atrás, Phyla respondió a su confusión con una sacudida de cabeza. Las cosas no cuadraban. Davin podía aceptar un par de golpes de buena suerte, como el tipo que le había proporcionado una funda para el rifle en este nivel, pero ¿ahora?

—No tenemos elección —dijo Phyla.

De acuerdo.

—Sigue avanzando —dijo Davin—. Si nos mientes, si nos llevas al lugar equivocado, serás la primera en morir.

—No esperaría menos de asesinos curtidos como vosotros.

Davin hizo una mueca: asesino curtido no era precisamente su adjetivo favorito. Se podría argumentar —algunos lo habían hecho— pero Davin aún no había aceptado una misión de asesinato. Hasta ese día, cualquier muerte era un accesorio, no el objetivo.

Al menos, eso se decía a sí mismo.

Davin confirmó la evaluación de Aya sobre el camino despejado, luego rotó a la rehén para mantenerla en la mira de los soldados mientras los tres avanzaban por el pasillo. De nuevo los soldados contuvieron el fuego, de nuevo la muerte segura se contuvo.

Al llegar a los ascensores y al cruce semicircular que lo rodeaba, Davin y Phyla —Aya ahora estaba colocada detrás de ellos, interrumpiendo las líneas de visión—encontraron la zona desierta. Ni un alma vagaba desde la cafetería, ningún guardia armado se acercaba desde los barracones.

—El nivel dos —dijo Aya— es donde encontraréis las bahías de atraque.

Phyla llamó al ascensor mientras Davin cubría, aunque empezaba a sentir que todo era innecesario. ¿Habrían disparado los soldados si él y Phyla hubieran salido silbando una melodía?

El nivel dos albergaba los transbordadores de la fragata. No estaba desierto, pero nadie parecía prestarles atención. Para intentar mantenerlo así, Davin enfundó el rifle y dejó que Phyla, con su pistola más discreta, dirigiera a Aya.

Comparados con las secciones anteriores, los pasillos de la bahía de atraque eran más grandes, a menudo llenos de materiales y robots que se desplazaban. Entraban más cajas de las que salían, con drones de carga despegando y aterrizando en la nave.

—¿Qué es todo esto? —no pudo evitar preguntar Davin.

—Estamos reabasteciendo —respondió Aya—. Ío está cerca, y tenemos previsto otro giro alrededor de Urano.

¿Reabasteciendo con placas de circuitos de alta gama y fibra de carbono? ¿No solo paquetes de energía sino baterías cinéticas de larga duración? No eran las provisiones habituales, pero cuando Davin presionó a Aya al respecto, ella respondió que Eden tenía requisitos estrictos sobre lo que debían llevar.

—Heath, por supuesto, ejerce cierta discreción. —Aya se rio, algo etéreo—. ¿Quién va a detenerle, tan lejos como estamos?

La quinta bahía de atraque contenía el mismo transbordador que Aya y su escuadrón habían utilizado para abordar el *Jumper*. Estaba allí, cargado y en reposo, esperando a que alguien lo pilotara.

—¿Quieres que escapemos en esta cosa? —preguntó Phyla—. Nos harán pedazos.

—No si nos la llevamos con nosotros —dijo Davin—. No han disparado ni una sola vez, ni han hecho una sola amenaza desde que la tomamos como rehén. Supongo que seguiremos así.

Aya se rio de nuevo, se giró para mirar a Davin mientras estaban dentro de la entrada de la bahía de atraque. Como las otras bahías, esta tenía su parte de cajas, diversos robots de mantenimiento y herramientas colgadas a los lados bajo un 04 estarcido en negro en las paredes.

—No voy a ir con vosotros —dijo Aya.

—Bueno saberlo —respondió Davin—, pero lo bueno de los rehenes es que no me importa tu opinión.

Aya se movió rápido. Un resorte en espiral liberándose. Su mano izquierda se disparó, golpeando la pistola de Phyla y liberándola del agarre de la piloto. Antes de que Davin pudiera dar la vuelta a su rifle, Aya le golpeó el cuello con la mano derecha, enviando a Davin hacia atrás, tosiendo, hacia la puerta de la bahía de atraque.

Como si fuera una señal, alguien finalmente hizo sonar una alarma, las luces destellaron en rojo y el altavoz —aún con un tono de té de media tarde— pedía ayuda con una fuga de prisioneros.

Davin intentó encontrar la manera de respirar mientras Phyla se lanzaba a por su pistola. Aya ignoró a la piloto, en cambio se lanzó corriendo hacia Davin. El capitán tuvo un momento fugaz para levantar las manos, lanzando un bloqueo agotado para detener la patada de Aya. La fuerza detrás del golpe empujó a Davin el resto del camino contra la pared de metal, el lado izquierdo de la puerta.

Resultó que el acero no era el aterrizaje más cómodo.

Davin, sin embargo, no había recibido cien golpes sin aprender a convertir el impulso en un contraataque. Se separó de la pared con un derechazo, echando el hombro hacia atrás e inclinándose con un puño hacia delante para destrozar la cara.

Aya, por supuesto, esquivó. Se agachó hacia su derecha, intentando poner a Davin entre ella y Phyla. Un movimiento inteligente, predecible. Davin siguió avanzando a través de su amplio golpe, usando el impulso para intercambiar posiciones con Aya, dejando un metro entre ellos.

Tiempo suficiente para bajar el rifle, tiempo suficiente para apuntar.

Y encontrarse con cuatro armas más apuntándole. Soldados de Eden, estibadores, quienes fueran: habían llegado rápido, muy rápido con la alarma. Tenían a Davin atrapado sin cobertura, y Phyla no estaba mucho mejor mientras agarraba su pistola más profundamente en la bahía.

La sonrisa de Aya se volvió tan petulante que Davin quiso disparar de todos modos, solo para borrarla. Un buen último acto.

Pero no era justo para Phyla, su tripulación.

—Supongo que nos habéis pillado —dijo Davin, solo para que Aya le ignorara y mirara a Phyla.

—Sube a la nave y despega, ahora —dijo Aya.

Phyla, con la pistola en la mano, parpadeó.

—¿Qué?

—Ya me has oído. El transbordador está listo para volar. Entra y vete.

—No les des la oportunidad de cambiar de opinión —intervino Davin en el silencio—. Vámonos de aquí.

Un láser pasó rozando a Davin antes de que diera un paso, cruzando entre él y el transbordador.

—Ella puede irse —dijo Aya—. Tú no.

—No hay trato —espetó Phyla—. Davin viene conmigo.

—Si te vas ahora, él tiene una oportunidad —respondió Aya, mientras Davin miraba entre las dos, y las armas fijas en él—. Si insistes, ninguno de los dos tendrá ninguna en absoluto.

—¿Por qué? —gritó Davin, la maldita extrañeza de todo aquello conquistando cualquier influencia astuta—. ¿Qué diablos estáis haciendo todos? ¿Queréis matarnos? Entonces matadnos. ¿No queréis? ¡Entonces dejadnos ir!

Aya le ignoró. Siguió mirando a Phyla.

—¿Y bien? —preguntó Aya.

—¿Davin? —dijo Phyla—. No quiero dejarte.

—Bueno, eso es un alivio —respondió Davin—. Un momento incómodo, pero lo acepto.

Phyla se rio, lloró, esperó. Aya seguía diciendo que tenían una elección, pero no había ninguna. Tanto si toda la fuga de la prisión de Davin había sido un espectáculo como si su suerte finalmente había fallado, la única opción ahora era agarrarse a un clavo ardiendo. Ver qué podían rescatar.

—Vete —dijo Davin, con la boca secándose mientras decía las palabras—. Sal de aquí. Me reuniré contigo más tarde.

Phyla encontró sus ojos, Davin reuniendo suficiente valor para esbozar una sonrisa. Una mueca, en realidad. La curvatura del labio diciendo que todo estaría bien. Siempre lo había estado, siempre lo estaría.

La piloto negó con la cabeza, pero cuando Aya cambió su puntería, mantuvo la pistola en el cráneo de Davin, tomó la decisión que tenía que tomar.

—No llegues tarde —dijo Phyla, y luego subió corriendo por la rampa.

El siseo metálico comenzó, la rampa retrayéndose tras Phyla. Los gemidos del motor llenaron la bahía, el transbordador encendiéndose. Todo el tiempo Aya mantuvo la pistola en la frente de Davin, todo el tiempo Davin mantuvo sus ojos en el transbordador, en el pelo rojo brillando a través del parabrisas.

Su propio pelo se agitó cuando los microimpulsores del transbordador lo sacaron de la bahía de atraque, el ruido del motor ahogando cualquier otro sonido. Phyla giró la nave, un giro lento. No una escapada apresurada, solo una maniobra gradual.

Davin sonrió un poco más. Phyla estaría exprimiendo cada segundo, aprendiendo los entresijos del transbordador, todos sus secretos. Cuando Eden fuera tras ella, como tenía que ser, como irían tras cada miembro de los Nueves, Phyla haría que ese transbordador hiciera cosas que nadie esperaría.

Aya empujó a Davin dentro de la bahía después de que el transbordador de Phyla rugiera hacia fuera. Caminaron justo hasta el escudo magnético, una pared casi invisible que contenía el vacío a un enorme coste energético. La fragata debería haber estado cerrando pesadas puertas, pero en cambio las estrellas los llamaban, el enorme cuerpo de Júpiter visible a la izquierda.

—Mira —dijo Aya.

—Si le disparas, voy a empujarte a través de este escudo —dijo Davin, solo para que los soldados detrás de él le agarraran los brazos, sujetándolo.

—Solo mira.

Mientras el transbordador de Phyla se alejaba, dirigiéndose hacia Júpiter y, con suerte, el *Jumper*, otra estela brillante pasó por encima. Una pequeña nave —la estela del motor era demasiado grande para un misil— persiguiéndola. Mucho más rápido que el transbordador, el caza la alcanzó rápidamente. Sin escáneres, Davin no podía ver nada más que puntos bailando, pero pequeños destellos iban de un punto a otro. Rayos rojos.

El diccionario de improperios de Davin era extenso, su catálogo de insultos tenía mil páginas de grosor, y los quemó todos en esa bahía de atraque, viendo esos pequeños dardos, sabiendo que Phyla no tenía escapatoria.

Sabiendo que era inútil mientras el punto que contenía a su amor se desvanecía en una bola brillante, y luego nada.

Davin ya había estado aquí antes. En Miner Prime, en una suite lujosa donde Bosser mató a tiros a Lina, dejándola morir en los brazos de Davin. Un shock estático y hueco. Mil recuerdos pasaron zumbando, cada uno reproducido en su totalidad pero sin ser visto en absoluto, una cascada ferviente, como si al vislumbrar cada momento Davin pudiera preservarlos para siempre ahora mismo. Sus venas se volvieron de hielo. Su corazón se aceleró, su pulso ahogando cualquier otro sonido. Sus rodillas temblaron, pero solo durante el tiempo que tardó el resplandor naranja en desvanecerse.

Mira, el enemigo estaba justo ahí. Esperando.

Sin darse cuenta realmente, de una manera negra y roja, Davin se lanzó contra Aya. La líder del escuadrón contuvo su fuego, dejó que Davin se acercara antes de hacerle pasar de largo, una patada en los tobillos de Davin enviándolo al suelo de la bahía de atraque.

No fue el mejor comienzo, pero la ira anuló cualquier estrategia sensata. Lo único que podía hacer era actuar, y actuar ahora.

El tropiezo de Aya envió a Davin más allá de la

puerta de la bahía, dentro de la bahía y fuera de las líneas de visión de las tropas de refuerzo de Aya. Mientras caía al suelo, Davin notó contenedores de refrigerante, cilindros de acero de un metro de largo, apilados contra la pared. Aya reajustó la mira de su pistola mientras Davin sacaba un cilindro, lo sostenía hacia la mujer aún en el suelo.

—No me obligues a matarte —dijo Aya—. Sería un desperdicio tan grande.

Davin gruñó, presionó el botón de vaciado del contenedor. La boquilla en el extremo lejano del cilindro, apuntando hacia los tobillos de Aya, se abrió. Un líquido blanco como tiza salió disparado, vapor congelado ascendiendo alrededor de la explosión. Aya saltó a su derecha, recibiendo el refrigerante en sus pies. El disparo de la pistola nunca llegó.

Había tenido tiempo, pero Aya no dio el tiro mortal. Davin no podía entender por qué, tampoco le importaba mucho ahora. Levantó el contenedor de refrigerante, resistió su retroceso mientras el líquido seguía saliendo, y se tambaleó alrededor de la puerta.

El ataque con el bote de refrigerante solo tuvo unos segundos para desarrollarse, pero el escuadrón de Eden decidió no aprovecharlo, abandonando su formación para retroceder por el pasillo que cruzaba la bahía. Dos de ellos llevaban a Aya, quien parecía completamente tranquila a pesar de tener los pies, botas incluidas, congelados hasta adquirir un tono azul pálido.

¿Los otros tres? Tenían sus rifles apuntando a Davin, pero no dispararon. Continuaron la retirada, cerrando las bahías de atraque a su paso. Limitando las opciones de Davin.

Bien. Davin iría donde ellos quisieran, y destruiría cualquier cosa que le esperara al final. Tirando el bote vacío a un lado, Davin caminó tras sus enemigos.

Aya y sus portadores se adelantaron, desapareciendo en un ascensor. Los demás que estaban ocupados alrededor de las bahías de atraque habían desaparecido, dejando a Davin con su trío y sus indicaciones. Las cajas apiladas alrededor de Davin no ofrecían armas ni opciones. Solo piezas de naves, provisiones para el personal de la fragata.

Los rifles indicaron a Davin que fuera hacia las escaleras.

Cuando Davin intentó negarse, intentó dar un paso hacia el ascensor que los tres protegían, uno de ellos realmente disparó. El rayo naranja rojizo rebotó en el suelo a los pies de Davin. Nuevamente, los rifles señalaron hacia las escaleras.

—¿Por qué? —preguntó Davin, todavía fingiendo conmoción, en una vida que no parecía real—. ¿Cuál es el objetivo?

Los tres no respondieron, sus rostros impasibles señalando hacia las escaleras.

—¿Es algún juego enfermizo que Heath os ha puesto a jugar? —Davin se cruzó de brazos—. Decidle que baje aquí para que pueda matarlo, si eso es lo que quiere.

Cuando el trío no respondió, Davin intentó darse la vuelta. Volver hacia las bahías de atraque, probar los límites. No dio ni un paso antes de que otro rayo pasara junto a él, impactando en la pared del pasillo.

Sin camino atrás, solo una vía hacia adelante.

De repente, la conmoción se disipó dando paso al agotamiento. La ira seguía ahí, burbujeando, pero Davin no tenía dónde gastarla. Cargar de frente contra los tres significaría muerte instantánea. Subir las escaleras ofrecía una ruta, pero sin un objetivo. Había estado atrapado en una red desde que escapó de su celda, un plan estúpido que le había costado la vida a Phyla.

—¿No podéis simplemente dispararme y acabar con esto? —preguntó Davin.

El trío mantuvo su fuego.

—Por supuesto que no. Porque vuestro jefe es un capullo.

Ni una sola emoción. Bien entrenados, estos tipos de Eden.

—Vale, subiré por vuestras estúpidas escaleras. ¿Cuántos niveles?

—Cuatro —dijo el hombre del medio del trío, el que había disparado ambos tiros de advertencia.

Davin le dedicó un gesto obsceno con el dedo en respuesta, y luego pasó por la puerta plana hacia los estrechos escalones metálicos. Relegadas a un estatus secundario, las escaleras en esta y en la mayoría de las naves presentaban peldaños compactos, espacios reducidos y un diseño claustrofóbico.

Al menos la baja gravedad permitió que Davin pudiera saltar de un pequeño rellano al siguiente, subiendo los cuatro niveles en pocos segundos. En la puerta designada, Davin dudó. Podría subir más, intentar poner una piedra en el engranaje del plan de Heath.

—Qué pena —le dijo Davin a la puerta, subió un nivel más e intentó salir por la salida del quinto nivel.

La puerta se abrió mostrando a dos guardias más de Eden esperando allí, con rifles desenfundados y apuntando directamente al corazón de Davin.

—Un nivel de más —dijo la guardia de la izquierda, la misma mujer que había estado ayudando a Davin en el gimnasio hacía apenas treinta minutos—. Baja uno, por favor.

—¿Esto te hace sentir poderosa o algo así? —le preguntó Davin—. ¿Es esto para lo que te alistaste con Eden? ¿Para aterrorizar a la gente?

—Tú eres el terrorista —respondió la mujer—. Baja o dispararemos.

—Él mató a mi esposa hace un segundo, ¿lo sabes, verdad?

—¿A cuántos de los nuestros han matado vuestros rebeldes?

Davin descubrió que sus puños se cerraban y abrían. Tomó un largo respiro, se dio la vuelta y cerró la puerta tras él. Todos eran humanos, todos tenían sus creencias, elegían sus bandos.

No conseguiría su simpatía, pero Davin podría ganarse su respeto, su miedo.

De vuelta en el cuarto nivel, Davin se examinó. Ya sin abrigo, solo una vieja camisa, pantalones y esas buenas botas. Sin armas, solo con barba incipiente y pelo que necesitaba un corte. Un lavabo habría estado bien, junto con una comida. Por lo demás, sin embargo, estaba sano. Listo.

—Por favor, por favor, que Heath esté al otro lado —murmuró Davin, y luego abrió la puerta de golpe.

Heath no estaba esperando al otro lado. No había nada, más allá de la pared opuesta de un estrecho pasillo. Davin intentó ubicarse en la nave, un proceso facilitado por el directorio a la derecha, frente a los bancos de ascensores. Mientras Davin lo leía, los ascensores se abrieron y su trío de escoltas se desplegó, bloqueando a Davin para que no continuara por el pasillo hacia la popa.

El mapa de la pared dejaba bastante claro adónde quería Heath que fuera Davin.

—¿Quiere que vaya al puente? —preguntó Davin al trío—. Bien. Puedo mandaros a todos al infierno desde allí.

La amenaza no alteró a los guardias. Estos tíos eran de pasta dura.

El camino hacia el puente llevó a Davin por habitaciones de todo tipo, y todas estaban selladas a su entrada. Cerraduras de luz roja y altavoces ocasionales que le decían a Davin que sus credenciales, o la falta de ellas, no eran válidas aquí. Normalmente, Davin habría sido de los que odiaban los espacios estrechos, la falta de opciones.

Ahora la concentración era su aliada. Davin fue directo al puente, alimentando cada paso con ira hirviente, desesperación y una frustración de me-importa-un-carajo.

Heath lo dejó venir. El pasillo se expandía hacia otro conjunto de ascensores en la entrada del puente, con gruesas puertas blindadas retraídas para dar a Davin fácil acceso. El trío también mantuvo el ritmo con Davin, siempre varios metros atrás, sin decir palabra. Nadie más esperaba, así que Davin entró directamente.

La fragata no era un gigantesco acorazado como el que comandaba Opal. No era un crucero como el *Galaxy's Song* o un gran carguero, así que el puente aquí parecía un pequeño restaurante. Mesas, cada una alineada con consolas, se situaban en forma de U alrededor del centro de la habitación. Allí, en una plataforma elevada para poder mirar por encima de sus subordinados, estaba el hombre al que Davin necesitaba propinar un severo puñetazo por sorpresa.

El silencio interrumpió la marcha de Davin. Davin siempre encontraba los puentes ajetreados. Personas, comunicaciones, llamadas, charlas deberían haber estado por todas partes. En cambio, todas las mesas estaban desiertas. Algunas consolas parpadeaban con alertas, pero nada sonaba pidiendo atención urgente. Heath realmente estaba solo. El trío ni siquiera siguió a Davin adentro.

El propio Heath parecía más cansado que durante la charla en la bodega de carga. Como si hubiera pasado toda la noche en vela, aunque Heath tenía un vigor seco en su postura que decía que había hecho lo que se había quedado despierto para hacer.

—¿Por qué tuviste que hacerle daño a Aya de esa manera? —dijo Heath para empezar, apoyándose en una barandilla alrededor de su plataforma central y mirando a Davin como si fueran amigos poniéndose al día—. Podría perder ambos pies.

—Yo perdí a Phyla.

Heath se encogió de hombros, un movimiento que casi hizo que Davin subiera corriendo los escalones en ese momento. Lo único que contenía a Davin era la certeza de que esto era, de alguna manera, una trampa. La furia ciega había agotado su curso en la bahía de atraque; ahora una venganza fría sostenía los hilos de Davin.

—Todos perdemos a personas —dijo Heath—. Así funciona la vida. La mayoría de nosotros seguimos adelante. Tú no tendrás que hacerlo.

—¿Porque vas a matarme?

—No exactamente —respondió Heath, luego miró su muñequera—. Diez segundos más, amigo mío, y entonces tu dolor podrá descansar.

Davin dio un paso hacia la plataforma central, luego dos. Heath cruzó los brazos, miró hacia abajo por la rampa a Davin.

—¿Diez segundos y luego qué? —dijo Davin, calculando la distancia—. A menos que seas mejor disparando de lo que pareces, una pistola no te salvará.

Heath negó con la cabeza.

—Nunca te desperdiciaría en algo tan mezquino como la venganza.

—Yo te desperdiciaría por ella —dijo Davin. Se había movido para crear una línea recta entre él y Heath, sin obstáculos. Fácil—. De hecho, creo que lo haré ahora.

Davin se lanzó hacia adelante, moviendo los brazos, dirigiéndose directamente hacia Heath. El capitán mayor comenzó a alcanzar algo, pero no sería lo suficientemente rápido. Davin lo haría pedazos, golpearía a Heath contra la consola y le daría uno o dos golpes mortales antes de que ese trío acabara con Davin.

A medida que los metros entre ellos disminuían, Davin retuvo su brazo derecho, listo para impulsarlo hacia adelante. El momento tenía que ser perfecto, justo en la cara presuntuosa de Heath.

Y lo habría sido también, si un cuerpo no hubiera caído entre ellos. Si un rostro, enmarcado con largo cabello rojo, no hubiera bloqueado a Heath. Si Phyla, con ojos verdes ardientes, no hubiera atrapado el puñetazo de Davin y sujetado su mano con firmeza.

Un segundo de confusión se ahogó en cinismo, en experiencia, en las imperfecciones que Davin notó instantáneamente. No suficientes pecas, sin cicatrices. La Phyla que estaba frente a él no había vivido una vida, un hecho tan obvio que la esperanza nunca tuvo oportunidad de surgir.

En cambio, mientras el androide lanzaba a Davin por encima de la barandilla, mientras el capitán de los Nueve volaba y se estrellaba contra unas consolas dolorosamente robustas, todo lo que Davin podía pensar era que su maldita vida simplemente no podía empeorar más.

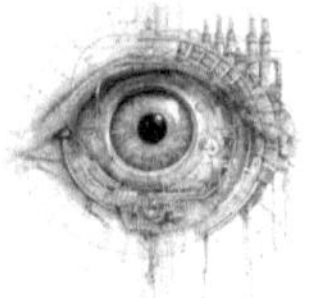

ONCE

LA HORA DEL ESPECTÁCULO

Entre las muchas miserias que Davin había soportado, tener vidrios rotos y estanterías destrozadas clavándose en su espalda mientras la copia mecanizada de su amor intentaba asesinarle... bueno, Davin decidiría dónde clasificar esta una vez que escapara.

Primera prioridad: salir de la mesa destrozada. Davin rodó, sintiendo algo crujir en su hombro, los pequeños fragmentos pinchando su espalda, pero dejó atrás el mueble destrozado. Caer sobre las baldosas lisas fue un consuelo frío, porque Mecha-Phyla saltó para encontrarse con él allí. El nombre surgió instintivamente, una fusión de películas y el momento actual.

No podía, ni quería, llamar Phyla a este monstruo.

—Este hombre, el héroe de la Tierra —gritó Heath, y aunque Davin no podía ver la cara del hombre, tuvo la clara impresión de que las palabras no iban dirigidas a él—, está intentando escapar de su castigo. Habría asesinado a mi tripulación, me habría disparado hasta matarme, de no ser por este androide.

"Este androide" agarró a Davin por el cuello de su

camisa, lo levantó del suelo, y probablemente lo habría lanzado contra la pared si la camisa de Davin, demasiado desgastada y deteriorada, no se hubiera rasgado. El androide se encontró sujetando un cuello harapiento mientras Davin caía sobre las baldosas.

Luchar contra un androide era una locura la mayoría de las veces, y con solo sus puños desnudos, que Davin intentara un combate directo significaría un rápido abandono del viejo envoltorio mortal. En su lugar, Davin corrió hacia la izquierda, hacia la entrada del puente y más opciones.

—Seguros, fiables y obedientes —continuó Heath con su diatriba—, mis androides son los salvadores que necesitamos para detener estas guerras sin sentido, estas matanzas desenfrenadas.

Davin alcanzó la siguiente mesa, oyó la presión sobre las baldosas detrás cuando Mecha-Phyla saltó hacia él. Agarrando una silla, Davin tiró y giró el objeto, una monstruosidad pesada con ruedas. Algo se desgarró en la espalda de Davin con el movimiento, un nuevo dolor que añadir a su colección, pero valió la pena: la silla golpeó al androide cuando aterrizaba, enredando su volumen en las extremidades de Mecha-Phyla. Mientras el estrépito caía al suelo, Davin se impulsó desde la mesa con su mano y se dirigió hacia la salida.

Cinco metros nunca parecieron tan largos. Una carrera plana por las baldosas directamente hasta las puertas dobles del puente debería haber sido factible y, en su mejor momento, Davin podría haberlo logrado. Davin recorrió la mitad de la distancia antes de que algo enorme se estrellara contra él desde atrás, lanzándolo al suelo otra vez. Una rueda cerca de su cara le indicó a Davin que la silla que había usado había vuelto para una segunda aparición.

—Capaces de manejar incluso al adversario más hábil,

mis androides de próxima generación están listos —cacareó Heath mientras Davin se quitaba la silla de encima y veía a Mecha-Phyla amenazante. Ella levantó un pie, quizás con la intención de aplastar la cabeza de Davin como una uva—. Ponlos en acción, ¡y mira cómo se desmoronan nuestros enemigos!

Davin alcanzó con su mano derecha, tirando de la silla sobre él cuando el pie de Mecha-Phyla descendió. La silla de plástico y tela recibió el golpe, aplastándose contra la cara de Davin. Las baldosas presionaban desde atrás, y Davin sintió que podría explotar, con un dolor de cabeza de mil estrellas estallando.

Con sus manos, Davin empujó hacia arriba y hacia delante el respaldo de la silla, dando a su cabeza un micrómetro de espacio y, más importante, usando el pie plantado de Mecha-Phyla en su contra. El equilibrio del androide se tambaleó cuando su pie derecho se deslizó a un lado, mientras Davin usaba sus propias piernas para empujar contra las baldosas, escapando de debajo de la trampa.

La silla golpeó y se rompió mientras Davin escapaba, permitiendo que Mecha-Phyla aplastara el mueble contra el suelo del puente. El capitán de los Nueves se impulsó hacia atrás sobre su trasero, tratando de ganar distancia, sabiendo que no podría escapar.

Pero Phyla no sería vengada si Davin moría aquí.

—¡Tú ganas! —gritó Davin mientras el androide apartaba la silla de una patada y reanudaba su acecho. Heath cerró la boca en su incesante discurso de ventas, parpadeando hacia Davin desde su plataforma—. Tu androide me tiene.

Mecha-Phyla no aceptó la rendición, y de nuevo se cernió sobre Davin. Esta vez echó el puño hacia atrás, lista para darle una trituración mortal.

—Te ayudaré a venderlo —continuó Davin, levantando las manos para cubrirse la cara—. Admitiré lo fuerte que es. Eden tendrá que escuchar.

Heath silbó y el androide se congeló. Literalmente. Sin volver a su posición de reposo, simplemente quedó allí, una versión bizarra de Phyla lista para golpear a Davin hasta las estrellas.

Así que Davin tomó aire. Uno profundo. Intentó desentrañar un plan de lo que su boca acababa de soltar.

—Una oferta interesante —reflexionó Heath, y Davin vio al capitán de la fragata tocándose la barbilla allí en medio del puente—. Pero no creo que me ayudes más vivo que muerto.

—No sabes lo encantador que puedo ser —dijo Davin, colocando bien los pies, ignorando el dolor punzante de su espalda.

—Sé lo peligroso que eres —respondió Heath—. No, creo que prefiero que seas eliminado ahora.

El capitán silbó de nuevo. El androide golpeó, su puño volando hacia Davin. Hacia un Davin que ya no estaba en su sitio, sino que ya había empezado a rodar cuando comenzó el silbido de Heath. Con su puñetazo a medio camino, el androide no pudo ajustarse: su puño se estrelló contra las baldosas, agrietando el suelo.

Davin se levantó de una patada, corrió los últimos metros hasta la puerta mientras el androide se reposicionaba y comenzaba su persecución. Las órdenes frenéticas de Heath resonaron.

Davin chocó contra las puertas del puente, pero no se abrieron. Estaba encerrado. Mecha-Phyla cargaba hacia él. Sin lugar donde volverse.

Si no tienes un arma, lo mejor es hacer que el enemigo se dispare a sí mismo.

Davin se quitó el abrigo de un tirón mientras el android e se acercaba, la hiper-agresividad de Mecha-Phyla empujando al androide hacia un puñetazo volador. Davin lanzó el abrigo, poniendo su cortina negra entre él y el androide. Manteniendo los pies plantados, Davin se inclinó a la izquierda, sin dar al androide ninguna señal visible de que su posición había cambiado. Mecha-Phyla hizo aquello para lo que estaba programada, atravesando el abrigo con su puño justo donde había estado la cabeza de Davin una fracción de segundo antes.

Al menos tres cabellos se arrancaron de la cabeza de Davin.

Las puertas blindadas del puente no estaban cerradas; el androide golpeó en su lugar un cristal grueso tintado. Un material diseñado para bloquear el sonido, proporcionar separación sin demasiada seguridad. Recibió el golpe de la misma manera que lo haría una buena ventana, agrietándose y haciéndose añicos con la fuerza.

Davin giró, atravesó la abertura. Heath maldijo. El androide se recalibró, siguió a Davin al vestíbulo del puente. El trío de soldados retrocedió; la aparición del androide rompiendo la puerta claramente no era esperada. Con sus rifles en alto, Davin tuvo su momento claro, evaluó sus opciones.

Justo enfrente estaba el trío y el pasillo. Puertas cerradas por todas partes, sin escapatoria fácil. A la derecha estaban los ascensores, y pocas posibilidades tendría Davin de llamar uno, entrar y elegir un piso sin que el androide lo esparciera por las paredes. Lo que dejaba la opción tres: una pequeña escotilla a la izquierda.

Davin se dirigió hacia el bote salvavidas, la cápsula de escape obligatoria cerca del puente por si acaso. La escotilla estaba cerrada, pero el panel a su lado brillaba en verde, listo para su uso. Davin lo golpeó, vio abrirse la escotilla en espiral, comenzó a zambullirse dentro cuando su impulso se detuvo, con la camisa destrozada presionada contra su espalda. Esta vez, la tela barata resistió y el androide lanzó a Davin de vuelta a través del vestíbulo.

Después de la mesa y el suelo, golpear la pared junto a los ascensores solo se sentía como más de lo mismo. Las estrellas nadaban. Su labio y nariz sangraban. Davin buscó a tientas algo para ayudarse a levantar, golpeó el panel del ascensor, que emitió un alegre timbre. No era exactamente la mejor música para morir.

Mecha-Phyla avanzó pesadamente por el vestíbulo hacia él. Sin puñetazo volador esta vez. Quizás la máquina aprendía más rápido que las versiones anteriores, adaptándose a las técnicas de combate de Davin.

O quizás Heath había hecho que las cosas fueran sádicas, y el androide disfrutaba de los momentos previos a la muerte de Davin.

—¿Sabes qué? —dijo Davin a la máquina mientras se ponía de pie y adelantaba los puños como si fuera a boxear contra ella—. Eres fea.

No era su mejor insulto, y a Davin no le gustaba mucho cómo las palizas hacían que su voz se arrastrara, pero los mendigos no podían elegir.

El androide optó por una patada esta vez, una que Davin intentó bloquear, girándose hacia ella y usando su brazo como escudo. Su muñeca izquierda se quedó dormida y Davin tropezó hacia la derecha, con la espalda contra una puerta del ascensor.

El androide volvió a atacar, lanzando una segunda patada. Davin se agachó esta vez, recibiendo el golpe en el hombro, un impacto que lo hizo girar hacia atrás, hacia el ascensor que se abría.

¡Una oportunidad!

Davin intentó alcanzar el panel del ascensor, pulsar cualquier planta, pero el panel estaba en el lado izquierdo del ascensor y el brazo de Davin no funcionaba muy bien por allí. Así que se volvió, alcanzó con su mano derecha y golpeó la cosa. Pulsó los botones, oyó la alegre aceptación y sintió que el androide le golpeaba en las costillas mientras le seguía al ascensor.

El golpe lo presionó contra el lateral del ascensor mientras el androide ocupaba el centro. Algo se rompió dentro de su pecho, llevando a Davin a una claridad perfecta. Todo desapareció excepto la supervivencia inmediata, allí en ese momento. Rabia animal, una desesperación contra la muerte.

Davin gruñó, escupió, giró y lanzó su mano derecha contra el rostro vagamente incorrecto de Mecha-Phyla. El androide no le dio a Davin la satisfacción, apartando de un golpe a Davin y su ataque con su brazo derecho. El golpe envió a Davin tambaleándose, volando desde el ascensor para estrellarse en el centro del vestíbulo.

Con la nariz sangrando, la lengua mordida, los ojos borrosos por las varias conmociones cerebrales, Davin se retorció, miró hacia lo que debería haber sido su muerte, y vio una puerta de ascensor cerrándose, encerrando al androide tras ella. Se oyó un fuerte golpe, una abolladura hacia afuera apareció, pero el ascensor siguió su camino.

Y también Davin.

Todo ese dolor, todo ese terror empujaron el brazo derecho de Davin, sus piernas en una huida a nado, arrastrándose. El trío de guardias de Heath, demasiado atrás para dar espacio al androide y dejados sin un plan, dudaron demasiado tiempo. El propio Heath, su figura sombreada todavía en el puente, consiguió soltar una débil maldición mientras Davin se arrastraba al bote salvavidas y forzaba la expulsión.

Estos pequeños artefactos estaban hechos para meter a diez personas en cada uno, más si todos estaban dispuestos a apretujarse muy cerca. Davin tenía toda la nave para él solo, y flotó mientras los motores lo alejaban de la fragata. La gravedad cero, en realidad, nunca se había sentido tan bien: menos presión sobre sus huesos rotos, sus pulmones magullados.

La simple necesidad se impuso después de los primeros minutos, Davin alcanzando el botiquín de primeros auxilios del bote y curándose. Esperaba que la fragata, o quizás un caza de Eden, apareciera y lo hiciera volar en cualquier momento, pero el disparo fatal nunca llegó.

¿Heath siendo raro otra vez?

Pastillas para el dolor tomadas, algo de papilla nutritiva engullida, Davin miró por la ventanilla. En algún lugar no muy lejos, el cuerpo quemado de Phyla estaría flotando igual que él, aquí entre las lunas de Júpiter. Podría unirse a ella ahora, tirar de la palanca de liberación manual y lanzarse al espacio.

—Pero ese no es mi estilo —murmuró Davin, flotando contra el mamparo.

Cuando Bosser mató a Lina, Davin había jurado venganza. Había llevado tiempo, giros y vueltas, pero había ayudado a eliminar al hombre. Lo había hecho una vez, y podía hacerlo de nuevo.

Heath Swane. El siguiente en la lista de objetivos.

Davin miró el pequeño monitor del bote, que le indicaba el porcentaje de oxígeno, las cantidades de combustible y el destino. La mayoría de los botes salvavidas actualizaban sus objetivos según su posición, y este había encontrado la luna habitada más cercana. Una grande, un lugar que Davin conocía bien.

Necesitaría recuperar a su tripulación, y Ganímedes no sería un mal lugar para empezar.

Se podría pensar que las horas quemadas en la cápsula de escape habrían sido propicias para la reflexión, que Davin habría mirado las estrellas y pensado en Phyla, en cómo casi había muerto por los caprichos absurdos de Heath. En cambio, gracias a una droga particular en el botiquín del bote, Davin durmió todo el maldito trayecto.

—Oye, ¿estás despierto? —preguntó una voz curiosa, y Davin abrió los ojos nublados para ver a una enfermera vestida de verde de pie sobre él.

Una habitación de paciente, con paredes color crema y arte con eslóganes optimistas pegados alrededor, servía como un sorprendente contraste con el austero bote salvavidas.

—Eh —dijo Davin, dándose cuenta de que estaba en una cama, con un gotero conectado a un brazo. Más sorprendente, no sentía ninguna restricción en sus manos o piernas—. ¿Dónde estoy?

La enfermera asintió ante la pregunta de Davin, como si fuera una petición razonable.

—Te has sobredosificado —dijo la enfermera—. Un equipo minero encontró tu nave dirigiéndose a la entrada y te trajeron. Estás muy magullado, así que aquí estás, Sr. John Doe.

¿Davin se había sobredosificado? Recordaba tomar la jeringa, llenarla hasta la cantidad correcta. Los detalles, sin embargo, parecían borrosos. ¿Había sido un seis o un nueve? ¿Una dosis cada hora o dos cada día?

Las conmociones cerebrales hacían eso a una persona.

Espera, ¿había dicho John Doe?

—¿No sabes quién soy? —preguntó Davin.

—¿Qué, eres algún pez gordo?

Davin estaba a punto de responder que quizás lo era, pero lo más sorprendente era que Heath no había difundido su escape. Eden debería haberlo volado desde el cielo, no devolverlo a la vida en lo que parecía ser su hospital.

—Supongo que no —dijo Davin.

La enfermera volvió rápidamente a la rutina. Los tratamientos de Davin, su horario esbozado, seguido por una pregunta particularmente crítica: ¿cómo esperaba Davin pagar por todas estas cosas bonitas?

—¿Tienes seguro de Eden? —preguntó la enfermera, con una cara que indicaba exactamente lo probable que creía que eso fuera.

—Claro que sí —dijo Davin—. Me llamo Heath Swane. Estoy seguro de que me encontraréis.

Tan pronto como la enfermera salió de la habitación, Davin se estiró y se quitó el gotero. Se arrancó los sensores del pecho. La ropa harapienta que había estado usando estaba apilada en una silla en la esquina, y el capitán se deslizó hasta el borde de la cama, y dio un paso en su dirección.

La náusea golpeó con fuerza. Un dolor sordo en su espalda también surgió, aunque los analgésicos con los que Davin debía estar inundado mantuvieron alejado lo peor. Sosteniéndose en el marco de la cama, Davin se estabilizó, imaginó a Phyla, cómo tenía un trabajo que hacer. Uno que nunca completaría si los matones de Eden lo atrapaban aquí.

Tambalearse hasta la puerta de su habitación fue lo siguiente, un andar trastabillante y tentativo facilitado por la ligera gravedad de Ganímedes. Davin tropezó, claro, pero caía tan lento que tuvo tiempo de agarrarse, de ajustarse.

Cerrar la puerta le dio suficiente privacidad para deshacerse de la bata, ponerse la ropa. Estaba sucia, pero alguien, al menos, le había dado a Davin un baño ligero y cambiado por ropa interior nueva.

Todo a costa de Eden, además. Estupendo.

Un problema: la camiseta rasgada no ocultaba el gotero, el obvio aspecto de "soy un paciente fugado" que tenía Davin. Sin tratar de dejar inconsciente a alguien y robarle la ropa, una acción para la que Davin no estaba preparado en este momento particular, tendría que usar algo diferente: descaro.

Abriendo su puerta, Davin echó un vistazo a la unidad. Los sensores que habían estado conectados a él habían estado sonando una alarma confusa desde el momento en que Davin se los quitó, y ahora Davin entendía por qué nadie respondía: la unidad estaba a tope.

Enfermeras y médicos y sus robots de apoyo corrían de un lado a otro, con pacientes llenando los huecos. Lesiones y enfermedades abundaban aquí, en lunas donde los más leves errores podían causar desastres graves. La enfermera de Davin probablemente pensó que podía dejarlo a él y sus signos vitales estables por un rato, atender a algún desgraciado que se hubiera despresurizado o se hubiera cortado un miembro construyendo alguna nueva nave en Galaxy Forge.

Ese nombre trajo la primera sonrisa a la cara de Davin mientras se unía al gentío, cerrando la puerta tras él y cojeando entre la multitud. Su brazo izquierdo todavía se sentía frío: moverlo era como tratar de levantar pesas extraviadas. Sus piernas, sin embargo, parecían estar a la altura, y Davin se arrastró hacia algunos ascensores, ignorado y sin ser molestado por un personal demasiado ocupado.

Galaxy Forge. El mayor astillero del sistema solar, uno ahora controlado por Eden. Sus antiguos dueños, sin embargo, resultaban ser los padres de Vi. Si Davin no tenía una suerte completamente adversa, todavía estarían en Ganímedes, con una casa que Davin sabía cómo encontrar. Tendrían recursos, una forma de contactar con el *Jumper* y los otros Nueves.

Tener un plan le dio algo de energía a los pasos de Davin, suprimió el dolor de cabeza, los retortijones de náuseas. Mientras el ascensor llevaba a Davin a la planta baja, aplastado con otros pacientes en varios estados de desorden, el capitán de los Nueves desarrollaba sus escenarios de venganza.

Tomaría el *Jumper* y haría un ataque a la fragata de Heath, haría que Vi empaquetara una bomba digital y vertiera a Fournine en ella. Dejaría que el antiguo androide infectara la nave de Heath y la convirtiera en un desastre, drenara el oxígeno, encendiera y apagara las luces, reprodujera un mensaje grabado de Davin en bucle.

O podrían ir por el camino lento, averiguar dónde iba a estar Heath, esperarlo y emboscar al bastardo. Entonces Davin podría entregar el final personalmente. Más satisfactorio.

De cualquier manera, la fragata tenía que desaparecer. Mecha-Phyla era una abominación, al igual que el resto de los androides que Heath debía estar construyendo. A juzgar por los comentarios de ese capitán durante la batalla de vida o muerte de Davin, Heath quería recuperar los robots.

No, gracias.

Nadie molestó a Davin mientras salía del hospital, de pie bajo una espesa cúpula de cristal en la árida superficie de Ganímedes. El transporte principal en la luna significaba deslizarse por túneles, refugios subterráneos que servían como hogares protegidos de la radiación para la mayoría de la población. Los transbordadores eran bastante baratos, pero mientras Davin los veía pasar, vaciló.

Los Nueves tenían fondos, pero usar su pulsera para comprar un billete gritaría una señal de que Davin estaba aquí. Incluso si Heath no sentía ganas de perseguir a Davin con su fragata, las autoridades de Eden que estaban a solo unos metros dirigiendo el tráfico estarían encantadas de hacer el arresto.

En su lugar, Davin sacó su pulsera. El pequeño texto se difuminaba aquí y allá, y la pantalla no hacía nada bueno para su dolor de cabeza, pero Davin logró hacer una consulta. Encontró la casa de los padres de Vi y trazó una ruta. Un largo, largo paseo, pero entonces, Davin había pasado mucho tiempo en una pequeña cápsula.

Podía hacer ejercicio.

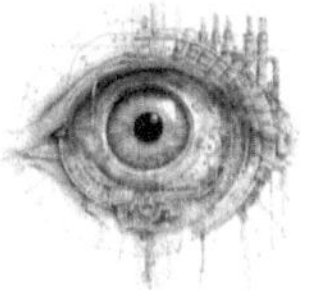

DOCE

SABOTAJE ESTORNUDANTE

El *Red Rocket* no era rojo, no tenía ningún cohete que Davin pudiera encontrar, pero tenía un dueño que no era un bot, un dueño que Davin conocía de los repartos de otra vida. Con el cuerpo dolorido y la ropa pareciendo robada de la basura, Davin dejó el centro urbano subterráneo y entró, flotó, rebotó en el interior iluminado con espejos del *Red Rocket*.

Engalanado para que pareciese que estabas bebiendo dentro de un motor de cohete durante el despegue, el bar y gastropub —según el letrero de la entrada, al menos— tenía falsas llamas decorando cada pared. Reproducían una secuencia animada, que se repetía cada treinta minutos simulando una antigua cuenta atrás terrestre. Si elegías el asiento adecuado, incluso sentirías una vibración al final, suficiente para hacer que los incautos desprevenidos derramaran sus bebidas.

Davin no había elegido el lugar por accidente: el paseo desde el hospital, pasado medio cayéndose mientras Davin se acostumbraba a la gravedad lunar de Ganímedes, funcionó como un goteo de nostalgia, reproduciendo su tiempo con Phyla. Una escena color de rosa tras otra desfilaba tras sus ojos, con alguna maldición ocasional de alguien con quien se había chocado devolviendo a Davin a la realidad.

El objetivo había sido llegar a casa de los padres de Vi, aprovechar esa conexión para conseguir algo más fructífero, pero mientras Davin iba rebotando desde el hospital a lo largo de los amplios túneles de Ganímedes, se dio cuenta de que presentarse con estos harapos, con esta mierda pendiendo sobre su cabeza, no le serviría a nadie. No le serviría a él mismo.

Quizás no volvería a ser su arrogante yo contrabandista por un tiempo, tal vez nunca más, pero si Davin iba a apostar todo por la venganza, necesitaría renovarse.

Aunque Sandeer no se lo daría gratis.

—Me da igual —dijo Sandeer, con los brazos cruzados detrás del sustancial mostrador del *Red Rocket*—. Te daré una cerveza. Una ligera. Y eso es porque Phyla era una mujer extraordinaria.

—¿Y después me echarás? —preguntó Davin, sentado en un taburete. Uno que, sin duda, le sacudiría el trasero en doce minutos cuando despegara el próximo cohete—. Pensaba que éramos amigos.

—La amistad va en ambas direcciones. ¿Tú bebiendo todos mis beneficios? ¿Qué clase de amistad es esa?

Davin miró alrededor del bar, concurrido para ser media tarde. Sandeer había equipado las mesas con pantallas, para que los clientes pudieran simplemente tocar su siguiente pedido y que un bot lo sirviera. El propio Sandeer parecía ser el único empleado del lugar, supervisando su reino desde detrás del mostrador.

—No parece que te vaya tan mal —replicó Davin.

Sandeer se encogió de hombros—. Porque no dejo que todos mis amigos beban gratis.

—Lo dices como si tuvieras amigos.

—Soy barman. Tengo muchos amigos.

Davin propuso un brindis por Phyla, al que Sandeer se unió con un pequeño vaso propio. El hombre espinoso, como tantos otros, tenía un corazón bajo la coraza. Un corazón que, al escuchar la historia de Davin, ofreció información valiosa.

—Ganímedes solía ser su propio espectáculo —dijo Sandeer, mientras Davin bebía despacio su única cerveza gratis—. Ahora Eden está por todas partes. Han anexado Galaxy Forge y todo lo que quieren de aquí. Si intentas resistirte, te compran con sus armas apuntándote a la cara.

—Así es como operan.

—Te cuento esto para que entiendas tu situación. He visto tu cara en tantas pantallas por aquí que ya estaba harto de ti antes de que entraras.

—Vaya, gracias.

—Te estoy diciendo que vas a conseguir que te arresten si andas por ahí pareciendo tú mismo.

Davin se miró, hizo un gesto tirando de su camisa raída. Metió el dedo por un agujero de su abrigo destrozado y lo agitó.

—¿Me estás diciendo que así es como me veo?

Sandeer puso los ojos en blanco—. Te estoy diciendo que no quiero verte atrapado.

—Qué amable por tu parte.

—Porque si te atrapan, te rastrearán hasta aquí, y no quiero que Eden sepa que existo.

—Retiro las gracias.

—Quédatelas —dijo Sandeer. El camarero dejó que sus ojos recorrieran el espacio—. Mira, ya que estás aquí, quizás haya algo con lo que podrías ayudarme. Te daré algo de dinero para que te renueves si lo haces.

—Sandeer, Phyla está muerta. Vengarme de la gente que la mató es todo lo que busco.

—Por supuesto. ¿Sabes qué creo que diría ella de eso? Que eres un idiota, Davin. Eso es lo que diría.

Davin sujetaba bien el vaso. El mostrador no ofrecía ninguna protección. Con un rápido giro de muñeca podría estrellarlo en la cara de Sandeer. Le echarían, le arrestarían, probablemente le dispararía algún lacayo de Eden, pero se sentiría bien.

—Mira —dijo Sandeer, quizás notando la fea expresión de Davin—, esto también golpearía a Eden. Te estás ayudando a ti mismo y dañando a tus enemigos, todo de un tiro.

—¿No es algo que puedas hacer tú?

—Tengo un bar que dirigir, Davin. No puedo faltar a mis turnos por esto.

Mientras Davin observaba a Sandeer, la sonrisa del hombre solo creció. Fuera lo que fuera lo que Sandeer quería, sería un trabajo de mierda, pero entonces, ¿qué elección tenía Davin?

Si Eden tenía a la familia de Vi bajo su control, Davin no podía presentarse sin nada y esperar un tratamiento de invitado de honor. No, mejor ir preparado, armado y listo.

—Cuéntame —dijo Davin, empujando su vaso hacia delante—. Y voy a necesitar que me lo rellenes.

Esta vez, Sandeer no se opuso.

Davin bajó la gorra, con la visera casi cubriéndole los ojos mientras esperaba en el banco. A su alrededor, una plaza se extendía bajo un techo de roca roja. El jardín de piedra, luciendo algunos árboles importados alimentados con luces UV alrededor de sus bases, tenía aceras que se cruzaban y conducían a las esquinas del parque. Varias tiendas y restaurantes de alta gama rodeaban el espacio, con un lado dominado por el edificio administrativo de la ciudad.

A diferencia de los lugares más antiguos de Ganímedes, esta ciudad tenía un aspecto más nuevo y fresco. Los edificios no eran solo bloques apilados y chapas metálicas, sino que habían sido tallados directamente en la roca de Ganímedes. No tenían techos, solo columnas continuas que se extendían de arriba abajo. Ventanas cóncavas entrelazadas con luces añadían al resplandor reflejado desde pozos perforados desde la superficie. Aunque, según los cálculos de Davin, era casi medianoche, los reflejos de Júpiter significaban que parecía un crepúsculo brumoso aquí abajo.

La hora, al menos, significaba que menos gente saltaba por ahí. Una lancha o un speeder pasando de vez en cuando. La hora punta para repartos, en otras palabras.

Davin tocó la pistola que Sandeer le había dado, el arma de cañón corto apenas adecuada para una pelea de enamorados, y mucho menos para una misión de este calibre. No obstante, sostener el arma le daba a Davin cierta sensación de arraigo, una sensación de que tenía algo de poder de nuevo después de todas las palizas.

Al menos con esto, podría volarle la cara a Mecha-Phyla si la máquina volvía a aparecer. Claro, tendría que ser un disparo perfecto, pero para ese, Davin pensaba que podría lograrlo.

Antes de eso, tendría que cumplir su parte del pequeño trato de Sandeer. Todavía con sus harapos —Sandeer prometió un atuendo más elegante, pero era mejor cometer el crimen con ropa vieja— Davin recorrió con su mirada baja toda la plaza. Todavía sin señales.

Diez minutos más, y entonces la ventana se cerraría.

Para evitar caer en la desesperación inducida por Phyla, Davin se aventuró en otras preguntas: ¿habría conseguido Vi reparar el *Jumper*? ¿Adónde habría ido una vez que lo hizo? Júpiter tenía muchas lunas, algunas con las infraestructuras más básicas. Eden no estaría en todas ellas todavía. Vi probablemente aterrizaría, haría reparaciones más completas, y luego se reuniría con Merc, Opal y Mox.

Su tripulación haría un recorrido superficial por el espacio de Júpiter, verían si podían encontrar alguna señal de que Davin y Phyla hubieran sobrevivido, y luego, como acordaron, se dirigirían a la Tierra. Encontrarían a Alissa, detendrían la guerra. Algo así.

Davin se rascó la nariz, volvió a recorrer con la mirada. Esta vez captó algo más interesante al otro lado.

Arrastrada por un robot remolcador delante y detrás, la caja del tamaño de un speeder entró en la plaza, dirigiéndose hacia un bar con la marca de Eden en la esquina más alejada. El lugar tenía un gran cartel de "próximamente" colgado sobre la entrada, prometiendo bebidas baratas, buena comida y descuentos para cada empleado de Eden.

—Es imposible competir con un lugar que tiene el respaldo de Eden —había dicho Sandeer—. Así que necesito que inclines la balanza a mi favor.

El barman quería un sabotaje, pero Davin se resistió ante el simple plan. Claro, inutilizar la gran máquina aquí podría darle a Sandeer algo de tiempo, pero Eden podría reemplazar la cosa sin problemas.

No, si quieres hacer daño a la competencia, arruinas la confianza. Dañas la reputación.

Davin se levantó del banco, trazó un curso de interceptación a través del parque. Al otro lado, en el lado más alejado de la máquina de Eden, un grupo salía de un restaurante, hablando alto. Una noche más divertida que la que estaba teniendo Davin.

En el bolsillo opuesto a la pistola de Davin, el hombre tenía una bolsa llena de polvo de roca de Ganímedes. El material de grano fino estaría cargado de radiación, arruinaría cualquier cosa que tocara. Deslizar algo dentro de la cosa que pasaba rodando, que era, según las estimaciones de Sandeer, una vasta máquina de cerveza y café, y la gente se iría enfermando uno a uno hasta que Eden tuviera que cerrarlo todo.

Un poco cruel para el gusto de Davin, a pesar de que él había sugerido el movimiento, pero encontró un hueco vacío donde solía estar su moralidad. Se había vuelto más flexible después de Lina, más dispuesto a jugar sin reglas en un sistema solar al que no le importaba nadie. Sin Phyla, Davin se encontró compartiendo la visión del sistema solar: que les den a todos.

Excepto a su tripulación, claro.

Aceleró el paso, igualando a los remolcadores. Con suerte, serían robots los que se encargarían de la instalación. Con suerte serían baratos, incapaces de encargarse de la seguridad al mismo tiempo.

Las puertas delanteras del bar estaban completamente abiertas, dando a Davin una trayectoria clara. Los remolcadores se acercaban a la esquina, tendrían que girar a la izquierda para rodear la intersección, y luego un giro brusco a la derecha, subiendo sobre la acera y entrando. Davin ya había examinado la zona en busca de cámaras: el mejor punto ciego para meterse debajo de la caja y entrar en el bar sin ser visto sería durante ese giro brusco a la derecha. Se deslizaría por la derecha, se agacharía como si fuera a atarse un zapato, y entonces...

—Eh, eh, tú —la llamada, arrastrada y difusa, vino de la derecha de Davin, pero dirigida a él—. Te conozco.

Davin miró en esa dirección, vio a un joven, más joven que él de todos modos, separándose de su grupo del restaurante para tambalearse hacia él. Los amigos del tipo se reían, observando. Davin hizo una rápida evaluación, intentó ubicar al tipo entre sus conocidos: ropa lo suficientemente buena para salir, pero apenas. Manos ásperas, cara sin afeitar, una ligera cicatriz de quemadura visible bajo la suave luz naranja-blanca. El hombre caminaba como si hubiera levantado cargas pesadas durante mucho tiempo.

Davin no tenía ni idea de quién diablos era. Y los remolcadores se movían.

—Lo siento, te equivocas de persona —esquivó Davin, volviendo a su camino.

Alguien más en el grupo del tipo gritó un nombre, Roddy. Le sonó muy vagamente. No era algo que Davin pudiera permitirse investigar en este momento particular.

Algo que tuvo que hacer cuando la mano de Roddy aterrizó en el hombro de Davin, a un par de metros de la calle mientras los remolcadores hacían su giro a la izquierda. Roddy ejerció suficiente presión para forzar a Davin a darse la vuelta, y la cara vagamente familiar que miraba al capitán de los Nueves esta vez no era la de un borracho alegre, sino una mirada que Davin conocía bien.

Él mismo la había estado haciendo mucho últimamente.

—¿Qué hiciste con ella, cabrón? —preguntó Roddy, y luego lanzó su mano derecha en un torpe puñetazo.

Davin apartó el golpe, retrocediendo fuera del alcance de Roddy. Levantó sus propias manos, pidiendo paz. Lo último que Davin quería ahora era que algún estúpido robot policía de Eden, o humano, viniera a examinarlo.

—Como he dicho, te has equivocado de persona. —

Davin miró por encima del hombro de Roddy a los amigos del hombre, pero el grupo del restaurante parecía tan borracho como su amigo, observando y riéndose desde la distancia.

—Ni de coña. —Roddy le señaló con un dedo—. Tu cara está por todas partes.

Maldita Eden y su propaganda. Parece que había desventajas en ser una celebridad.

Detrás de él, los remolcadores se detuvieron, comenzaron a girar el contenedor a la derecha. El punto ciego se abriría en un par de segundos.

—No sé de qué hablas —dijo Davin, retrocediendo en la dirección correcta.

No podía darle la espalda a Roddy, sin embargo, no con ese brillo asesino en los ojos del hombre.

—Claro que lo sabes —dijo Roddy—. Se fue contigo, otra vez, y ahora ha desaparecido. Otra vez. ¿Cuántas veces vas a hacer que tire su vida por la borda?

Hubo un tiempo en que Davin podría haber convertido esas palabras en una autoacusación, las habría seguido en una espiral sobre Phyla, Lina. Pero justo en este momento, estaba pasando demasiado. Sus sentidos estaban demasiado alerta, la adrenalina fluyendo demasiado rápido.

Esto era Ganímedes, hogar de Galaxy Forge y los padres de Viola. Ella había hecho una vida aquí mucho antes de que Vi hubiera llegado a los Nueves. Una vida que podría haber tenido tiempo para antiguos novios, o amigos que deseaban ser algo más.

—Espera, colega —dijo Davin—. Te diré qué, ahora estoy ocupado, pero si quieres, podemos continuar esta conversación mañana. ¿Digamos, a mediodía? ¿En el *Red Rocket*?

—Que te jodan —respondió Roddy, avanzando de nuevo en un obvio puñetazo.

Algunos hombres eran luchadores. Algunos hombres eran, bueno, no lo eran.

Davin esquivó el golpe, observó cómo los ojos enrojecidos de Roddy intentaban seguirle, hizo una mueca cuando su propio contraataque golpeó a Roddy hacia arriba y hacia atrás, dejando al hombre duro sobre la grava del jardín de rocas. Fuera de combate.

—Necesitará ayuda para llegar a casa —gritó Davin a los amigos de Roddy, la mayoría de los cuales se reían, burlándose del destino de Roddy. Ni uno solo corrió hacia Davin buscando sangre. Davin frunció el ceño mirando al tipo con los ojos vidriosos—. Necesitas mejores amigos, colega.

El sonido de los remolcadores sobre el suelo de baldosas hizo girar a Davin. El remolcador delantero, con las orugas rechinando, había entrado en el bar. El remolcador trasero casi había salido de la calle, lo que significaba que la estrecha ventana de Davin estaba a punto de cerrarse.

Soltando una rápida maldición, Davin empezó a correr, pasando rápidamente junto al remolcador trasero por su lado derecho, agachándose y deslizándose en el espacio de medio metro de altura entre el contenedor y el suelo. La espalda de Davin protestó mientras se arrastraba sobre codos y rodillas, tratando de igualar el ritmo del remolcador. Su chaqueta deshilachada perdió más tela, su camisa destrozada desapareció, dejando que la piel de Davin soportara la carga. Sus botas, lo mejor que aún poseía, no eran buenas para arrastrarse, y Davin sintió las orugas del remolcador trasero mordisqueando sus talones.

La puerta del bar pasó por su derecha, un destello de acero, y Davin rodó al verla, liberándose del contenedor mientras pasaba al bar.

Sentándose, poniéndose la gorra después de que el giro la hubiera liberado, Davin observó cómo los remolcadores colocaban el contenedor contra la pared trasera del bar. La gran caja se asentó en el suelo, ocupando dos tercios de la parte trasera del lugar, dejando el resto para puertas a las habitaciones traseras, baños. La decoración interior del bar parecía a medio hacer, con dispersas calcomanías de Eden pegadas en las paredes de roca pintadas de verde. Algunas bombillas colgaban del techo, dando un aspecto sombrío a todo el lugar.

Todo el lugar *vacío*, notó Davin, quitando su mano derecha de la pistola. A pesar de que Sandeer había dicho que nadie se molestaría en estar aquí, las recientes experiencias de Davin le hacían esperar una pelea en cualquier momento. Además, ¿quién confiaría en dos remolcadores para entregar algo tan complejo solos?

La respuesta llegó después del suave golpe, los remolcadores depositando el contenedor y alejándose rodando. Las dos máquinas no abrieron la caja, simplemente pasaron traqueteando junto a Davin y salieron. A alguna señal —¿de los remolcadores? ¿Por un temporizador? ¿Alguien observando?— las puertas del bar se cerraron y las luces se apagaron.

Genial. Davin estaba en un bar poco iluminado, gracias a los resplandores que venían de fuera, con su objetivo todavía encerrado. Para poner el veneno en su lugar, Davin tendría que abrir el contenedor.

Peor aún, para que Eden no sospechara nada, tendría que volver a cerrarlo.

—Sandeer me va a deber más cerveza por esto —murmuró Davin, tanteando a través del afortunadamente vacío bar hasta la gran caja.

A pesar de todas las quejas sobre transportar carga, la

experiencia demostró su valor aquí. La caja en sí era un contenedor protector estándar de alto valor, un rectángulo relleno con círculos de apertura en las esquinas de cada lado. Gíralos y la caja se abriría como una flor, con un armazón esquelético que podría desmontarse después. La gente inteligente podría entonces llevarse el contenedor, ahora plano y fácil de transportar, de vuelta a su astillero local y venderlo a otra persona.

—Veamos si te abrirás para mí —dijo Davin, encontrando los dos primeros diales a lo largo del lado largo más cercano.

Un primer giro no llevó a ninguna parte, un bloqueo rígido que le hizo suspirar. Por supuesto que se habían molestado en cerrar el contenedor. Davin confirmó sus sospechas en el lado izquierdo de la caja, donde un pequeño panel, antes oculto por el remolcador, pedía un código para desbloquear la caja.

Davin miró fijamente la tableta, pensando durante un largo segundo que tal vez sería mejor abandonar todo el asunto. Desaparecer, empeñar la pistola de Sandeer por algo de dinero y arreglárselas.

Porque eso es lo que haría Davin, famoso capitán mercenario y héroe de la Tierra. Escabullirse en la oscuridad, fracasando una vez más.

—Oh, supéralo ya —dijo Davin, consciente de lo mucho que estaba hablando consigo mismo, pero un bar sin conversación se sentía extraño—. Tiene que haber una manera mejor.

Dejando el contenedor, Davin rodeó la caja y se dirigió hacia el pasillo trasero. Con el bar vacío, quizás hubiera alguna posibilidad en sus almacenes.

Al principio, el pasillo no le ofreció a Davin nada más que lo ordinario: unos aseos a la derecha, un camino hacia una pequeña cocina y zona de preparación a la izquierda. Una oficina, vacía, como última opción. Davin dio media vuelta y se dirigió a la cocina.

Este parecía ser el único lugar terminado en el bar, con una gran plancha, congeladores y una isla central para preparar alimentos. El estómago de Davin le pidió que revisara los congeladores, a ver si había algún tentempié que no estuviera hecho de papilla nutritiva esperando dentro.

Pero no fueron los congeladores los que ofrecieron posibilidades. El refrigerador prometía más esperanza, un monstruo de suelo a techo de dos metros de ancho. Davin no había escuchado un sonido más dulce que su zumbido constante mientras se acercaba, abrazando el potencial. Y, a diferencia del contenedor, estas puertas no estaban cerradas con llave.

Con un suave golpe, la nevera reveló su gloria, bañando a Davin en una luz blanco-azulada.

Nunca había visto algo tan maravilloso.

Para un vagabundo, los aperitivos de bar habían sido durante mucho tiempo un pilar básico de Davin Masters. Aquí estaban esperando su oportunidad de brillar: quesos en dados, palitos de pretzel rellenos, jalapeños rebozados y mucho más.

Davin se detuvo cuando puso una mano sobre una bolsa de pretzels. Eden era Eden, lo que significaba que llevarían un control estricto del inventario. Probablemente notarían si algo desaparecía.

—¿Pero solo una bolsa? —dijo Davin—. ¿Qué sitio no lo atribuiría a un error?

Su mente racional y resistente no opuso batalla, dejando que Davin agarrara la comida. Un rápido desgarro y tenía un pretzel frío en la boca por primera vez en días, desde el crucero. Aunque, a decir verdad, no era la sequía más larga... Davin intentó no recordar los tiempos oscuros, esos largos viajes por el sistema solar con nada más que papilla nutritiva durante semanas.

Mientras masticaba, pensando en lo mucho mejores que estarían estos si Davin se tomara el tiempo de calentarlos en el microondas, el capitán analizó su otra empresa.

Con el contenedor inutilizable, Davin necesitaba encontrar otra opción. Afortunadamente, la nevera, ese maravilloso electrodoméstico, volvió a dar resultado. A lo largo de su fila inferior había tarro tras tarro de mezclas de café y té, cosas que alimentarían la gran máquina de fuera. Verter el polvo en estos no afectaría a todas las áreas que Sandeer quería —la cerveza, por ejemplo, seguiría pura— pero mejor poco que nada.

Los tarros eran de baja tecnología, nada más que tapas sobre líquido. Arrodillándose, entre bocados de pretzel, Davin depositó el polvo. La reluciente nueva inversión de Eden encontraría a sus clientes enfermos, su reputación por los suelos, y el *Red Rocket* mantendría su posición como el principal pub de esta ciudad.

Misión cumplida.

Davin comenzó a salir por el mismo camino por el que entró, dirigiéndose a la entrada principal del bar hasta que se detuvo. Afuera, en el parque, unas luces rojas y azules parpadeantes indicaban presencia policial. No estaban cerca del bar, así que Davin, todavía engullendo pretzels —tan salados, tan deliciosos— se acercó sigilosamente a las ventanas delanteras y miró hacia fuera.

Roddy. El tipo al que Davin había noqueado, estaba con un amigo que lo sostenía, dando su versión a un par de policías.

—Apuesto a que no está mencionando cómo golpeó él primero —murmuró Davin. No es que importara: Davin era un hombre buscado por el único poder que Ganímedes respetaba: Eden. Los policías lo detendrían por eso y nada más.

Parece que tendría que usar una salida alternativa.

A través del pasillo de nuevo, esta vez hacia la puerta trasera, Davin se escabulló a un callejón trasero. Construido para la recogida de basura y entregas tardías, el callejón estaba vacío. Davin eligió la izquierda, una ruta más larga que lo llevaría por detrás del edificio gubernamental principal de la ciudad, pero estaría más lejos de la policía antes de volver a estar al aire libre.

Phyla estaría orgullosa, pensó Davin mientras saltaba, planeaba y rebotaba por el callejón. Ahí estaba él, devolviendo el golpe a Eden, cuidando de sí mismo, y de alguna manera había logrado no matar a nadie. A Phyla no le importaba tanto esta última parte —la escoria era escoria, y todos los que luchaban contra los Nueves resultaban ser escoria— pero los cadáveres tendían a llamar la atención, tendían a dificultar las carreras como piloto. Por alguna razón, los patrocinadores fruncían el ceño ante los recuentos de víctimas.

No es que Phyla necesitara patrocinadores nunca más, no...

No, no iba a pensar en eso, no ahora.

Davin se bajó la visera, giró a la izquierda al llegar al final del callejón. Volvió a la plaza, necesitando cruzarla hacia el otro lado, bajar unas cuantas manzanas hasta el *Red Rocket*, donde Sandeer dijo que podría conseguirle un lugar para pasar la noche. Siempre que, por supuesto, Davin hubiera completado la tarea.

Roddy y los policías seguían charlando. Otro más había aparecido también, lo que probablemente significaba que Roddy había delatado a Davin.

Estupendo.

Davin dio un salto, manteniéndose en silencio, manteniéndose agachado mientras salía del callejón y comenzaba la travesía por el parque. La iluminación naranja-amarilla mantenía las cosas en niveles de crepúsculo, un brillo oxidado y polvoriento sobre todo. Los motores de los deslizadores resonaban por todas partes, un suave paisaje sonoro de susurros. Después de su primer salto, Davin dudó, pero nadie pareció notarlo. Brincó de nuevo, unos metros más. Ni un alma miró en su dirección.

Le picaba la garganta. Seca por todos los pretzels, la sal rogando por agua para tragársela. Tomaría una cerveza donde Sandeer, solo tenía que llegar allí antes de que...

La tos apareció rápidamente, el empanado seco y salado haciendo valer sus exigencias. Davin tosió medio pulmón, apoyándose en un banco.

Cuando levantó la vista, un foco brillaba en sus ojos. Uno de los deslizadores policiales flotando hacia él. Roddy y su grupo, apresurándose también, gritando *allí estaba Davin, allí estaba*.

Si quieres ser capitán, a veces tienes que saber cuándo puedes correr, cuándo necesitas esconderte, cuándo necesitas rendirte. Davin se tambaleó hacia un contenedor de basura comunitario, fingió toser de nuevo y sacó la pistola, la dejó caer dentro.

Mejor estar desarmado.

Los deslizadores policiales viraron desde ambas direcciones mientras Davin volvía a sentarse en el banco, esbozando una sonrisa de contrabandista. El pánico, el miedo, ninguno parecía afectarle. Después de Heath y sus androides, los policías locales de Ganímedes no valían la pena. ¿Y si lo entregaban a Eden? Bueno, Davin había escapado de eso antes, muchas veces.

Además, mientras los policías levantaban a Davin del banco, mientras Roddy se acercaba y señalaba con un dedo borroso en dirección a Davin, el capitán tuvo una nueva idea.

—Vi está completamente sola ahí fuera —dijo Davin a la cara de Roddy, cuyo arrebato murió al oír su nombre—. Yo era el único que podía ayudarla, y ahora va a morir. Todo por tu culpa.

Uno de los policías le dijo que se callara, le colocó unas esposas de aturdimiento alrededor de la muñeca, pero Davin no apartó la mirada de Roddy, no hasta que los deslizadores se alejaron disparados en la noche de Ganímedes.

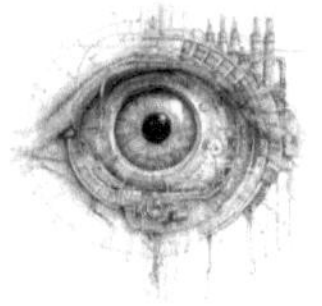

TRECE

EXTRACCIÓN

Esto de acabar encerrado en celdas empezaba a resultar demasiado familiar. Al menos esta no tenía esas chorradas meditativas de Eden sonando en una televisión. De hecho, la celda no tenía televisión en absoluto. Solo paredes vacías. Un banco metálico. Una barrera láser más moderna que cortaba el paso al exterior. Davin no tuvo derecho a una llamada telefónica, no le explicaron sus derechos, y no tenía que preguntar por qué.

Los policías se lo dijeron directamente: no les importaba que hubiera golpeado a Roddy. Eden quería las tripas de Davin, y las iban a conseguir.

Mira el lado positivo, le dijo el agente mientras lo traían a la comisaría: Davin no sería fichado aquí. No tendría antecedentes penales en Ganímedes. Luego el policía se rio, diciendo que si Eden hacía lo que todos esperaban, Davin no tendría que preocuparse por antecedentes penales en ninguna parte.

Menudos bromistas, estos tíos.

Así que Davin se sentó, se tumbó, jugueteó con sus pulgares. Miró fijamente la pared gris del otro lado e intentó imaginar repeticiones de sus películas favoritas. Escuchó las ocasionales charlas provenientes de otros lugares de la comisaría, aunque la noche avanzada mantenía las cosas tranquilas. Finalmente, acurrucándose en el banco, Davin intentó dormir.

Pasaron más horas, y Davin solo se despertó completamente cuando un nuevo trío, todos ataviados con indumentaria verde de Eden, apareció frente a su celda. Reconoció a la del medio, que llevaba una gruesa bota en el pie izquierdo.

—¿No llegaste muy lejos, verdad? —preguntó Aya.

—Buenos días a ti también —respondió Davin—. ¿Cómo está ese pie?

Los ojos de Aya destellaron con frialdad, pero su actitud surrealista se mantuvo. Miró a su izquierda y ordenó a los policías que abrieran la celda. El cerrojo se desactivó, el tipo de Eden a la derecha de Aya deslizó la puerta para abrirla.

Y Davin aprovechó la oportunidad.

Le habían quitado las esposas en la celda, libertad necesaria para cosas como comer y usar el inodoro, así que Davin aprovechó sus puños. Primero, agarró la puerta de la celda, la balanceó a través de su cuerpo y la estrelló contra el segundo guardia de Eden que estaba entrando. Los barrotes de hierro aplastaron al hombre contra Aya, dejando a Davin en un uno contra uno con el último matón de Eden.

El hombre sacó una porra eléctrica y se abalanzó hacia Davin blandiendo el arma. Retrocediendo un paso para ganar un segundo, Davin se quitó su mugriento abrigo y lo envolvió alrededor de su mano derecha. Cuando el guardia volvió a balancear la porra, Davin la atrapó. Todas esas descargas eléctricas se disiparon contra el cuero, permitiendo a Davin atraer al guardia para propinarle un puñetazo en el estómago con su ansiosa izquierda.

El matón soltó un buen jadeo y Davin lo apartó de un empujón, arrancándole la porra eléctrica en el proceso. Un giro con su izquierda, dejando caer la chaqueta, y Davin tenía la porra en su mano derecha lista para usar.

La puerta de la celda se cerró de golpe, con el cerrojo echado. Al otro lado, Aya le apuntaba con un láser.

—Siempre eres tan divertido —dijo Aya, y disparó.

Una, dos, tres veces.

Davin golpeó el suelo, su cuerpo convertido en un amasijo tembloroso. Su visión se oscureció, se volvió borrosa, recuperó el enfoque incluso mientras su cabeza explotaba en un dolor desgarrador de migraña. Se mordió el labio, su muslo izquierdo se contrajo en un calambre legendario.

Un disparo adormecería a un hombre. Dos lo dejarían inconsciente. Tres sobrecargaban todo, provocando espasmos por todas partes, y Davin se retorció mientras sus músculos perdían el control.

—Así está mejor —dijo Aya, y aunque no podía hacer nada, ni siquiera comprender lo que estaba ocurriendo, Davin oyó cómo la puerta de la celda se abría de nuevo.

Las sensaciones cobraron sentido varias horas después, cuando, atrapado en un vehículo rápido de Eden, Davin dejó de forcejear. Aya y sus matones lo habían atado, sujetando sus brazos y piernas como si fuera una carga frágil. Tenían a Davin presionado contra la ventanilla lateral en el vehículo de burbuja, una nave larga y estrecha construida para la velocidad.

Los micropropulsores de la nave operaban en conjunto con el par de impulsores en la parte trasera, propulsando la nave cónica con su techo abovedado por las autopistas de Ganímedes. Esas autopistas funcionaban bajo tierra, así que los ojos temblorosos de Davin solo captaban paredes de roca lisa, naranja, marrón y beige, y poco más.

—¿Despierto? —preguntó Aya. Estaba sentada junto a Davin en la configuración de dos por dos del vehículo, con el par de guardias delante—. Siempre encuentro que tres disparos son mucho más divertidos que uno o dos, ¿no crees?

Davin no pudo reunir el control para girar la cabeza. Podía respirar, sin embargo, así que intentó soltar un suspiro enfadado. Fracasó en gran medida.

—Se puede aprender mucho más de alguien cuando está fuera de control —dijo Aya—. Las expresiones son realmente únicas. Perfectas para modelar.

¿Modelar? ¿Qué? Davin cerró los ojos por un segundo, intentó concentrarse. Incluso con los párpados cerrados, rayos de arcoíris se extendían, con las sinapsis volviéndose locas.

—No pareciste tan aterrorizado por el androide como esperábamos —continuó reflexionando Aya—. El capitán Swane no estaba muy contento con eso, pero tuvimos que trabajar rápido. Interrumpiste nuestro proceso, pequeño entrometido.

¿Mecha-Phyla? ¿Era de eso de lo que hablaba Aya? Davin logró estremecerse ante la cara distorsionada de la máquina. Parecida, pero con demasiadas imperfecciones. Ojos estirados un poco demasiado, la nariz en un ángulo demasiado pronunciado. Dientes demasiado perfectos para cualquier humano.

—Y luego vas y aterrizas por aquí. No hay sitios donde nuestra fragata pueda atracar, y con tu señora habiéndose llevado nuestro único transbordador, tuvimos que hacer un viaje bastante largo. —Aya chasqueó la lengua—. La próxima vez, si hicieras el favor de hacer lo que te pedimos, será mucho más fácil.

—¿Morir? —resolló Davin. Su lengua se sentía gorda en su boca—. ¿Eso es lo que quieres?

—Exactamente, pero de una manera particular, o no servirás de nada —continuó Aya—. El capitán dice que ya tenemos suficiente metraje de tu pelea anterior para que el mensaje funcione. Así que enhorabuena, tu trabajo está casi terminado. Ahora solo necesitamos el final.

Davin intentó aislar sus músculos. Uno por uno movió los dedos de los pies mientras Aya hablaba, luego sus pantorrillas y los músculos del muslo, subiendo por su cuerpo. Con esfuerzo, podía apartar los espasmos, calmar los temblores.

Aún faltaba un poco para que pudiera dar un codazo a Aya en la cara y hacer que se callara, pero había esperanza.

Fuera, las paredes se abrieron hacia otra ciudad. Aparecieron más edificios, más juntos y poblados que el lugar donde había estado Davin. Ganímedes tenía algunas ciudades dispersas por su superficie, la mayoría al servicio de varios astilleros de Galaxy Forge. Los puestos más pequeños, como donde el *Red Rocket* de Sandeer prestaba servicio, albergaban a la gente que mantenía Ganímedes en funcionamiento: agricultores, mecánicos, cerveceros.

Especialmente los cerveceros.

Este lugar bullía de actividad, tanto que forzó al vehículo de Eden a reducir la velocidad al entrar en el tráfico. Otros vehículos rápidos, robots traqueteantes y humanos en diversas naves unipersonales atascaban las carreteras. Aya, misericordiosamente, interrumpió su monólogo y se volvió hacia su pulsera.

Lo que significaba que no vio la embarcación que se acercaba desde atrás. Davin la captó por su reflejo en la ventana: la embarcación zigzagueaba entre el tráfico a toda marcha hacia ellos. Una nave golpeadora, diseñada para trabajo pesado, que no igualaba al esbelto vehículo de Eden en línea recta, pero tenía impulso y sorpresa.

Uno de los matones de Eden en la parte delantera se dio cuenta y empezó a preguntar qué demonios pasaba. Aya levantó la mirada, se giró y gritó —todavía sin el verdadero pánico que Davin habría esperado— que se movieran. El vehículo de Eden se precipitó hacia delante, chocando contra un remolcador que esperaba a que cambiara un semáforo flotante. El guardia de Eden maldijo. Davin flexionó sus manos, encontrándolas listas para trabajar.

La embarcación viró a la derecha, raspando contra un edificio y dispersando personas, cubos de basura y una pobre planta de la acera. Viró de nuevo hacia el vehículo de Eden y golpeó su esquina trasera derecha.

El frente inclinado de la embarcación envió al vehículo de Eden hacia arriba y por encima, en una voltereta de baja gravedad. El techo de cristal en forma de burbuja se hizo añicos, los fragmentos alejándose de Davin mientras el vehículo daba vueltas y más vueltas en el aire. Alguien gritó.

Davin se concentró. Le habían atado las manos juntas, sí. Las tenía sobre el pecho, cerca de su cintura. Justo donde estaba el cierre del cinturón de seguridad. Mientras el vehículo daba vueltas, su parte inferior chocando contra el tejado de un edificio y rebotando más alto, Davin encontró el botón del cierre. Lo presionó.

Y cayó.

La baja gravedad cobró su peaje mientras el vehículo giraba más rápido de lo que Davin caía, golpeándolo en la espalda al girar. El impacto le dio a Davin velocidad extra mientras se estrellaba contra el tejado del edificio, golpeando la grava y esparciendo piedras por todas partes.

No fue un aterrizaje perfecto, pero Davin podía vivir con ello.

Lanzándose hacia la izquierda, Davin rodó sobre su espalda. Con sus manos y piernas aún atadas juntas, no iría a ninguna parte. Las esposas eléctricas tampoco se podían quitar frotándolas contra piedras afiladas.

¿Y ahora qué?

Davin miró hacia arriba, el techo rocoso de Ganímedes extendiéndose ante su visión. Sirenas y gritos llegaban por el aire, lo esperado después de un accidente así. Aya y los chicos de Eden habrían sufrido lo peor, rodando por los tejados. Davin intentó mirar a la derecha, rozando su mejilla contra la grava, y solo vio una brecha maltratada en el borde del tejado por donde la embarcación había pasado.

Qué viaje tan divertido habría sido ese.

El estancamiento del rescate no duró mucho: el cronómetro mental de Davin, una habilidad perfeccionada por demasiadas tareas de precisión, calculó que el intervalo entre su caída de la embarcación y el equipo corriendo hacia el tejado fue de seis minutos y treinta y tres segundos.

Justo el tiempo suficiente para abandonar un vehículo, escalar un edificio y encontrar a Davin tirado allí como un paquete perfecto listo para ser recogido.

Las cuatro personas que se precipitaron hacia él parecían, bueno, parecían como de casa. Llevaban más envolturas que ropa real, conjuntos cosidos que mostraban parches de colores, telas, cueros. Abundaban las gafas protectoras, bufandas ondeaban en la brisa purificadora de aire.

—Quédate quieto —dijo el primero en llegar hasta él, con voz áspera y modulada. Esta gente realmente no quería que nadie descubriera sus identidades—. Será más rápido así.

—¿Me ves moviéndome? —respondió Davin. Su compromiso con la rigidez cadavérica aumentó cuando un agudo zumbido comenzó, una sierra láser preparándose para trabajar—. Ten cuidado con eso, ¿vale?

La persona no respondió. Los otros tres se desplegaron alrededor de Davin, todos portando rifles de nivel Eden. Pistolas. Granadas. La marca Eden desconcertó a Davin... ¿tenía la gran compañía facciones tan enfrentadas entre sí como para ponerse así de agresivas?

Sintió la vibración cuando la sierra mordió las esposas alrededor de sus muñecas. Sintió las punzantes chispas clavarse en su piel mientras el metal se derretía. Davin maldijo, luego cerró la boca. No conocía a estas personas, no podía mostrar debilidad.

Pronto tendría que aparecer el bribón arrogante, y tendrían que creerle.

Mientras el rescatador de Davin liberaba sus muñecas, uno del trío gritó, levantó su arma y apretó el gatillo. Un rayo verde lima salió disparado, Davin siguió la trayectoria para ver su objetivo: un dron de Eden, un cilindro achaparrado cubierto de cámaras y armas. La máquina recibió el impacto, giró para ocultar la sección dañada y devolvió el fuego.

La persona envuelta recibió el impacto en el hombro, gruñó y respondió al fuego. Los otros dos se unieron a él, el trío láser arremetiendo contra el dron demasiado rápido para que pudiera compensar. Con un chasquido, el robot cayó del cielo, estrellándose contra el tejado.

El luchador que había recibido el impacto se dirigió hacia el dron, detenido por un silbido del que cortaba las ataduras de Davin.

—No hay tiempo para salvamento —dijo el cortador de Davin—. ¿El disparo te atravesó?

—No es grave —respondió el herido, enfundando su rifle, aparentemente rápido para cambiar de prioridades. Se inclinaron sobre Davin—. ¿Puedes caminar?

Con un chasquido, las esposas de las piernas de Davin se rompieron. Claro, todavía tenía las bandas metálicas en los tobillos y muñecas, pero ahora eran accesorios de moda. Incorporándose, Davin tomó la mano ofrecida para ponerse de pie.

—Puedo saltar —respondió Davin—. ¿Adónde?

El cortador de Davin, a quien Davin consideraba el líder de este escuadrón en particular, miró hacia la puerta de la azotea que habían utilizado para subir. Comenzó en esa dirección, hasta que un estruendo resonante sacudió su edificio, con humo elevándose.

—Es la embarcación —dijo el herido junto a Davin.

—No es bueno —dijo Davin—. Decidme que tenéis un plan B.

—Varios —respondió el líder, girando sobre sus talones en la grava—. Vamos a la extracción.

Decidiendo actuar como seguidor, Davin se mantuvo en línea mientras los cuatro se dirigían hacia el sur, de vuelta hacia la autopista por donde todos habían llegado. Actuando un poco como superhéroes, todo el grupo dio saltos corriendo desde el tejado del edificio, volando por el aire. Con Davin en el medio, el grupo aterrizó en el siguiente edificio antes de saltar de nuevo, rebotando a lo largo.

—Así que, gracias y todo eso, pero ¿quiénes sois vosotros? —preguntó Davin al herido, cuya respiración crepitaba pero que por lo demás parecía estar bien—. Quiero saber si me están rescatando o solo cambiando de cámara de tortura.

—Preocúpate por eso después de que escapemos —resopló la persona, con voz sonando igual de áspera y entrecortada que la del líder.

Escapar al principio parecía una buena apuesta: además de aquel dron de Eden, probablemente ya asignado para vigilar el speeder de Aya, ninguna otra alma intentó interceptarlos. Ni drones llenaban el aire subterráneo de Ganímedes, ni tropas de choque se elevaban ante sus caras exigiendo que se rindieran.

No, durante los primeros saltos, el único problema parecía ser mantener el equilibrio al aterrizar. Davin, el menos experimentado en los saltos de baja gravedad, tendía a dar unos pasos extra en cada salto. Los demás encontraban dificultades con sus atuendos, telas rebeldes que les hacían tropezar, botas mal ajustadas que no conseguían el agarre adecuado.

El ojo profesional de Davin decía que el grupo tenía agallas, buenas ideas, pero no eran precisamente profesionales.

Un juicio que habría estado bien si Aya hubiera sido una burócrata estándar de Eden.

Davin y los otros cuatro flexionaron las piernas, sobrepasaron el último edificio para dejarse caer al suelo. El borde de la ciudad se extendía ante ellos, el desarrollo urbano se desvanecía en cobertizos destartalados y maquinaria de construcción inactiva. Cosas que cobrarían vida una vez que llegara más capital de inversión.

Por ahora, Davin aterrizó junto a una enorme excavadora, usando la gigantesca pala de la máquina para equilibrar su descenso.

—Vamos, deprisa —dijo el líder, señalando hacia un cobertizo particularmente deteriorado.

Aislado hacia la parte trasera del patio de construcción, llegar al cobertizo requería un sprint de cincuenta metros en línea recta o un salto a través del mismo, un trayecto iniciado por el líder y terminado, para ellos, no cinco metros después.

Volando por el aire, el que había liberado a Davin recibió tres rayos rojos en sucesión, todos en el costado. Los láseres no mataban el impulso, así que incluso mientras la figura envuelta se desplomaba, su cuerpo continuó por el aire solo para aterrizar hecho un ovillo cerca del cobertizo.

—Maldita sea —maldijo el herido, sacando el rifle de nuevo—. Moveos y disparad, no os quedéis quietos.

Buen consejo, mejor si Davin hubiera tenido un arma. Así lo dijo mientras los ahora cuatro corrían a buscar cobertura. El combatiente herido lanzó a Davin una pistola mientras se agachaban tras la pala de la excavadora, buscando enemigos.

Y sin ver ninguno. El patio estaba en silencio. Sin drones. Sin escuadrones acercándose. Las luces parpadeantes de la policía se reflejaban sobre los tejados, a varias manzanas de distancia.

—¿Dónde están? —gritó uno de los otros, agachado tras las grandes orugas de la excavadora a la izquierda de Davin.

—Obedece tus propias palabras —dijo Davin—. No podemos quedarnos aquí.

—Pero no sabemos dónde están —respondió el herido.

—Ellos saben dónde estamos nosotros, y eso es malo. Poneos en marcha.

Cuando los otros tres vacilaron —el tercero con la espalda contra la excavadora a mitad de su estructura— Davin se dio cuenta de que realmente estaba tratando con novatos. Valientes, pero no personas preparadas para una pelea seria.

—Tú y tú —dijo Davin, cambiando su tono de compañero servicial al de comandante que estas personas necesitaban—, volved hacia el trineo de carga. Tú y yo —Davin asintió al herido—, a vigilar, a ver si captamos algo.

—¿Ahora hacemos lo que dice este tipo? —preguntó la figura junto a las orugas—. ¿No es él...?

Dos disparos rojos más surgieron desde detrás de ellos, alcanzando al que hablaba en el pecho y derribándolo al suelo.

Davin se giró, alzando la pistola y apuntando, captando solo un borrón que se movía tras unas tuberías de alcantarillado apiladas.

—Nuevo plan —dijo Davin—. Vosotros dos, corred hacia el cobertizo ahora. Yo os cubriré.

Esta vez, ninguno cuestionó las órdenes de Davin, poniéndose manos a la obra de inmediato. Los dos que saltaban hacia el cobertizo hicieron exactamente lo que Ganímedes les pedía: usando la gran excavadora, ambos saltaron y rebotaron en su cabina superior, ganando altura para cruzar la distancia de un solo salto.

Claro, podrían haber pasado arrastrándose entre los vehículos para mantenerse mejor protegidos, pero ¿quién necesitaba eso con Davin y su compañero herido proporcionando fuego de cobertura?

Con la pistola en alto, Davin mantuvo apretado el gatillo, enviando disparo tras disparo hacia los cilindros de alcantarillado. Su compañero hizo lo mismo, el rifle del hombre quemando energía para llenar el aire con una muerte verde y crujiente.

El atacante no se mostró. Los dos saltadores llegaron al cobertizo, se deslizaron por las puertas. Davin dejó de disparar, registró la escasa energía restante en su cargador.

—Dime que hay una salida ahí dentro —dijo Davin, dando lentos saltos alrededor de la excavadora, mirando en todas direcciones a la vez.

—Debería haberla —dijo el herido, siguiendo a Davin de cerca con el rifle levantado—. ¿Dónde está este tipo?

—¿Quizás los asustamos?

No es que Davin lo creyera. Desde el principio, las probabilidades solo habían favorecido al enemigo. Retirarse ahora no tendría sentido. A menos que...

—Ve al cobertizo —dijo Davin—. Ahora.

—Pero...

—Te cubriré.

La persona no discutió. Sin embargo, lanzó a Davin su rifle antes de hacer un salto tambaleante y poco entusiasta hacia el cobertizo. Deslizando la pistola en un bolsillo —apenas una buena funda, pero Davin carecía de opciones—, el capitán levantó el rifle y se adentró más en el sitio de construcción.

Bloques apilados, piedra tallada de Ganímedes yacían por todas partes listos para ser transportados. Speeders de trabajo pesado estaban cerca de otras excavadoras, grúas cerradas. La constante luz amarillenta de Ganímedes se filtraba desde espejos perforados arriba. El polvo saturaba el aire, como siempre ocurría bajo tierra.

Davin se mantuvo pegado a la cobertura, pasando de una caja a otra excavadora, a una tercera colección de vigas de acero. Revisó el suelo, no vio huellas. Revisó el aire, no vio drones.

Y, sin embargo, toda su experiencia gritaba emboscada. El intento de rescate había comenzado fuerte, pero habían sido lentos cruzando los tejados al descubierto. Eden podía ser pillada desprevenida, pero su puro poder significaba que cualquier ventaja desaparecía antes de mucho tiempo.

—Davin Masters —la voz de Aya llamó, elevándose sobre las sirenas distantes, los zumbidos de la tecnología trabajando—. Eres un hombre difícil de atrapar, ¿lo sabías?

Davin no dijo nada. Se mantuvo agachado, tratando de localizar el sonido.

—No me divierten estos juegos —continuó Aya—. No soy una cazadora. Soy una científica, como el Capitán Swane, y espero que entienda por qué le necesitamos.

Realmente no, pero atribuyámoslo a cosas que a Davin le importaban una mierda.

—¿Así que sería tan amable de salir para que todos podamos seguir con nuestras vidas?

Davin se detuvo, contuvo la respiración. Los grandes barriles estaban a su derecha, una amplia nada a su izquierda mientras Davin trabajaba el borde exterior del sitio.

Aya no estaría hablando a menos que tuviera preparada la siguiente parte. No se arriesgaría a ser descubierta si no lo estuviera planeando.

Vale, genio. ¿Cuál es tu jugada?

Davin sacó la pistola de su bolsillo, la lanzó en un arco giratorio sobre los barriles. Voló alto, casi flotando en la gravedad ligera.

Y ahí estaba, el más ligero movimiento a su izquierda, acurrucado cerca de una monstruosa retroexcavadora. La luz cambió, una sombra se movió para seguir la pistola.

Hora de dejar de jugar al silencio.

Davin dio uno, dos pasos para rodear los barriles y se impulsó con el tercero, levantando el rifle mientras dejaba atrás el suelo. De nuevo las sombras se movieron, su despliegue más allá de la cabina cuadrada de la retroexcavadora delatando a Aya.

Ella giró por la esquina, su propio rifle listo, directamente hacia la mira preparada de Davin.

Davin apretó el gatillo, enviando los rayos hacia Aya. Dieron en el blanco mientras ella se arrojaba tras la retroexcavadora. Davin no pudo ver cuántos impactaron —¿dos, tres?— antes de aterrizar, cayendo lo suficiente hacia adelante para sostenerse con su mano izquierda. Se impulsó para mantener la carrera.

Pero cuando rodeó la retroexcavadora, Aya no estaba allí. Solo una mancha de sangre, caliente sobre la roca.

Davin se giró, preguntándose dónde estaba la emboscada. De ninguna manera Aya lo habría llamado solo para luchar uno contra uno.

La retroexcavadora se estremeció, haciendo que Davin girara. La cabina estaba vacía, la fuente no estaba a su nivel sino arriba. Inclinando la cabeza, Davin gimió.

—¿Tú otra vez? —dijo, viendo a Mecha-Phyla mirándolo desde arriba.

Estaba vestida con un uniforme de Eden, tenía un cinturón repleto y varias fundas con armas de todo tipo. Si había superado a Davin en el puente de la fragata, aquí los superaba a él y a todos sus rescatadores juntos.

En cuanto Davin la vio, Mecha-Phyla sacó una pistola, apuntó. Un disparo que Davin no podía esperar esquivar.

Así que disparó en su lugar, sus brazos aún no siguiendo el mismo camino que sus ojos. El rifle atravesó la retroexcavadora, los láseres quemando profundamente el equipo electrónico, las baterías. Davin dejó que la máquina hiciera el trabajo sucio.

La retroexcavadora explotó, lanzando a Davin hacia atrás, el calor inundándolo mientras Davin atravesaba palés apilados. Sus manos se entumecieron, su cara recibió cientos de cortes, las astillas dejaron sus marcas por todas partes, y Davin aterrizó de espaldas en la tierra. El rifle hacía tiempo que se había perdido. Su visión nadaba. Tosió algo que podría haber sido sangre, podría haber sido polvo de roca de Ganímedes.

Y mientras sus oídos zumbaban, mientras su nariz olía su propia sangre, Davin sin embargo escuchó una vibración que reconoció: el zumbido bajo y constante de los microimpulsores de un speeder.

El destartalado vehículo, tan cubierto de polvo y abandono como el propio Davin, se detuvo junto a él. Unos brazos se extendieron, recogieron a Davin del suelo y lo dejaron caer en el asiento trasero del speeder. El vehículo de techo abierto salió disparado, alejándose del sitio de construcción hacia una llanura subterránea abierta.

—Aguanta, Davin —dijo el herido, sentado delante. Cuando Davin no respondió —sus pulmones parecían no poder llenarse de aire— el hombre miró hacia atrás, frunció el ceño—. ¿Estás bien, capitán?

¿Estás bien?

¿Estás bien?

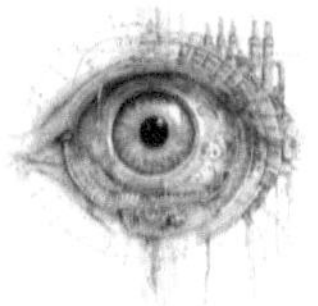

CATORCE

EMISIÓN DE RECOMPENSA

El agua tenía un olor extraño. Davin lo notó, ya que le entró por la nariz con el segundo chapuzón. Abrió los ojos parpadeando, esperando un dolor de cabeza, esperando dolores y molestias, pero no sintió nada.

Aunque la visión de Sandeer y un grupo variopinto observándole en las entrañas del *Red Rocket* debería haberle inspirado bastantes.

Entonces Davin se dio cuenta de lo que Sandeer le estaba arrojando.

—¿Cerveza? —tosió Davin, y Sandeer sonrió. Las cabezas asintieron y la multitud comenzó a dispersarse. El espectáculo había terminado, el capitán estaba despierto—. ¿Me estás tirando cerveza?

—El barril ya estaba viejo —dijo Sandeer—. Siempre me estás pidiendo bebidas gratis.

—No es exactamente lo que quería decir.

—Sé más específico la próxima vez. —Sandeer dejó el vaso—. Bienvenido de vuelta, Davin.

En cuanto a dónde le daban la bienvenida, Davin no estaba seguro. Supuso que estaba en el sótano del *Red*

Rocket solo porque las cajas y barriles apilados a su derecha llevaban la calcomanía del bar. El propio Davin sentía un mantel suelto bajo él, que protegía lo que parecía ser un banco de trabajo metálico estándar. Difícilmente un hospital. Aunque no le dolía, Davin sentía picores aquí y allá, y una exploración con las yemas de los dedos confirmó puntos de sutura y largas líneas gruesas todavía húmedas con gel cicatrizante.

—Como no estuve allí, no voy a criticar, pero la próxima vez quizás intenta alejarte un poco de lo que estás haciendo explotar —dijo Sandeer, haciendo una mueca ante la exploración de las heridas de Davin—. Tienes suerte de que Eden haya cabreado a todo el mundo en este planeta, incluidos los médicos.

El comentario suscitó preguntas, y Sandeer, por una vez comunicativo, dio respuestas. Cuando Eden decidió tomar por la fuerza Ganímedes, llegando con sus naves, soldados y falsas promesas sobre trabajar juntos, los que sabían lo que pasaba se unieron y comenzaron operaciones para hacer la vida imposible a Eden.

Era curioso cómo eso parecía ocurrir en todos los lugares que Eden pisoteaba.

—No te hagas grandes ideas —dijo Sandeer—. Nadie aquí piensa que vamos a echar a Eden de nuestra roca. No vas a conseguir un levantamiento armado por mi parte.

Davin, aún tumbado en el banco, se rio.

—¿Tengo pinta de estar preparado para eso?

—Tienes un aspecto horrible, pero siempre lo has tenido.

—Eso duele, Sandeer. —Davin deslizó los codos y se sentó. Sintió que algo se movía en sus entrañas con el movimiento—. ¿Por qué te molestaste en venir a por mí?

—No quería —dijo Sandeer—. Al parecer dijiste algo que tiene a Roddy todo...

—¿Roddy? ¿Ese chaval está en tu grupo?

—A veces me pregunto si todos los "chavales" de Ganímedes están en nuestro grupo —Sandeer negó con la cabeza—. Tiene buena cabeza para la mecánica. Un poco impulsivo, le gustan demasiado las pintas, pero luchará por lo que cree. —Sandeer señaló a Davin—. Que, por razones que desconozco, eres tú.

—No soy yo —respondió Davin—. Es Viola, la chica con la que creció. Volvió a unirse a nosotros. Se lo dije antes de que la policía me agarrara.

—¿Amor juvenil?

—No sé nada de ella —dijo Davin—. ¿Así que Roddy tiene suficiente influencia para que vosotros forméis un equipo? —Mientras hablaba, Davin recordó las bajas—. Ah, maldición. Lo siento.

Los ojos de Sandeer brillaron, la máscara de camarero mantenía el sentimiento reprimido. —Está empeorando, y va a empeorar aún más a menos que hagamos algo más grande. Roddy dice que tú eres la clave del plan.

—¿Qué plan?

—Cerrar Galaxy Forge.

El mayor astillero del sistema solar no funcionaba exactamente con un interruptor. Davin no podía entrar en la sala adecuada, tirar de un cable de un enchufe, limpiarse las manos y ver cómo mil naves dejaban de construirse al instante. Roddy, sin embargo, insistía en que existía algo parecido a eso, solo que el interruptor tenía un aspecto un poco diferente.

—Todos los astilleros funcionan con una única plataforma de software conectada —dijo Roddy, esta vez arriba en el *Red Rocket*. Cinco de ellos, sin incluir a Sandeer, se apiñaban sobre pintas al comienzo de la noche; Davin había quemado el día en recuperación—. Todos los pasos para que un caza salga perfecto, para que una fragata se haga según las especificaciones, todos pasan por los ordenadores.

Roddy repasó la explicación con la energía de un idealista, dirigiendo la mayoría de sus miradas a Davin. Cualquier odio ardiente que Roddy tuviera desde la noche anterior parecía haber desaparecido, a pesar del moratón en la mandíbula del hombre donde Davin le había golpeado. Roddy aún no había revelado el porqué del cambio.

Quizás era lástima, ya que un par de los presentes tuvieron que ayudar a Davin a levantarse y sentarse en el reservado del bar. Su vaso de pinta contenía agua, no cerveza. Los batidos nutritivos habían sido su único alimento durante todo el día. Una pesadilla.

—Así que alteramos el software —dijo un hombre a la derecha, otro joven. Sus ojos brillaban con mejoras artificiales, y las líneas irregulares en sus brazos decían que abrazaba una vida cibernética—. No puede ser tan difícil.

—Lo es —dijo Roddy, mirando de nuevo a Davin—. ¿Por qué crees que Eden ha mantenido vivo al fundador de Galaxy Forge? Él tiene la clave, la única puerta trasera universal que podría detener todos los proyectos a la vez.

—¿Por qué? —preguntó el tipo cíborg—. ¿Cuál es el sentido de crear algo así?

—Un seguro de vida —respondió Davin, atrayendo miradas mientras asentía al hombre cíborg—. Cuando llegas a su posición, atraes malas intenciones. Apostaría a que tiene Galaxy Forge vinculado a los latidos de su corazón. Si alguien lo elimina sin tener el código correcto preparado, todo se acaba.

Un movimiento arriesgado si tenías competencia que quería eliminarte, pero Galaxy Forge no tenía ninguna. No a su escala. La expansión de la humanidad hacia el espacio no se ralentizaría, sino que colapsaría si todos estos astilleros se cerraran.

Volviendo a Roddy, Davin continuó: —Una pregunta. ¿Por qué querría cerrar Galaxy Forge? Eden no va a desaparecer si lo hace.

—Él no lo hará —dijo Roddy—. Ni hablar. Pero no es el único que tiene el código.

A veces, ejecutar un proceso de eliminación lleva tiempo. Otras, es un chasquido de dedos y listo.

—Lo ha pillado —continuó Roddy, observando a Davin. El hombre tenía una sonrisa débil, como si estuviera avergonzado por lo que iba a decir—. Viola sabrá cuál es. Si podemos traerla aquí, apuesto a que podría cerrar todo el sistema.

Davin relató sus últimas circunstancias conocidas: a la deriva, sola, posiblemente muerta.

—No es lo que tú crees —replicó Roddy, mientras los otros en la mesa se daban cuenta de que esto se había convertido en un juego de dos hombres—. No habrías dicho su nombre si no pensaras que estaba viva.

Davin no estaba tan seguro de eso: la manipulación era manipulación, pero enfrentarse a este tipo por su enamoramiento mientras se recuperaba parecía un movimiento equivocado. El estómago de Davin se rebeló ante la idea de recibir otro puñetazo.

—Entonces necesitamos una forma de enviar un mensaje —dijo Davin—. ¿No me digáis que ninguno de vosotros, bromistas, tiene un comunicador a mano?

El grupo se miró entre sí, compartiendo algún estúpido

secreto que Davin desconocía. Finalmente, la mujer habló, comenzando con un suspiro autoinculpatorio.

—Nadie tiene comunicadores de largo alcance ya. Empezó con los rebeldes —la mujer lanzó una mirada fulminante a Roddy—. No me mires así, Roddy. El grupo de Alissa no eran todos santos. No querían que nadie recibiera monedas de Eden por vender secretos. Se llevaron todos los que pudieron encontrar, y luego Eden viene aquí y hace lo mismo, la misma razón pero en bandos opuestos, ¿entiendes lo que digo?

—Montón de paranoicos —dijo otro hombre—. Ahora tenemos que reservar tiempo en el centro de comunicaciones central para enviar un mensaje. Y encima todo se revisa, así que no te hagas ilusiones.

Davin tamborileó con los dedos sobre la mesa. Sentía las secuelas pegajosas de mil cervezas entre cada toque. El momento de Ganímedes había llegado hace tiempo. La mayor parte de su infraestructura, según los estándares espaciales, era vieja. Lo que significaba oportunidades.

—Roddy —dijo Davin—, ¿crees que podrías meterme en ese centro de comunicaciones? ¿Justo en su corazón palpitante?

—¿Corazón palpitante?

—El centro. Donde pasan los mensajes.

La confusión reinó, y Davin tuvo que recordarse a sí mismo que estaba trabajando con camareros, con tenderos y profesores. No con soldados, infiltrados, espías.

Para cuando había elaborado un plan, Davin había tragado una segunda ronda de pastillas, Roddy había cambiado a cervezas, y los habituales del *Red Rocket* habían llegado para otra noche a la sombra de Júpiter.

Davin pasó tres días deambulando por el sótano del *Red*

Rocket, recibiendo un tratamiento de spa para pobres. Ungüentos, cambios de vendajes, incluso un masaje a medias por alguien que Sandeer conocía. Cuando no dormía, Davin holgazaneaba con otros miembros entrantes y salientes de la incipiente facción. Tenían un entusiasmo desagradable, aunque no las habilidades guerrilleras para acompañarlo.

Los drones de Eden estaban por todas partes, sus soldados en las calles suplantando a los policías locales. El capitán Heath Swane hacía anuncios por radio y televisión buscando a Davin, con una recompensa de por medio. El hombre no tenía mucho talento dramático, solo su cara hablando frente a la cámara con un corte final a la antigua foto de mercenario de Davin.

—Te han quitado como unos diez años ahí —dijo Sandeer, mostrándole el vídeo a Davin en la única pantalla borrosa del sótano. Puede que Sandeer fuera reacio a dar cerveza gratis, pero el agua fluía abundantemente, los vasos llegando uno tras otro. Todo reciclado, por supuesto. Un salto mental que cualquiera que viviera en el espacio tenía que dar.

—Creo que ahora soy más refinado —dijo Davin, estirando una pierna mientras se ponía de pie—. Sabiduría y todo eso.

—¿Ah, sí?

Davin vio a Phyla allí, a un lado poniendo los ojos en blanco. Le estaría diciendo que moviera el culo. Que dejara de holgazanear. Claro, sus músculos, su cuerpo destrozado podría usar el tiempo, pero las drogas estaban haciendo el trabajo. Davin podría lograrlo.

—Sí —respondió Davin a Sandeer, manteniendo sus ojos en la pantalla. Actualizaciones deportivas ahora, equipos que Davin solía seguir en los días en que no le disparaban—. Cuando Phyla y yo transportábamos carga los últimos años, tuvimos la oportunidad de echar un buen vistazo a qué, a quiénes éramos.

—¿Encontraste mucho allí que te gustara?

Davin estaba a punto de responder cuando se detuvo, miró a Sandeer, el hombre sentado, relajándose fuera de servicio y sin embargo proyectando ese aura de camarero tan fuerte. Un oído listo para escuchar, consejo listo para dar.

—¿Y a ti qué te importa? —preguntó Davin—. Todos estamos aquí para usarnos unos a otros, conseguir lo que podamos hasta que alguien nos haga saltar por los aires.

—¿Ahora eres nihilista?

—Eso sucede cuando... —Davin se encogió de hombros.

—La mejor manera de salir de depresiones como en la que estás es tener algo que hacer —dijo Sandeer—. Por suerte, ese trabajo está esperando, listo para esta noche.

—¿Ah, sí? ¿Yo, medio lisiado, y qué equipo?

—Sin equipo. Tú y Roddy. El chaval es bueno con los ordenadores, él te conseguirá la conexión. Tenemos una distracción preparada, que debería desviar toda la atención. —Sandeer puso las manos en las rodillas, agarrándolas con la fuerza suficiente para marcar las costuras en sus vaqueros manchados—. Nadie quería ir contigo, Davin. No después de lo que le pasó a Callie y Aiguo.

Los dos que murieron salvando el culo a Davin.

—Así que sois cobardes entonces. No estáis preparados para entregarlo todo.

—Somos empresarios. Civiles. Los que solíamos pagar a tus Nueves para mantenernos a salvo —dijo Sandeer—. Queremos que todo esto termine, justo como has estado diciendo, porque es malísimo para el negocio. Pero prefiero tener años difíciles en el balance que perder la vida.

—Bueno saber cuán comprometido estás.

—Las guerras las luchan los soldados, Davin. Ponte a ello.

La noche de Ganímedes no lucía muy diferente a su día, especialmente fuera del centro de comunicaciones. Construido en la superficie bajo una cúpula que bloqueaba la radiación, el centro de comunicaciones se asemejaba a un erizo de mar, aunque uno cuyas espinas te hacían sentir hormigueos con todas sus transmisiones. Davin no podía ver los cables que se extendían por el suelo desde el edificio, venas que llegaban a toda la luna para proporcionar conexiones a Internet y transmisión de datos, pero todos los indicios lo dejaban claro: clava una pala en el suelo por aquí y dividirías un asentamiento del sistema.

Él y Roddy estaban envueltos en café y aperitivos rancios, instalados en un reservado de un restaurante abierto las veinticuatro horas destinado a atender a esos habladores hambrientos que entraban y salían del repetidor de comunicaciones. Si tenías tu propia nave, si resultaba que tenías suficiente dinero para comprar tu propio comunicador de larga distancia, podías enviar un mensaje directamente desde Ganímedes a Marte. De lo contrario, podías empaquetar tu mensaje y dejarlo caer en el largo flujo de tráfico que salía disparado desde aquí hacia los satélites. Tardaría un tiempo, necesitaría compresión.

¿Querías una charla en directo? Venías aquí, te sincronizabas con tu interlocutor y disfrutabas de los pocos minutos de retraso entre ambos lados.

Davin confirmó su recuento: dos personas habían entrado en el repetidor de comunicaciones desde que él y Roddy llegaron. Ninguna había salido. Era lo bastante tarde como para reducir las visitas, pero las diferencias horarias aseguraban que lugares como este estuvieran abiertos a todas horas.

—Sin daños colaterales —repitió Roddy entre sorbos de café—. Sé cómo haces las cosas, pero nosotros no somos así.

—¿Cómo hago las cosas? —preguntó Davin, removiendo la crema en su propia taza. La cosa de cerámica beige tenía un Júpiter sombreado con una cara sonriente—. ¿Y cómo es eso exactamente?

—Hay una razón por la que Eden te quiere.

—Sí, porque soy muy bueno derrotándolos —Davin miró por encima del hombro de Roddy y vio a Phyla negando con la cabeza bajo las zumbantes luces platino del restaurante—. Hablando en serio, Roddy. ¿Has hecho algo como esto antes?

—Ayudé a Vi a robar la nave de su padre —respondió Roddy. Davin no estaba seguro de si la confianza del hombre era una ventaja o una trampa—. He participado en otros trabajos. Peleas de bar.

Davin asintió, volvió a remover la crema. Ninguna respuesta surgió del vapor o de la mezcla blanca y marrón.

—Entonces vas a dejarme liderar, ¿vale? —preguntó Davin—. Si necesito que hagas algo, te daré la señal.

El capitán esperaba cierta resistencia. Que Roddy declarara que esta era su idea o alguna otra tontería. En cambio, el joven aceptó las condiciones. Sin resistencia mientras esperaban la distracción de Sandeer.

Davin encontró sin dificultad la razón por la que Roddy se mostraba tan complaciente.

—Quieres largarte de esta roca —dijo Davin.

—Sí, joder —respondió Roddy, relajando los hombros, como si Davin hubiera pinchado alguna tensa fachada—. Por favor, si recuperamos tu tripulación y tu nave, déjame ir contigo.

—Cada miembro de los Nueves tiene un propósito. ¿Cuál es el tuyo?

—¿Necesitas un manitas?

La distracción crepitó. Estalló. Sonrió. Cantó. Un speeder voluminoso, una caja amarillenta con el largo del restaurante, se detuvo delante. Sus microcohetes ardían para mantenerlo estable hasta que los puntales de aterrizaje bajaron, asentando el speeder en la roca aplanada. En medio de todo ese amarillo pastel había palabras rosadas que anunciaban tacos baratos y deliciosos. Música alegre salió disparada mientras el speeder se asentaba, implorando a cualquiera que escuchara que su día estaba a punto de mejorar.

—¿Esto es de lo que hablaba Sandeer? —dijo Davin, haciendo todo lo posible por parecer crédulo.

Roddy asintió, sonriendo:

—Es propiedad de uno de nosotros. Como no eres de por aquí, no lo entenderás.

Pero Davin podía ver, y lo que veía era asombroso. Los escasos clientes del restaurante y todos los empleados humanos que podía ver, se precipitaron desde sus reservados al exterior. La multitud de un par de docenas de personas rodeó el camión. Segundos después, las puertas del repetidor de comunicaciones se abrieron y más gente salió de allí también.

Cinco, de hecho. Los dos visitantes y lo que parecían ser tres empleados de Eden. Todos pendientes de los tacos.

—¿Qué es esto? —preguntó Davin, rindiéndose finalmente y apurando su café.

—Salsa Polvo Estelar —dijo Roddy, y Davin podría jurar que el hombre se relamió al hablar—. Los mejores tacos del sistema solar ahí mismo.

—Vale, pero ¿ahora?

—No importa, Davin. Cuando aparece Polvo Estelar,

dejas lo que estés haciendo y vas a por ello. Nunca sabes cuándo o dónde volverá a aparecer.

Davin se levantó, la oportunidad estaba ahí, aunque estaba más fascinado con este misterioso camión de tacos.

—Cuéntamelo mientras caminamos.

Roddy lo hizo: Salsa Polvo Estelar tenía varios speeders como este recorriendo Ganímedes. Mantenían sus horarios impredecibles, ofreciendo solo pistas crípticas sobre dónde podrían aparecer a continuación, y cuándo. Entre la población de la luna, Roddy calculaba que no había juego más practicado que descifrar el horario de Polvo Estelar.

—Los que lo hacen mejor consiguen tantos seguidores. Conozco a uno, tiene sus propios patrocinadores ahora, se gana bien la vida solo diciendo a la gente dónde conseguir sus tacos —dijo Roddy mientras avanzaban dando saltos hacia el repetidor de comunicaciones.

—Si te funciona, supongo.

La distracción también hizo maravillas por su cuenta. Nadie abordó a Davin y Roddy mientras avanzaban a saltitos hacia la entrada, una única puerta corredera empotrada en el edificio rojizo del repetidor de comunicaciones. Varias pegatinas rodeaban la entrada, cada una señalando a una empresa que patrocinaba este o aquel satélite, esta o aquella red. Una pantalla independiente junto a la puerta publicaba precios por minuto para chats, vídeos y paquetes de archivos salientes.

En Miner Prime, enviar un mensaje fuera de la estación significaba un viaje a los niveles superiores. Significaba recibir miradas de soslayo de gente más adinerada que se preguntaba qué podría tener que decir al universo en general alguien tan cubierto de polvo.

Conseguir el comunicador de largo alcance en el *Jumper* había sido más que una necesidad, había sido una forma de burlarse de todos aquellos que habían juzgado a Davin en silencio.

Y ahora tendría una oportunidad más de devolvérsela a la compañía más altiva y desagradable que existía.

Davin lideró, y el vestíbulo interior cumplía su promesa, situando a los recién llegados en un espacio cuadrado con una gran pantalla en la pared del fondo. El monitor de varios metros de ancho mostraba opciones, y un cartel pegado debajo tenía una flecha negra apuntando a la izquierda, hacia una segunda puerta que, según declaraba otro cartel, solo se desbloquearía una vez que se hubiera aceptado el pago.

No era el camino que a Davin y Roddy les interesaba.

El personal entraba y salía por el lado derecho, un rectángulo estándar con un escáner de identificación estándar como cerradura.

Roddy sacó una tarjeta de su bolsillo, sustraída a un empleado del repetidor de comunicaciones tras unas copas gratis de Sandeer y una fiesta de baile posterior.

Aparentemente ese era el método preferido aquí: todo subterfugio, toda sutileza.

Davin golpeó la tarjeta contra el escáner, la puerta se abrió con un clic, y el par entró sin problemas.

Crees que conoces los ordenadores, lo complejas que pueden ser las cosas una vez que has visto la cabina de una nave como el *Jumper*, con sus múltiples sistemas y respaldos analógicos para cada operación digital. La sala central del repetidor de comunicaciones empequeñecía los paneles del *Jumper*, extendiéndolos en un bosque de circuitos circulares que hizo silbar a Davin cuando él y Roddy hicieron su entrada.

Las suaves luces rojas incrustadas en el suelo emitían el brillo justo para evitar que los dedos de los pies tropezaran con las sillas rodantes esparcidas por todas partes, pero por lo demás la penumbra parecía ser la orden del día: monitores en modo oscuro distribuidos por el espacio detallaban transmisiones entrantes, salientes y programadas desde todas partes.

—Mucho ajetreo —dijo Davin, dirigiéndose a la consola de anulación a la derecha—. ¿Este lugar recoge todo de la luna?

—Esta mitad —respondió Roddy.

Conversaciones entre naves, entre puertos espaciales y sus visitantes, entre viajeros terrestres... todo se enrutaba por aquí. Con un toque, si Davin quisiera, podría escuchar cualquier frecuencia, retransmitirla según fuera necesario a otras bandas. Podría, digamos, soltar una letanía de los crímenes de Eden y enviarla en todas las ondas.

Hmm.

Pero primero lo primero.

La consola de anulación requería otro toque de identificación, pero luego Davin y Roddy estaban dentro. Fournine y el *Jumper* siempre escuchaban una frecuencia específica, una que los Nueves habían decidido años atrás, así que eso proporcionaba un destino para el mensaje. Pero ¿qué hay de Mox y los demás? ¿Qué estaría usando su autobús cazarrecompensas?

—¿Rociar y rezar? —sugirió Roddy.

—Si lo enviamos a todas partes, Eden nos caerá encima rápido —respondió Davin—. Tengo una idea mejor.

La lista de recompensas de Eden salía en una frecuencia específica, un llamamiento para aquellos que querían saber quién podía ser capturado a cambio de dinero. El autobús estaría escuchando esa, o al menos lo había estado, y la propia Eden podría no prestar demasiada atención a una frecuencia que probablemente automatizaron.

Una emisión semanal que dictaba qué cabezas debían ser recolectadas no necesitaba revisión constante.

—Tiene sentido para mí —dijo Roddy, y luego miró hacia la puerta del personal—. ¿Lo haces rápido?

—No se puede apresurar al genio, Roddy.

—¿Esto es genio?

—Lo estás mirando.

Davin tocó las frecuencias, abrió el micrófono y dijo lo que habían compuesto anteriormente. Un puerto espacial donde atracar y nada más. Sandeer tenía gente vigilando, y cualquier otro detalle daría la oportunidad a Eden de salir con toda su fuerza.

—Listo y terminado —dijo Davin. Ni un alma había entrado por la puerta—. Ahora, algo extra.

—¿Extra?

Davin deslizó las dos frecuencias, tocó la anulación de emergencia para enviar esta siguiente ráfaga en todas las bandas disponibles.

—¿Qué estás haciendo? —preguntó Roddy, y Davin levantó un solo dedo.

El capitán presionó el botón de transmisión.

—Aquí Davin Masters, capitán de los Wild Nueves, Héroe de la Tierra y cabrón en general. Llamando para decir que el Capitán Heath Swane es un traidor a todo lo bueno y justo, y si Eden tuviera algo de honor, lo arrojaría por la escotilla más cercana. Hasta que eso suceda, hago un llamamiento a todos los empleados de Eden para que se pregunten por qué están en el lado equivocado. Siempre hay sitio en el mío —Davin tomó aliento. Sonrió—. Y al mejor piloto que jamás conocí, te quiero Phy.

Davin soltó el botón de transmisión, giró sobre sí mismo en la silla y se encogió de hombros.

—Lo siento, tenía que hacerlo.

—Adiós a que Eden no supiera que estábamos aquí.

Un clic vino de la única puerta de entrada, señalando una tarjeta de identificación escaneada. Davin mantuvo su sonrisa.

—Esa es la cuestión, Roddy —dijo Davin, levantándose de un tirón del asiento, sacando la confiable pistola que había escondido dentro de su maltrecha chaqueta negra—. Quiero que sepan que estoy llegando.

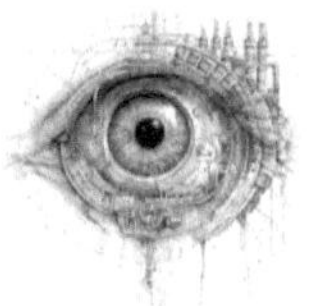

QUINCE

ESTALLIDO DE PRESIÓN

Roddy no se tomó especialmente bien el cambio de planes. Los ojos del hombre se desorbitaron, lo que causó una gran primera impresión en los trabajadores del centro de comunicaciones, un dúo en pánico, cuando entraron precipitadamente por la entrada del personal.

—Hola —dijo Davin, ignorando a Roddy y haciendo señas a la pareja para que entrara con su pistola—. Tomad asiento, muchachos. Vamos a estar aquí un buen rato.

El Rehén A, cuya oportuna etiqueta con su nombre indicaba Cal, no objetó. El tipo levantó las manos, balbuceó algo apologético y se dejó caer en un asiento sin más quejas. Davin nunca había visto a alguien tan pálido.

El Rehén B, etiqueta con el nombre Lonnie, tenía, ella misma, una actitud. Le dio a la pistola de Davin la misma mirada que Davin solía dar a su goteante desayuno nutritivo cada mañana. No se movió de la sombra de la puerta, sino que se cruzó de brazos y anunció, destilando decepción:

—¿Tienes idea de lo que demonios estás haciendo aquí? Picante.

—No la tiene —dijo Roddy, negando con la cabeza mientras retrocedía—. Este no era el plan.

—¿Teníais un plan? —preguntó Lonnie, y Davin silbó, atrayendo todas las miradas de nuevo hacia él.

—Lonnie, pareces tener una buena cabeza sobre tus hombros, y también una columna vertebral rígida —dijo Davin. Siempre es importante ablandar al sujeto antes de una petición—. ¿Qué tal si me muestras cómo podemos blindar este lugar?

Lonnie resopló, un crujido realmente sólido.

—No hay forma de blindar este sitio. ¿Crees que es un refugio antiaéreo o algo así? Estamos enviando las cartas de amor de todo el mundo, a nadie le importará si nos atacan.

—¿Y qué hay de todas esas naves espaciales ahí arriba que dependen de vuestros relés?

Lonnie puso los ojos en blanco.

—Tienen sus propias comunicaciones. Lo único que estás haciendo al atrincherarte aquí es cabrear a los lugareños.

Davin hizo un mohín con el labio inferior y asintió. Vale, así que no habría una gran respuesta inmediata. Al menos, no sin un pequeño empujón.

—Roddy —dijo Davin, y cuando el tipo se quitó las manos de la cabeza, Davin le lanzó la pistola—. Vigila a estos dos. Y mira si puedes encontrar una manera de cerrar las puertas.

—¿Qué vas a hacer tú?

—Decir la verdad.

Resultó que la verdad que Davin contó era subjetiva. En concreto, transmitiendo por todos los canales, el capitán de Los Nueves Salvajes canalizó una furia latente de a-quién-le-importa-un-bledo, despotricando contra Eden, Heath Swane, los androides y el implacable asalto de las corporaciones codiciosas contra la gente que solo intenta ganarse la vida en el difícil sistema solar.

Mientras hablaba —Cal, instado por Roddy a punta de pistola, le consiguió a Davin agua rehidratante para que su voz se mantuviera ágil—, Davin mantuvo sus ojos en el reloj, contando los minutos hasta que Eden apareciera, y con fuerza. Sin embargo, la compañía no fue la primera en llegar a la escena: ese honor correspondió a la policía local. Roddy, sudando ahora y probablemente mucho más involucrado en esto de lo que jamás hubiera esperado, se puso aún más pálido cuando Davin interrumpió sus insultos para afirmar que tenían dos rehenes dentro.

—Dos inocentes atrapados en esta lucha de poder —dijo Davin al micrófono. Le guiñó un ojo a Lonnie, que no estaba nada divertida—. No sufrirán daño a menos que vosotros ahí fuera hagáis un movimiento en falso, a menos que ocurra algo que no sea mi reunión cara a cara con el horrible capitán descontento Heath Swane. —Un respiro profundo. Había pasado un minuto, así que era hora de mencionarlo de nuevo—. Esta escoria, este montón de basura sin valor, envió a Phyla a morir por nada más que por su propio entretenimiento. Ese es a quien contrata Eden, gente. Ese es para quien, si llamáis a Eden vuestro empleador, estáis trabajando. Pensadlo.

Otra pausa, otro trago.

—Sabes que cada segundo que estás en esas ondas, nadie puede aterrizar en Ganímedes —dijo Lonnie—. Nadie puede pedir ayuda si la necesita. No eres ningún santo, eres un idiota.

Davin desplazó la pantalla, encontró la banda de respuesta de emergencia. Una frecuencia que había dejado libre.

—Soy un idiota, Lonnie, pero no soy un monstruo.

Lonnie solo suspiró. Hacía eso mucho y era bienvenida a ello.

Eden tardó tres horas en preparar una respuesta. La policía local —quién sabe cuántos estaban del lado de Sandeer— se contentó con dejar la situación en manos de la gran compañía y no hizo ningún intento de entrar en el centro de comunicaciones. Incluso facilitaron la entrega de algunos tacos Stardust ante la petición de Davin.

Eran, como Roddy había anunciado, exquisitos.

El equipo de respuesta de Eden llegó en cuatro enormes vehículos blindados, que probablemente habían salido de la fragata de Heath y estaban hechos para asaltos terrestres. Pareciendo orugas enroscadas descansando sobre hojas de cuchillo, los vehículos ofrecían una solución voluminosa y torreta.

Davin los vio acercarse, los vio descargar unos cuarenta soldados de tropas y fuerzas especiales. Los grupos bajaron por las rampas de salida, se reunieron en escuadrones frente a la torre de comunicaciones. Los drones de Eden se unieron a ellos, un enjambre flotante que cubría el exterior del relé.

—Vamos, grandullón —murmuró Davin—. No hay manera de que te pierdas esta.

Detrás del trío de orugas se acercó otro vehículo, una nave cónica más elegante con la marca Eden. De un verde forestal por todas partes, esta se posó en el suelo, y su techo de cristal se abrió para dar, por fin, una salida al Capitán Heath Swane, Aya y a una androide en particular.

Mecha-Phyla parecía haber quedado maltrecha después de la jugada explosiva de Davin en el sitio de construcción. Aunque la peluca roja había sido recolocada, líneas negras dentadas recorrían arriba y abajo el cuerpo de la máquina, acompañadas de parches de explosión. Evidentemente,

Heath no había querido hacerla repintar, dejando en su lugar a la androide con cicatrices.

—¿Qué es esa cosa? —preguntó Roddy, mientras él y los rehenes se unían a Davin para observar a los recién llegados.

—Eso es una abominación —respondió Davin—. Si tuviera que adivinar, eso es lo que Heath quiere usar para arruinar nuestra pequeña escapada.

Era lógico que Eden no quisiera arrasar todo el relé de comunicaciones. Volar la mitad de las comunicaciones de Ganímedes no endulzaría a la compañía a absolutamente nadie, y mientras que Eden tenía una forma desagradable de tratar con rebeldes y pequeños puestos avanzados, Ganímedes tenía una población. Las relaciones públicas eran un factor.

Así que cuando el Capitán Heath Swane, hombre de teatro, avanzó con su androide hasta el frente de sus fuerzas, a Davin no le sorprendió ver al oficial de Eden ordenarles que esperaran. Que hiciera pasar a su androide.

—Allá vamos —dijo Davin, apartándose de la consola de mando. Se levantó, estiró los brazos, las piernas. Los analgésicos de Sandeer estaban empezando a perder efecto, pequeños dolores avanzaban por sus nervios—. Cuando ella entre, todos vosotros podéis iros.

—¿Irnos? —preguntó Roddy.

—Sí —respondió Davin—. Solo dame eso primero.

Como un niño que tira una patata caliente, Roddy le devolvió la pistola. Davin la hizo girar en su dedo, la colocó en posición apuntando directamente a la puerta del personal, y esperó haber ganado tiempo suficiente.

Mecha-Phyla no tuvo dificultades con las puertas, principalmente porque Davin le dijo a Lonnie que las desbloqueara todas. La androide se dirigió hacia la entrada exterior, pasó por ella. Davin oyó sus pasos, vio a la androide acercarse a la puerta del personal en un monitor a su izquierda. De cerca, el aspecto raído de la androide se veía con mayor claridad: esta era una máquina que necesitaba tiempo en un taller de reparaciones, tiempo que Heath debió pensar que no tenía.

O quizás Heath simplemente tenía tanta fe en sus creaciones.

Davin ordenó a Cal y a Lonnie que se acercaran, le dijo a Roddy que se escondiera en la parte trasera de la habitación. Los rehenes se pegaron a los hombros de Davin, formando un tres en raya mientras la androide alcanzaba y abría la puerta de entrada del personal con un toque.

Davin, con la pistola en alto, disparó cuando la puerta se deslizó a un lado. Acertó un agujero ardiente justo en el hombro de Mecha-Phyla. La androide no mostró ningún dolor, pero se abalanzó sobre Davin con una ira vacía en su rostro.

Así que Davin se escondió. Puso a Cal delante de él. Con un chillido de botas sobre metal, la androide ajustó su aproximación, rompiendo a la izquierda para evitar a Cal. La parada le dio a Davin tiempo para otro disparo, otro golpe al costado de la androide. Algo dentro del monstruo soltó chispas.

Pero ella siguió avanzando.

Davin fue hacia la izquierda, empujando al sollozante y aterrorizado Cal hacia la androide. Mecha-Phyla esquivó la bala humana, pasando de una patada a Cal en un lance contra Davin. Sus dedos atraparon la chaqueta de Davin mientras él retrocedía, obligando a Davin a soltar la pistola y deslizar sus brazos fuera de las mangas. La androide tiró la prenda mientras Davin pateaba la pistola.

La pequeña arma golpeó la espinilla de la androide, rebotó lo suficientemente alto para que Davin la recogiera del aire, disparara bajo mientras la androide lanzaba un puñetazo a su pecho.

Un chorro ardiente salió de la pierna derecha de la androide, mientras Davin sintió que el aire abandonaba sus pulmones al deslizarse hacia atrás, golpeando la consola que resonó en toda la sala.

Esas cosas sí que sabían golpear.

Cojeando, la androide continuó su avance. Davin, jadeando, levantó la pistola y disparó de nuevo. Otro acierto, esta vez en el vientre de la androide. No es que eso detuviera a la máquina. Los impactos simplemente se mezclaban con las otras cicatrices, haciendo que Mecha-Phyla pareciera cada vez menos humana.

Antes de que Davin pudiera apretar el gatillo de nuevo, la androide le arrancó la pistola y la arrojó a un lado. De cerca, la máquina olía a acre, el calor bullendo mientras los componentes luchaban por lidiar con el daño. Su rostro, quemado, manchado, roto, tenía la misma expresión fija de siempre. Algunos rizos rojos aún colgaban, el resto carbonizados a negro.

Davin intentó encontrar un insulto apropiado, pero en su lugar solo tosió.

La androide lo levantó, sosteniendo a Davin por la garganta. Las manchas aparecieron rápidamente, bailando en la visión de Davin. Sus pulmones ardían. Sus piernas y brazos se sentían entumecidos, incluso mientras el capitán de Los Nueves agarraba los brazos de la androide, intentaba separarlos a la fuerza.

Y, sin embargo, por dentro, Davin se aferraba al plan.

La presión creció en su cuello, una señal de que la androide planeaba algo más decisivo que un simple estrangulamiento. El clásico romper el cuello, típico de androide.

—Adiós, Davin Masters —dijo la androide, una voz hueca que hablaba con las palabras de Heath.

El destello rojo tuvo un aspecto surrealista, el bajo nivel de oxígeno de Davin haciendo que todo se volviera borroso y lento. No sintió la caída, la palmada de vuelta al suelo. El golpe cuando su cabeza se estrelló contra la consola, más dolores añadidos a su colección.

Davin, sin embargo, tuvo una vista perfecta de la androide derrumbándose ante él. La cabeza de Mecha-Phyla ahora era una humeante ruina. Varios destellos rojos más convirtieron el cuerpo de la androide en carbón.

¿Y quién fue el héroe?

Roddy se inclinó sobre Davin, chasqueando los dedos bajo la nariz del capitán. En la mano izquierda del hombre, la pistola temblaba, los nervios de Roddy dejaban evidente que al tipo le faltaba experiencia en el asesinato de androides.

Para ser justos, así le ocurría a prácticamente todo ser vivo.

—Davin, eh —dijo Roddy, mirando alternativamente al capitán y a la androide, como si pensara que esta última podría levantarse de nuevo al estilo zombi—, tienes que volver en ti. No creo que nos den tiempo.

Davin tragó el aire. El rancio y humeante aire del centro de comunicaciones, no obstante, delicioso, recorriendo su magullada garganta. Su mente volvió, mareada, pero la adrenalina hizo su afilada magia.

—Están entrando —dijo Lonnie, la rehén que había escapado de su papel como deflector de androides—. Ahora sí que estáis jodidos.

—Sella la puerta —dijo Davin con voz ronca—. Fuerte. Hermética.

Cuando Lonnie dudó, Roddy cambió el objetivo de la

pistola. Cal continuó con su llanto en la esquina. Davin se sintió mal por el tipo: algunas personas realmente solo quieren fichar, no lidiar con cosas como esta. Simplemente le había tocado el turno equivocado en el horario.

Lonnie, sin embargo, Lonnie era una estrella. Evaluó la táctica de intimidación de Roddy, negó con la cabeza e hizo lo que le pidió el hombre. La puerta exterior del centro de comunicaciones se cerró con fuerza, todas las ventanas alrededor cerrándose de golpe mientras sellos metálicos corrían a cubrirlas.

Normativas estándar de construcción para cualquier cosa en la superficie de una luna: con cúpula o sin ella, la despresurización rápida era un riesgo y debía ser cubierta.

Y en este caso, Davin esperaba que el riesgo fuera muy real.

Con Roddy ayudándole a ponerse de pie, Davin miró lá transmisión. Los diversos escuadrones de Eden decidieron rodear primero el edificio, buscando bloquear otras salidas ahora que el asalto directo de la androide había fallado. Tomar al superado en número Davin y a su amigo por asalto.

—No creo que eso los contenga por mucho tiempo —dijo Lonnie—. Todo esto está hecho para mantener el aire dentro, no para resistir el fuego.

—Eso es todo lo que necesitamos —respondió Davin. Miró a Roddy—. Buen disparo. Gracias.

—¿Cómo lo sabías? —preguntó Roddy—. ¿Cómo sabías que lo haría?

—Fácil —respondió Davin—, supuse que eras lo bastante listo como para ver que la androide te mataría a ti después.

—¿Qué? —Roddy palideció.

Davin se encogió de hombros, levantó una ceja.

—Supongo que tuve suerte de que tuvieras algo de valor.

—Solo no quería que tú, ni nadie, muriera.

—Eso es entrañable. —Davin dio una palmada en el hombro a Roddy, volvió a centrar su atención en el monitor.

El cerco de Eden estaba casi completo. Era el momento.

Por favor, que su suerte continuara solo un poco más.

La sirena sonó, clara y viva. Resonó a través de la cúpula del centro de comunicaciones, entregando una advertencia que cualquiera que hubiera dejado la Tierra entendía bien: el oxígeno, la atmósfera, lo que los humanos necesitaban para vivir estaba en peligro.

Un sonido hermoso.

Lonnie no pareció pensar lo mismo, poniendo los ojos en blanco y dejándose caer en una silla, murmurando sobre el peor de los días. Cal, permaneciendo sentado en un rincón oscuro a la derecha de la salida, estalló en una nueva ronda de sollozos suplicando por su vida.

Roddy maldijo.

Davin se rio.

En los monitores, la transmisión mostraba a las fuerzas de Eden corriendo de vuelta hacia sus naves. Armados y listos para luchar, las tropas no habían venido equipadas con exo-trajes. Nada de batallas en el vacío para este equipo.

Al menos, eso es lo que pensó Davin.

Heath, sin embargo, había planeado con antelación. Davin ajustó la transmisión para seguir la retirada, vio a la gente dentro de las naves sacando esos mismos exo-trajes. Ahora se convertía en una carrera, ¿cuán rápido podría Eden cambiar antes de que ocurriera un desastre?

El comunicador sonó, los múltiples canales del relé señalando, por una vez, una respuesta dirigida específicamente a este centro. Davin hizo un gesto a Lonnie para que respondiera, y una voz chispeante, una voz impresionante, una voz milagrosa llegó.

—Aquí el *Jumper*, y espero que tengáis los traseros cubiertos, porque estamos a punto de abrir un agujero en vuestra cúpula.

Phyla. Davin había estado escuchando esa voz en su imaginación, en sus recuerdos cada minuto desde que su lanzadera había estallado en una bola de fuego, pero era ella. Determinación férrea mezclada con absoluta competencia. Cómo podía estar hablando ahora mismo, Davin no lo sabía, no le importaba.

Ella vivía, y eso era mucho más que suficiente.

—¿Quién es? —preguntó Roddy.

—Nuestra vía de escape —respondió Davin, el momento arrebatando el melodrama—. Lonnie, ¿este lugar tiene trajes?

Lonnie tragó saliva.

—Cinco, para emergencias. Están en el almacén.

—Roddy, llévate a nuestra amiga y tráelos. Cal y yo mantendremos el fuerte.

Cuando la pareja se fue, Davin volvió su atención al monitor. Agradeciendo a Galaxy Forge y su atención a las cámaras, Davin pasó entre transmisiones, dándose una gran vista mientras el desastre golpeaba la luna.

Las grandes cúpulas vertidas sobre los edificios estaban diseñadas para bloquear micro-meteoritos, los ocasionales restos espaciales que caían. No estaban diseñadas para resistir el martilleo del fuego láser. La sirena atrajo a todas las personas curiosas, incluidas las de Stardust Tacos, de vuelta bajo tierra, donde una puerta de seguridad sellaba cualquier posible fuga. Desde la perspectiva de Davin, las únicas personas que seguían fuera eran las fuerzas de Eden, que se apresuraban.

Esas tropas miraron hacia arriba cuando una luz brillante inundó los bordes de la transmisión. Las dos torretas del *Jumper* atacando la cúpula, derritiéndola. Las naves de Eden no planeaban recibir el asalto tumbadas, sus propias torretas apuntando hacia el ataque en un giro muy bien coordinado. Seis armas contra el par del *Jumper*.

Pero el *Jumper* tenía un factor x: el vacío.

Cuando la cúpula explotó, las consolas de comunicación murieron durante un largo segundo. Cuando la transmisión volvió —energía de emergencia de respaldo—, las fuerzas de Eden estaban dispersas, la succión propulsora del agujero reventado volcando las naves y enviando al personal con trajes volando.

A salvo dentro del centro de comunicaciones sellado, Davin sintió un temblor, vio algunas nuevas luces de advertencia parpadear diciendo que salir al exterior significaría muerte instantánea, pero por lo demás se sentó en una silla, deseando tener palomitas.

El *Jumper*, la nave espacial más hermosa que Davin había visto jamás, adoptó una posición flotante, manteniéndose sobre el agujero en la cúpula y acribillando los vehículos de Eden con fuego candente. Davin hizo un recuento rápido, notó que un vehículo parecía faltar.

Así que Heath era un cobarde.

Las fuerzas de Eden encontraron refugio donde pudieron, algunas dirigiéndose hacia el restaurante donde Davin y Roddy habían tomado café hacía solo unas horas.

Un par intentó lanzar disparos hacia el *Jumper*, los rifles sin hacer nada contra los escudos de la nave. Los vehículos encontraron sus armas como primeros objetivos, torretas reducidas a ruinas bajo fuego preciso y devastador.

Pasaron unos minutos más, Lonnie y Roddy regresaron

con los trajes, y Davin se preparó para dar una vuelta de victoria.

—Eh, tú —dijo Davin en el comunicador, transmitiendo el mensaje directamente al *Jumper*—. Nunca pensé que volvería a escuchar tu voz.

—Siento arruinar tus sueños —respondió Phyla bruscamente—. ¿Estáis listos para iros?

—Yo también te quiero —Davin parpadeó—. Estaremos listos con los trajes en un minuto.

—Hazlo más rápido. Eden está enviando cazas hacia aquí.

—No quieres que te derriben de nuevo, ¿eh?

—No es el momento, Davin.

Phyla, siempre tan cálida y cariñosa. Los cuatro se pusieron sus trajes, luego, con la pistola en mano, Davin devolvió el centro de comunicaciones a Lonnie y Cal.

—Ha sido un placer —dijo Davin.

—Que te den —respondió Lonnie. Cal retrocedió—. Espero que te den un láser en la cara.

Roddy se quedó boquiabierto. Davin se rio.

—No se puede agradar a todos —dijo el capitán de Los Nueves mientras los dos salían de la sala de personal del centro de comunicaciones—. Ahora esperamos nuestra salida.

Esa salida se abrió mediante fuego, la puerta principal del centro de comunicaciones brillando naranja antes de explotar, una succión de vacío similar pero más corta arrastrando a Roddy y Davin hacia la nueva salida.

Ver la devastación desde la transmisión del monitor era una cosa, pero de cerca, la carnicería mató la sonrisa de Davin. Las fuerzas de Eden yacían esparcidas por la llanura rocosa, arruinadas por el asalto del *Jumper*. El vacío mató los incendios rápidamente, y ningún sonido atravesó el aire ausente, dando a todo ello una sensación de sueño. Solo el *Jumper* mismo, su masa relativamente enorme flotando dentro de la cúpula reventada, mantuvo a Davin anclado a la realidad. Especialmente cuando Mox bajó la escalera desde la escotilla del compartimento estanco.

Davin tocó el hombro de Roddy, enfocando al hombre lejos de la ruina y hacia su escape. El mecánico captó la idea, saltó hacia la escalera, la gravedad de Ganímedes apenas lo suficiente para mantenerlo tirando hacia abajo.

Mientras Davin hacía un último reconocimiento, frunció el ceño. Toda esta gente no tenía que perecer, no tenía que resultar herida. Eden podría haberse ocupado de lo suyo, pero la codicia, la ira, el orgullo empujaron a estos cobradores de cheques a escenarios de vida o muerte.

Una razón más por la que las cosas tenían que cambiar.

Cuando Roddy se acercaba a la parte superior de la escalera, Davin saltó hacia el peldaño inferior. Puso una bota encima, se levantó hasta el siguiente. Iba a dar otro salto cuando un destello captó su ojo, verde-blanco brillante. Un láser golpeando los escudos del *Jumper*.

Arriba, manchas oscuras contra el cielo de Ganímedes dominado por Júpiter escupían más fuego, láseres chocando contra la cúpula, el *Jumper*. Y cuando Phyla activó los propulsores, la escalera se sacudió.

El traje, apenas hecho para escaladas hábiles, no pudo mantener el agarre de Davin en la escalera, y se desplomó, una caída libre lenta hacia la superficie, fuego enemigo lloviendo a su alrededor.

Un buen plan, un mal final.

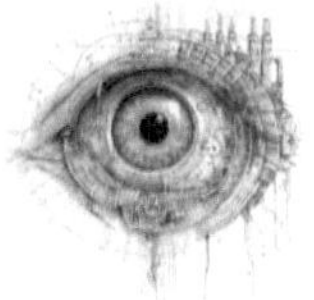

DIECISÉIS

ATRAPAR Y DISPARAR

Davin perdió el agarre y comenzó una lenta caída hacia el suelo, donde acabaría abatido como un ratón en un campo plagado de halcones.

Al menos, eso es lo que Davin pensaba hasta que una mano demasiado fuerte le agarró la muñeca. Al mirar hacia el contacto, Davin encontró a Mox, el hombre gigante sujetando el último peldaño de la escalera con una mano y a Davin con la otra.

—Incluso con la gravedad, amigo mío, has engordado unos cuantos kilos —gruñó Mox, su voz llegando a través del comunicador de campo cercano en el traje de Davin—. Tantos langostinos de cóctel.

—Todo músculo, nene —bromeó Davin.

Phyla destruyó cualquier diálogo adicional al impulsar el *Jumper* hacia delante, sus motores encendiéndose mientras el láser frontal de la nave escupía muerte sobre el cristal restante de la cúpula rota. Davin y Mox colgaban mientras Roddy, trepando por la escalera con agilidad para ser un mecánico, se metía a toda prisa dentro del *Jumper*.

—¿Qué tal ese agarre? —preguntó Davin, mientras la cúpula se desmoronaba ante el asalto de Phyla.

—Aguantará otro minuto —respondió Mox.

Ir rápido en el vacío de Ganímedes se sentía extraño: no había resistencia del aire, pero la gravedad seguía tirando. Estaban apenas a unas decenas de metros sobre la superficie, con esas rocas escarpadas pasando a tal velocidad que el estómago de Davin dio un vuelco.

—Phyla, tienes que reducir la velocidad o vamos a morir —intentó Davin.

—No puede —intervino Opal—. Tenemos tres asesinos pisándonos los talones.

Los cazas de Eden descendieron desde arriba en una formación tipo lanza. Mientras se acercaban, con Mox comenzando a escalar la escalera un peldaño lento a la vez, Davin intentó encajar la clase de caza en alguna que conociera.

El genio creativo de la humanidad se expresaba mejor en sus instrumentos de muerte, y los cazas no eran una excepción. Las empresas los fabricaban de docenas de maneras diferentes y los modificadores les imprimían sus propios sellos. Eden, pensó Davin, llenaría sus filas con naves fiables como las Víboras que Merc favorecía. Eran rápidos cortadores aerodinámicos buenos dentro y fuera del vacío. Otras bandas piratas, dedicadas a emboscadas en el cinturón de asteroides, podrían preferir platillos de trescientos sesenta grados por su potencia omnidireccional a costa de la viabilidad en atmósfera.

¿Pero estos matones?

Cada uno parecía el extremo festoneado de una cuchara boca abajo, una cresta inclinada con motores en la parte trasera. Sobresaliendo del centro ahuecado parecía haber una torreta pesada, un arma que debería haber requerido un artillero.

—No hay manera de que puedan meter a dos ahí dentro —dijo Davin.

—Eso mismo pensé en la lanzadera de Heath —respondió Phyla—. O Eden tiene a los mejores malditos pilotos que jamás hayan existido en esas cosas, o han ideado un programa de disparo mejor que cualquiera que yo haya encontrado.

Las palabras de Phyla le recordaron a Davin que tendría que preguntarle cómo logró salir viva de aquella. Ahora que hablaba, Davin vio que se trataba del mismo tipo de naves que la habían hecho estallar fuera de la fragata de Heath.

Razón de más para quemarlas.

—¿A qué esperas? —preguntó Davin mientras los cazas mantenían su bombardeo de alcance cada vez menor—. No creo que estén buscando parlamentar.

Phyla puso el *Jumper* en un ascenso vertical, dando a Opal o Merc una línea limpia desde la torreta superior. La risa malévola de Merc reveló que el piloto estaba allí, y soltó un fuego láser naranja ardiente hacia los cazas.

En exactamente el mismo momento, el trío se dispersó en diferentes direcciones, rotando sus curvadas naves para mantener sus torretas disparando hacia el *Jumper*. El asalto de Merc quemó donde habían estado, mientras el piloto luchaba por decidir a cuál perseguir.

—Imposible —dijo Davin.

—No digas eso —respondió Mox—. Los atraparemos, y lo haremos más rápido si coges un peldaño.

Davin ni siquiera se había dado cuenta, pero Mox había subido lo suficiente, enganchando el traje de Davin al suyo propio, para devolver a Davin al espacio de la escalera.

Nunca se había sentido tan bien agarrarse a algo, un

agarre que casi perdió cuando Phyla dobló el *Jumper* sobre sí mismo, haciendo girar la nave en un picado tras uno de los cazas.

—Necesito una decisión, Davin —dijo Opal—. ¿Seguimos a estos cabrones hasta que desaparezcan o huimos?

Si tardaban demasiado, Eden encontraría refuerzos, bloquearía todos los posibles puntos de aterrizaje en la luna. Pero si huían, esos bichos probablemente les seguirían. Les acosarían a Davin y a los Nueves hasta el infierno y más allá.

—Los matamos rápido —respondió Davin.

—Es más fácil decirlo que... —comenzó Merc, su torreta escupiendo naranja, aún sin acertar.

—Ni se te ocurra terminar esa frase —le interrumpió Davin—. Luchamos con inteligencia, ¿recuerdas? ¡Piensa!

Una embestida del tercer caza, que se había colado detrás de los motores del *Jumper*, puntuó las palabras con un destello de golpes contra los escudos de la nave. Los relámpagos crepitaron mientras los generadores del *Jumper* luchaban por redireccionar la energía que lamía con láser. Phyla abandonó su persecución, haciendo virar el *Jumper* hacia la izquierda para alejarse del fuego.

—Por favor, no dejes que eso vuelva a ocurrir —juró la voz de Vi, otra que volvía de entre los muertos, por el comunicador—. No la he arreglado solo para que la hagan estallar.

—Prueba a decirles eso —bromeó Merc—. Tal vez nos tengan algo de lástima.

Pero la lástima no parecía ser el plan de Eden. Aunque a Davin no le entusiasmaba su palco enganchado a la escalera, siendo zarandeado mientras Phyla sometía al *Jumper* a todas sus maniobras, la débil gravedad de Ganímedes significaba menos latigazos y más flotación.

Significaba que podía ver la trampa cerrándose.

Los tres cazas no volvieron a su formación, sino que usaron sus torretas para tomar líneas de tiro que Merc y Opal no podían igualar. Cada vez que Phyla giraba el *Jumper* para apuntar un arma, las naves más pequeñas se movían a un lado u otro, esquivando un metro o dos fuera de la mira.

Necesitaban otra opción.

—Si me permitís —Fournine, el ordenador de IA del *Jumper*, arrancado de las entrañas de un androide, saltó al canal—, he estado analizando las técnicas que estamos viendo, y estoy seguro de que estos no son sacos de carne.

—¿Perdona? —preguntó Viola.

—Humanos. Sus tiempos de reacción son mucho mejores que los de cualquiera de vosotros, y parecen capaces de manejar maniobras más allá de vuestras habilidades.

—Sigue así, Fournine —murmuró Phyla—, y te borraré.

—Mi punto, amigos, es que os enfrentáis a máquinas. Con todas sus fortalezas y todas sus debilidades.

Davin y Phyla habían combatido antes contra androides pilotando cazas, pero Fournine parecía estar diciendo que estas naves, tan esbeltas, no tenían nada dentro a los mandos. En efecto, eran completamente drones, y mucho mejores que las versiones endebles que las empresas de seguridad baratas lanzaban a clientes tacaños.

Maldita sea, Heath. Es lógico que no detuviera su gira de rehabilitación de androides con la versión humanoide.

—Mox —llamó Davin por la escalera, mientras el hombre metálico se acercaba a la escotilla del *Jumper*—. Coge tu cañón.

—¿Para qué demonios quieres eso?

—Confía en mí —dijo Davin—. Phyla, solo danos un poco más de tiempo.

Todo lo que oyó en respuesta fue otra maldición. Más láseres fulminaron al *Jumper*, sus escudos desapareciendo y reapareciendo mientras Vi jugaba el mejor juego de gestión de energía de su vida. Los cazas androide tampoco eran temerarios, contentándose con abandonar las pasadas de ataque tan pronto como Phyla se movía para contrarrestar en lugar de esforzarse por cada posible impacto.

Cuando sabes que tienes a tu enemigo muerto, ¿por qué arriesgar nada?

Davin aprovechó el tiempo entre maniobras, esos breves parpadeos, para enganchar cada posible gancho, correa, cinturón que su traje tenía a la escalera. Necesitaría ambas manos para manejar el cañón de Mox.

—¿Qué estás planeando? —preguntó Opal.

—Mantenlos alejados hasta que esté listo —respondió Davin—. Concéntrate.

Opal y Merc no tuvieron que concentrarse mucho tiempo. Mox entró y salió de la esclusa de aire del *Jumper* en tiempo récord, regresando con el gran cañón.

Diseñado para acoplarse al exoesqueleto de Mox, el monstruo de un metro de largo podía escupir pesados proyectiles a un ritmo rápido. En un mundo normal, Davin no habría sido capaz de sostenerlo.

¿Aquí?

—¡Lánzalo! —gritó Davin hacia arriba, una idea que resultaba ridícula mientras Phyla ponía el *Jumper* en picado, colocando a Mox y el arma por debajo de Davin en lugar de por encima.

En cambio, Mox pasó el cañón a otro cuerpo detrás de él. Davin hizo un doble vistazo al ver a Roddy allí, el mecánico sosteniendo el cañón, con el rostro pálido pero firme. De alguna manera el chico había encontrado su valor.

Davin lamentó haber golpeado tan fuerte a Roddy la otra noche. Un poco.

Mox saltó por los peldaños, y cuando Phyla salió de su picado para un trayecto recto a ras de superficie, el hombre metálico alcanzó y se movió a lo largo de los peldaños. A mitad de camino entre Davin y Roddy, Mox se detuvo, miró hacia la nave.

—Ahora, lánzalo —dijo Mox.

—Phyla, mantén este rumbo otros diez segundos —añadió Davin, una petición difícil con el fuego láser cortando por todas partes.

Roddy se agachó, se enderezó y lanzó el cañón. Su impulso y la baja gravedad de Ganímedes le dieron a Mox una buena oportunidad, que aprovechó agarrando la empuñadura izquierda del cañón con una sola mano. El arma grande se inclinó hacia abajo, pero Mox no parecía preocupado mientras se enderezaba, volviendo a levantar el cañón.

—¿Listo? —preguntó Mox.

Davin esperaba que el relé de comunicaciones mantuviera sus trajes y todas sus piezas en condiciones óptimas. Añadir el peso del cañón a las fuerzas G que Phyla ejercía durante sus giros y vueltas debería poner a prueba su trabajo de enganche, y si una caída a la superficie de Ganímedes sería dura, hacerlo con un cañón pesado sería mucho peor.

Vi maldijo. Humo y metralla salieron volando del ala derecha del *Jumper*. Los escudos de la nave estaban al borde de la ruptura.

—¡Ahora o nunca! —gritó Davin, extendiendo ambas manos—. ¡Dámelo!

Mox arrugó el rostro, la duda pegada por toda su cara,

pero el hombre sabía lo suficiente como para seguir las órdenes del capitán. Con un solo brazo potenciado por el exoesqueleto, Mox lanzó el cañón a lo largo de la escalera.

Golpeó a Davin en el pecho, girando en el aire de modo que el cañón golpeó el casco de Davin, grabando una única grieta peligrosa a lo largo de la visera.

Pero sus manos atraparon las empuñaduras, los mangos acolchados demasiado grandes para las manos humanas normales de Davin. Usando sus muñecas, Davin enderezó el cañón, presionándolo contra su pecho mientras sus pulgares encontraban los gatillos.

—Listo —dijo Davin—. Ahora dame un tiro.

—¿De qué estás hablando? —preguntó Phyla.

—Acércate, luego veremos qué tan adaptables son estas cosas. Confía en mí, Phyla.

El *Jumper* se apartó de su recorrido por la superficie, Mox trepando por la escalera de vuelta hacia la escotilla. El ascenso recto dejó a Davin colgando tras la nave, con Ganímedes abajo.

Su primer objetivo justo enfrente.

El caza androide se acercó hacia ellos, elevándose mientras terminaba su picado. El ángulo de ataque era perfecto, atrapando el punto muerto en los motores del *Jumper* donde la torreta de Merc no podía alcanzar.

Donde el recién adquirido cañón de Davin podía disparar.

—Listo, Merc —dijo Davin—. Está a punto de ir hacia ti.

Mantuvo presionados los gatillos, el cañón cargando sus acumuladores de energía. Davin sintió la vibración, el calor. El calor extremo. Mox no había mencionado esta parte, pero Davin sintió que su pecho se calentaba mucho mientras el cañón comenzaba a escupir luz.

Los proyectiles azul nova se dirigieron hacia el dron, el

caza reaccionando justo como lo habría hecho ante una de las torretas del *Jumper*. Viró bruscamente hacia arriba y lejos, acelerando fuera de la línea de fuego de Davin.

Y directamente hacia Merc. El artillero atravesó el caza con gloria dorada, su fuego atravesando los escasos escudos de la pequeña nave. La torreta de la nave pequeña se sobrecalentó, sus conexiones de energía hirviendo y consumiendo la nave en una bola de fuego de corta duración.

—¡Sí, joder! —gritó Merc—. ¡Eso es lo que busco! Alinea el siguiente, Phyla. Ahora los tenemos.

Davin también habría vitoreado, excepto que el calor le hacía jadear. Tenía el traje pegajoso, su tejido no estaba construido para soportar este tipo de contacto. Si el sello se rompiera, si el frío vacío de Ganímedes lo atrapara, Davin solo tendría segundos para vivir.

Si los cazas derribaban su nave, tendría cero.

—Vamos, Phyla —tosió Davin—. El siguiente.

Engañar a un androide una vez y no caerá dos veces en lo mismo. Los dos cazas restantes se alejaron, estableciendo una persecución de largo alcance. A la vista pero más allá del alcance útil de un láser. Phyla mantuvo el *Jumper* deslizándose en la atmósfera de Ganímedes, lo suficientemente bajo para esquivar el radar, lo suficientemente recto para que Davin, Mox y Roddy pudieran introducir el gran cañón.

—¿No atacarán de nuevo tan pronto como estés dentro? —preguntó Merc durante el procedimiento quirúrgico, que dio al traje de Davin un respiro muy necesario.

—No es así como funcionan los androides —dijo Fournine—. Sospecho que a estos se les dieron parámetros específicos para su ataque. Muy aversos al riesgo. Una vez que existe una amenaza clara, su objetivo cambió a observar e informar.

—Entonces son idiotas.

—Están limitados —dijo Davin—. Todo el juego de Heath consiste en devolver a los androides al lado bueno de Eden. Eso no ocurre si todos son destruidos antes de poder demostrar su genialidad.

La conversación continuó, las bromas deslizándose en los oídos de Davin mientras se desenganchaba. El pecho chamuscado del traje no se había derretido por completo, pero el oxígeno de Davin, mostrado en pequeños números blanco-azulados en su visor, disminuía más rápido de lo que le gustaba.

Si esos androides hubieran seguido siendo agresivos, Davin se habría quemado, asfixiado y muerto en esa escalera. Phyla se habría quedado remolcando un cadáver.

Qué asco.

En cambio, durante quince cuidadosos minutos, el trío de la escalera trepó hasta la esclusa de aire. Mox sostuvo su cañón mientras el oxígeno y la presión se igualaban.

Y entonces Davin estaba en casa, quitándose el casco y caminando, saltando hacia la cámara de carga central del *Jumper*. Se veía exactamente como lo recordaba, un poco grasiento y necesitado de algo de cariño. Se veía maravilloso.

Más maravillosa y merecedora del beso que presionó contra sus labios era la piloto del *Jumper*, que interrumpió rápidamente el abrazo por encima del hombro de Davin, alegando que todavía estaban en combate.

—La muerte no te ha cambiado en absoluto —dijo Davin, sentándose en la silla del copiloto.

—La vida solo te ha empeorado —dijo Phyla—. ¿Cuándo fue la última vez que te duchaste?

Admitió que recibir disparos, chamuscarse con un

cañón y mantener rehenes durante horas lo había empapado en sudor y mugre.

—Pensaba que te gustaba más así —dijo Davin—. Lleno de acción.

—A distancia, quizás. —Phyla levantó una mano del bastón de vuelo, señalando una pantalla que mostraba dos triángulos rojos deslizándose detrás del gran círculo verde del *Jumper*—. ¿Qué hacemos con esos?

—Son pequeños —dijo Davin—. ¿Los dejamos atrás?

—Podría funcionar —meditó Phyla—. ¿Quieres ir a toda velocidad a la Tierra?

—Nuestro amigo Heath nos va a seguir —respondió Davin—. Mejor lo eliminamos aquí.

—Tiene una fragata, Davin, por si lo has olvidado.

Davin no lo había olvidado. Pero una fragata no era un crucero capital, y la de Heath no era el pináculo de las capacidades de Eden. El propio hombre parecía decir que lo habían arrojado a las aguas estancadas corporativas, dejado que naufragara sin amor ni atención. Tenía sus androides, pero el hombre acababa de perder varios escuadrones en el relé de comunicaciones.

—Puede que no tenga la fuerza para perseguirnos —dijo Davin—. No de inmediato.

—¿Así que estamos huyendo?

Davin estaba a punto de decir que sí cuando el comunicador sonó. Una llamada entrante, de corto alcance, en la frecuencia propia de los Nueves. Solo unas pocas personas tendrían esos datos, y Davin le debía a una de ellas.

—Sandeer —dijo Davin, pulsando el botón—. Gracias por todo, colega.

—Cállate, Davin. —Por una vez, Sandeer había abandonado la serenidad del camarero—. Has jodido completamente nuestro lado de la luna. Gracias por eso. Pero voy a darte la oportunidad de compensarlo.

Davin miró a Phyla, que niveló el *Jumper*, haciendo girar la nave en un círculo lento para mantenerla dentro del alcance del comunicador de Sandeer. Fuera, las montañas y los asentamientos con cúpulas de Ganímedes brillaban bajo la luz reflejada de Júpiter.

—Has cabreado a Eden. Están por todas partes. ¿Te importaría desviar su atención?

—¿Cómo sugieres que hagamos eso? —respondió Davin.

—Vais a por el rey —dijo Sandeer—. Dejad Galaxy Forge fuera de línea y captaréis toda su atención. Ya habéis alborotado bastante a Eden, tal vez podáis llegar hasta él.

—Hasta que traigan más refuerzos aquí —añadió Phyla—. Entonces nos rodearán y moriremos muy rápido.

—Pero si cerramos Galaxy Forge, ralentizamos la guerra. Tal vez incluso la detengamos —dijo Davin—. Eden tendrá que sentarse a la mesa entonces, incluso si nunca encontramos a Alissa.

Especular estaba muy bien, pero detener una empresa tan enorme como Galaxy Forge necesitaba más que ideas. Necesitaba una persona.

—No sé de qué estás hablando —dijo Vi, encontrándose con Davin fuera de la cabina en el nivel superior del *Jumper*—. Si realmente hay una manera de hacer esto, mi padre nunca me lo dijo.

Phyla seguía dando vueltas alrededor de Ganímedes, los cazas androide manteniendo su distancia. Eden aún no había respondido con fuerza, sin duda consolidando sus esfuerzos y decidiendo cuánto valían Davin y su tripulación.

Por supuesto, el número de cadáveres en el centro de comunicaciones exigiría una respuesta contundente. Davin tendría que hablar con Phyla sobre eso más tarde, evaluar el impacto. Matar a otra persona, incluso a distancia... aprendes a vivir con ello, pero Davin descubrió que venía con un coste inmediato. Un ensombrecimiento de la vida, un embotamiento de sus alegrías.

Hasta que te obligas a seguir adelante.

—Roddy pensó que tendrías una respuesta —dijo Davin.

—Roddy piensa muchas cosas. —Vi puso los ojos en blanco. Había estado dando al hombre un curso intensivo sobre los motores del *Jumper*, tratando de convertirlo en un sustituto sólido para que ella pudiera volver al banco de trabajo y a sus experimentos—. A mi padre también le gustaba confundirlo.

—¿Crees que es posible? ¿Una puerta trasera como esta?

Con Puk flotando detrás de ella, Vi se encogió de hombros.

—Galaxy Forge es nuestra empresa. Siempre lo ha sido. Mi padre no es del tipo que pone bombas, ¿pero seguridad? —Vi lanzó una mirada hacia la cabina—. Además, ¿qué otras opciones tenemos? ¿Simplemente huir? Alissa no nos dará una oportunidad si no hacemos algo.

—¿Alissa es lo que te preocupa? ¿No tu padre?

Vi frunció el ceño, sus manos buscando las herramientas a lo largo de su cinturón. Consuelo. Davin hacía lo mismo con sus pistolas, con Melody.

—Papá va a estar bien. Eden no le hará daño.

—Segunda pregunta. Digamos que vamos a buscar a tu padre. ¿Cerrará su bebé por nosotros?

—¿Por ti? Definitivamente no —dijo Vi, su agarre en esas herramientas haciéndose más fuerte—. ¿Por mí? Tal vez.

¿Cómo hacer un plan con el enemigo pisándote los talones? Davin tenía que mantener gente en las torretas en todo momento por si los cazas cambiaban de opinión y atacaban. Tenía que mantener a la gente comiendo, bebiendo y descansando. Tenía que dar al *Jumper*, en algún momento, la oportunidad de recargar sus baterías.

¿Cómo hacer un plan?

A veces, improvisas.

—Si vamos a casa, hay un camino trasero que podemos tomar —dijo Vi—. Existe la posibilidad de que esté defendido, pero...

—Lo que haya allí, podemos volarlo en pedazos —dijo Davin, agrupado con Phyla en la cabina.

—Eden vendrá como un enjambre de avispas si nos dirigimos directamente a la casa de Vi —dijo Phyla—. Si tienes una puerta trasera, digo que la usemos.

—Van a venir como avispas sin importar a dónde vayamos —respondió Davin—. Nos armamos, entramos. —Ajustó el comunicador, envió el mensaje a través de los altavoces del *Jumper*—. ¿Alguien se opone a alojarse en casa de Vi esta noche?

—La última vez fue genial —respondió Merc primero desde su puesto en la torreta superior—. Mientras todavía haya palomitas, estoy a favor.

Los acuerdos llegaron de una tripulación demasiado entusiasta. Estar bajo presión y no poder hacer nada al respecto tenía la virtud de poner nerviosos a los Nueves, volviéndolos todos inquietos. Una característica que a Davin no le importaba fomentar.

Adonde iban, después de todo, requeriría más que un poco de agallas, más que un poco de locura.

—¿Alguien ha intentado entrar en tu casa alguna vez, Vi? —preguntó Davin.

—Todo el tiempo —respondió Vi—. La gente más rica de la luna. Papá instaló un montón de defensas.

—¿Probabilidades de que Eden las haya desactivado?

—Davin, no sé qué ha hecho Eden con mi padre. Si ha aceptado su oferta o no. Sandeer parece pensar que ha cambiado de bando, así que si quieres atacar mi casa, yo entraría esperando lo peor.

Davin se rio, puso una mano en el hombro de Phyla.

—¿Acaso esperamos otra cosa alguna vez, Phyla?

La piloto, el amor de su vida, suspiró.

—Contigo, Davin, no, no lo espero.

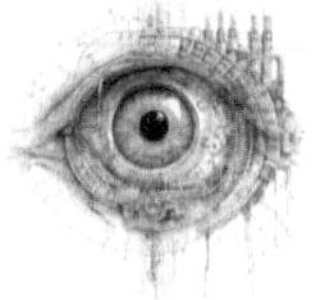

PASILLO DE LOS RECHAZADOS

Si los padres de Vi habían hecho algo bien al planificar su cúpula privada, fue elegir ubicarla entre montañas formadas por meteoritos. Los cráteres se alzaban alrededor de la cúpula, proporcionándole privacidad. Y también la oportunidad para un truco.

Davin, Mox, Vi, Roddy y Merc se equiparon para la infiltración, reuniendo material y llenando delgados tanques con oxígeno. Opal y Phyla mantendrían la *Jumper* volando, eludiendo a Eden durante todo el tiempo que pudieran.

—Un trabajo de mierda, Davin —dijo Phyla.

—O eso o abandonamos la nave —respondió Davin.

Ambos sabían que no había forma de que abandonaran su hogar. Eso era la *Jumper*, lo sería siempre.

—Cuando Eden venga a por nosotros con todas sus fuerzas, ¿qué pasará entonces? —preguntó Phyla.

Davin señaló el arma que Vi había fabricado, la que había devastado a la flota rebelde con su ataque sorpresa. Usando frecuencias de comunicación, el transmisor, encerrado en una esfera giratoria, enviaría una enfermedad digital a prácticamente cualquier cosa que estuviera escuchando en la zona. Esa enfermedad haría que las plagas se sintieran orgullosas y mataría cualquier ordenador lo suficientemente inteligente como para analizarla. La gente inteligente estaba diseñando medidas de mitigación, pero...

—¿Cuáles son las probabilidades de que Heath "Solo pienso en androides" Heath tenga a su gente equipada? —dijo Davin—. Cuando lo tengas bien cabreado, utiliza esto para ganar algo de tiempo.

—Y algunos disparos gratis también —murmuró Phyla.

Con el plan establecido, el quinteto de Davin —no era lo mismo que nueve, pero qué se le iba a hacer— se mantuvo cerca de la escotilla y esperó la orden de evacuación de Phyla.

Armado ahora con Melody, un par de pistolas y algunos explosivos novedosos que Vi había improvisado, Davin se sentía completo. Al mirar a Mox —sin cañón, con un gran rifle de asalto— completamente blindado y a Merc con sus discos giratorios de gloria listos para la acción, casi parecían los viejos tiempos de nuevo.

Hasta que Davin llegó a los dos últimos. Roddy miraba su propia pistola como si pudiera saltar y morderlo. Vi mantenía su pistola enfundada, poniendo su fe en el bot flotante que siempre estaba cerca de su hombro. Puk, una brillante bola plateada con diferentes herramientas, se cernía sobre pequeños micropropulsores.

Todos charlaban, y Davin no tuvo corazón para decirles que se callaran. Claro, estaban a punto de embarcarse en un asalto espontáneo a un complejo defendido, y sí, podrían haber usado cada segundo para planificar, pero los Wild Nueves funcionaban mejor por instinto.

Y por apuestas.

—Mil extra para quien llegue primero a los padres de Vi —dijo Davin, reuniendo al equipo.

Mox se rió. Vi frunció el ceño. Roddy no entendió.

—Estoy dentro —dijo Merc.

La *Jumper* les dio treinta segundos. El grupo de Davin solo necesitó quince para escurrirse por la escotilla y aterrizar en la roca de Ganímedes. Se quedaron a la sombra bajo la pared puntiaguda de un profundo cráter, apretándose contra la piedra y la tierra hasta que la *Jumper*, y el par de cazas que la seguían, se alejaron volando.

—Buena suerte —susurró Davin.

Parecía injusto que se hubiera reunido con Phyla solo para despedirse de ella unas horas después. Parecía aún peor cuando consideraba el tiempo, que no había dormido en demasiado tiempo. El maltratado cuerpo de Davin rogaba por más descanso, una petición apenas saciada por una ducha apresurada y algo de pasta nutritiva con cafeína.

Bueno, qué más da. Había tenido suficiente tiempo para quedarse de brazos cruzados durante los años transportando carga. Era hora de compensarlo.

El bot de Vi guió al grupo, el pequeño orbe elevándose lo suficiente para ver hacia dónde debían ir. Vi no esperaba defensas tan lejos del complejo, calculó que no habría ninguna hasta que la tripulación llegara al interior de la cúpula familiar.

—Lo que significa caminar rápido, gente —dijo Davin—. Sin amenazas y con oxígeno limitado, tenemos que avanzar.

No obstante, se quedó atrás para unirse a Vi y Roddy. Mox y Merc se movieron a la cabeza, saltando hombro con hombro por un estrecho paso sembrado de rocas entre las crestas del cráter. A pesar de ser temprano en la mañana en Ganímedes, la luna tenía su habitual tono dorado-amarillento por la luz de Júpiter.

En algún momento, pensó Davin, la luna se deslizaría hacia el lado más alejado de Júpiter y pondría todo en una sombra permanente. Pero aún no habían llegado a ese punto.

—...hace poco, pero hasta ahora ha sido muy aburrido, Vi —estaba diciendo Roddy, las palabras llegando al comunicador del traje de Davin cuando se acercó a unos metros de ellos—. Apareciste por un minuto, hiciste que todo fuera genial, y luego desapareciste a Eden y nos dejaste.

—¿Os dejé? —replicó Vi, mientras Davin observaba su mirada penetrante a través de la visera—. Hice eso que llaman seguir mis sueños, Roddy. ¿Lo has intentado alguna vez?

—Claro que sí, cuando fui a trabajar para tu padre —respondió Roddy—. Me encanta lo que hago y no tengo que dejar atrás a mis amigos para hacerlo.

—Me alegro por ti.

Davin silbó, tanto para hacerles saber que había entrado en su pequeña burbuja como por cualquier otra razón.

—Nada de peleas cuando estamos en una misión —dijo Davin después de que ambos se quedaran en silencio—. No queréis dramas cuando empiecen los disparos, creedme.

Vi resopló.

—Esto del tipo que crea dramas con todo el mundo.

—He notado eso —añadió Roddy.

—Eh, nada de criticar al capitán.

—Has vuelto con nosotros —dijo Vi—. Te lo has buscado.

—Porque sé que Merc y Mox pueden cuidar de sí mismos —dijo Davin—. Ninguno de vosotros dos es exactamente material de primera clase.

Roddy no discutió el punto, un punto a su favor, pero los ojos de Vi se abrieron de par en par.

—¿Perdona? ¿No somos material de primera clase? —preguntó Vi—. ¿Qué se supone que significa eso?

—Significa que vosotros dos os quedáis atrás. Aconsejando desde lejos. Cuando las cosas se pongan calientes, quiero que ambos os dirijáis al objetivo.

—¿Mi padre?

—O el código que está protegiendo —dijo Davin—. Vosotros dos conocéis mejor este lugar. Mox, Merc y yo atraeremos la atención. Vosotros la aprovecháis.

Roddy tosió.

—Así que le estás dando a la gente que acabas de decir que no está preparada para esta misión... ¿el trabajo más importante?

—Es responsabilidad del capitán poner a la gente donde va a tener éxito, Roddy. Alégrate de que no te esté poniendo a limpiar retretes.

—Lo hará —dijo Vi—. Entonces, ¿me estás utilizando para llegar a mi padre?

—Tal como yo lo veo —respondió Davin—, tú te estás usando a ti misma. Sin ti aquí, tendríamos que entrar a lo bruto y esperar encontrarlo antes de que un láser perdido lo hiciera. ¿Estamos bien?

—No es como si tuviéramos elección.

—Me alegra ver que lo vas entendiendo.

Davin se adelantó, dejando a los dos para que volvieran a sus recuerdos de infancia o lo que fuera. Se mantuvo un poco más erguido, sus manos se sintieron un poco más fuertes, el dolor retrocediendo después de la conversación. Se sentía bien actuar como un capitán de nuevo, dar las órdenes, que fueran obedecidas.

Aunque, si todo iba como en los viejos tiempos, esta misión seguramente se torcería.

Davin alcanzó a Mox y Merc en la sombra más alejada del cráter, con la cúpula familiar de Vi extendida debajo. Dentro de su caparazón de cristal, abundaba la vegetación.

Florecían árboles, prosperaban jardines bien cuidados. El agua rociaba desde aspersores incrustados por todas partes, creando arcoíris con la luz de Júpiter.

La casa en sí aprovechaba la gravedad de Ganímedes, usando soportes delgados para enviar pasarelas entre tres grandes núcleos esféricos. Pintados en rojo, azul y amarillo pastel, Davin calculó que los núcleos tenían al menos cuatro pisos. Cada uno flanqueado por drones de Eden.

—Pensé que no se suponía que estuvieran aquí —dijo Mox cuando Davin los alcanzó.

—¿Sacar a los humanos, dejar las máquinas? —preguntó Merc.

—Si Heath ha tomado el control, no tiene sentido adivinar un plan —dijo Davin—. El hombre apunta a otras cosas.

—Eso es lo que dijo Phyla —respondió Merc—. ¿Cómo es que siempre acabamos con los raros queriendo nuestra cabeza?

—Porque todos los cuerdos tienen cosas más importantes que hacer —dijo Mox.

Siguiendo a Puk, bordearon un borde poco profundo a lo largo del exterior del cráter antes de descender a una hondonada. El polvo y las rocas se movían con cada salto y pisada, pequeñas avalanchas alejándose rebotando. Se levantó tanto polvo que Davin pensó que cualquiera que prestara atención en la casa podría verlos venir, pero ningún ataque salió a recibirlos.

—La atención está hacia dentro —adivinó Merc cuando Davin reflexionó sobre su falta de cobertura—. ¿Quién va a esperar a un grupo de personas viniendo por tierra en Ganímedes?

El hombre tenía razón. Davin mantuvo un ojo en su medidor de oxígeno que disminuía, solo uno de muchos obstáculos. Si hubieran intentado cruzar el paisaje de Ganímedes con un deslizador, los pozos de subidas y bajadas, los cambios atmosféricos, la muerte segura si algún fallo de equipamiento les afectaba... Eden podría ser perdonada por no dedicar una vigilancia a la vía de ataque menos plausible.

—Davin —dijo Merc—, ¿te arrepientes de volver a esto?

—¿Te refieres a las armas y todo eso?

—¿A qué más?

Davin saltó una vez en silencio.

—No —dijo—, y te diré por qué: el propósito es difícil de encontrar. Todo ese tiempo transportando carga, Phyla y yo nos decíamos que ese era el punto. Una cuenta bancaria sana, sin nuevas pesadillas. —Davin se tocó el casco—. Lo cierto es que las viejas pesadillas se quedaron perfectamente, y sin nada que las reemplazara, eran todo lo que teníamos. Demonios y monotonía.

—Pero teníais tiempo.

—¿Para qué? ¿Películas? ¿Libros? ¿Discutir entre nosotros sobre ambas cosas? Sí, teníamos ese tiempo. Casi nos destruyó.

—Sí, claro.

—Tengo la sensación de que no estás de acuerdo conmigo.

Merc se rió.

—Mira a Mox aquí. El tipo ha estado pasando el rato en la Luna, manteniéndola estable, y está bien. Así que tal vez eres solo tú.

—Podría ser, pero también es Phyla. Y muchos como nosotros. Esos punks que te dieron un aventón allá atrás siendo algunos de ellos.

—Todos estamos atrapados en el círculo, ¿eso es lo que estás diciendo, Davin? —preguntó Merc—. ¿Damos vueltas y más vueltas hasta que alguien nos vuela la cabeza?

—Por eso intento divertirme tanto como puedo mientras avanzo —respondió Davin.

Quizás no era lo que Merc quería oír, pero no tenía sentido darle al tipo alguna otra idea. A estas alturas, si él o Opal quisieran salirse, habrían escapado. Esta era la vida que habían elegido, mejor vivirla.

—¿Habéis terminado los dos? —interrumpió Mox.

—Se ha hecho el punto —respondió Davin, apartando la mirada de la cúpula hacia Mox, quien a su vez se había detenido donde Puk flotaba cerca de un parche volado.

Una cubierta de chapa metálica estaba allí, seguramente cubierta de polvo pero por lo demás mantenida.

—Escape de emergencia —dijo Puk—. En caso de intrusos, podríamos salir por aquí y escondernos.

—No parece haber ayudado mucho —dijo Davin, mirando la escotilla.

—Porque mi padre la construyó para mí. —Viola y Roddy se unieron al círculo—. Él nunca huiría.

Davin asintió, señaló a Mox.

—Ábrela, ¿quieres?

—Si eso significa que podemos quitarnos estos trajes... —respondió Mox, inclinándose para colocar sus guantes bajo las ranuras de la escotilla.

Mox tiró, apoyó los pies contra el suelo y trabajó sus dedos entrelazados de metal alrededor del borde. La escotilla no se movió. Las botas de Mox se hundieron más en la tierra, los gruñidos abundaron. La escotilla no se movió.

Vi se rió.

Mox miró con furia, se puso de pie.

—Puk, ¿te importaría introducir la clave? —preguntó Vi a su bot flotante.

—¡Por supuesto!

El bot flotó sobre la cubierta y, sin más ceremonias, la escotilla hizo saltar sus juntas, silbando y abriéndose para revelar una escalera. Luces verde lima rodeaban el borde, dando a la entrada una apariencia casi alegre.

—¿Me dejaste tirar de eso cuando podrías haberla abierto? —dijo Mox.

Vi señaló a Davin.

—El capitán te dio una orden. Nos dijo que hiciéramos lo que dice.

—Vale, listilla —respondió Davin—. Nueva orden: sé una jugadora de equipo.

Vi sacó la lengua, apenas visible a través de la visera manchada de polvo. Sin embargo, la ingeniera decidió liderar al grupo hacia su propia casa, bajando los primeros escalones por la escalera. Davin la siguió en segundo lugar, con Roddy en el medio. Merc, Mox y Puk cubrían la retaguardia.

Colándose en otra pelea. Se sentía perfecto.

La escalera no era larga, unos escasos diez peldaños que los llevaron a un túnel cilíndrico lo suficientemente ancho para que dos personas caminaran una al lado de la otra. Las luces verde lima continuaban, salpicando el techo en línea hasta donde Davin podía ver, apareciendo parches sombreados como marcadores entre las luces cada pocos metros. Las paredes inclinadas tenían un carácter diferente, uno que a Davin le costó un largo rato descifrar.

La infancia de Vi debió ser muy diferente a la suya.

Garabatos cubrían las paredes imprimidas, metal debajo cubierto con una sustancia blanca perfecta para mantener pintura, crayón, rotulador. Colores sinuosos bailaban a lo largo del túnel, interrumpidos aquí y allá por una imagen colgada. Algunas secciones parecían los caprichos libres de una joven, mientras que otras tenían bocetos parecidos a esquemas, las primeras ideas reales que salían de la cabeza de Vi.

—Pasé mucho tiempo aquí —dijo Vi mientras el grupo se reunía en la base de la escalera—. Papá quería que dibujara a mano antes de que un ordenador se apoderara de todo. Me dijo que hiciera lo que quisiera.

—¿Cuántas tardes pasamos jugando aquí? —preguntó Roddy.

—Demasiadas para contarlas —dijo Vi, una sonrisa nostálgica que murió rápidamente en preocupación—. ¿Crees que papá conservó todos nuestros juguetes?

—Nuestros errores, quieres decir.

Tanto Vi como Roddy compartieron otra mirada, una confusión de ceño fruncido que hizo que Davin sacara a Melody.

—¿Qué clase de errores exactamente? —preguntó Davin.

—El padre de Vi no quería desperdiciar nada —dijo Roddy—. Así que nos daba herramientas para construir lo que quisiéramos, y si funcionaba...

—Lo guardaba aquí atrás —respondió Vi—. Aunque el código de seguridad que le di a Puk debería mantenernos a salvo. Identificará a la casa quiénes somos. —Vi se encogió de hombros—. ¿Listos?

—Lidera el camino —respondió Davin.

¿Qué clase de errores estaban cometiendo Vi y Roddy? ¿Qué padre les daba a sus hijos algo tan peligroso?

Solo unos pasos después, lo descubrieron. Detrás, la escotilla se cerró con un fuerte clic. Delante, con Davin al lado de Vi, las luces verdes parpadearon, cambiando de color a un rojo sangre oscuro.

—Eso es ominoso —dijo Merc.

Nuevos sonidos resonaron por el túnel, el clásico rechinar, zumbido, movimiento cuando se abrían las puertas.

—Y eso es aún más ominoso —continuó Merc.

—Silencio —gruñó Mox.

—Cállate tú —replicó Merc.

Davin levantó a Melody, Vi sacó su pistola.

—El código debería haber funcionado —murmuró Vi.

—Quizás tu padre ha cambiado las contraseñas —dijo Davin mientras avanzaban otro paso con cautela.

Los sonidos de rechinamiento y trituración se detuvieron casi a la vez. Nadie habló, el silencio, salvo por el lejano zumbido de los cicladores de oxígeno que preservaban la vida, dominaba.

Las luces se apagaron. Excepto una, justo sobre la cabeza de Vi.

Roddy maldijo. Davin tomó un lento respiro, apuntando hacia adelante. Esperando una carga que no llegó. Después de un largo y tenso minuto, los dedos abandonaron los gatillos, las respiraciones contenidas se liberaron.

—Tal vez Eden los mató a todos —dijo Vi, avanzando de nuevo.

El suelo del túnel tenía una superficie con agarre, perfecta para saltos y caminatas controladas. Al menos, eso es lo que pensó Davin, una opinión que mantuvo hasta que los bordes de la luz roja se movieron hacia adelante.

—Alto —dijo Davin, extendiendo un brazo para evitar que el siguiente salto de Vi la llevara lejos—. Hay algo justo ahí.

—Dispárale —sugirió Roddy.

—Sí. Volémoslo por los aires —respondió Vi.

—No hay posibilidad de que sea un... —comenzó Davin, encontrándose deteniéndose cuando la cosa emergió, avanzando pesadamente hacia ellos.

Pareciendo un juguete infantil a medio terminar, el robot plantó dos ruedas a la altura de la cintura en el suelo del túnel, con muescas aferrándose a los agarres del suelo para mantener la máquina nivelada. Entre esas ruedas sobresalían seis vigas separadas, cada una terminando en una llama de brillo azul.

—Un soldador dinámico —dijo Vi—. Matadlo, por favor.

La chica retrocedió mientras la soldadora avanzaba. Davin presionó el gatillo y Melody disparó una bola de energía azul verdosa. El disparo voló hacia la máquina y estalló contra aquellos rayos de soldadura que se proyectaban a un metro de la cara de Davin.

La quemadura de Melody derritió las puntas controladas de la soldadora, exponiendo las líneas de gas del robot e incendiándolas por igual. El fuego estalló con fuerza, cubriendo el túnel. Davin y los demás salieron despedidos hacia atrás mientras el gas en expansión los empujaba, el calor golpeaba sus trajes y chamuscaba sus visores.

¿Y el robot? El robot seguía avanzando, sus ruedas ahora envueltas en llamas mientras se dirigían hacia el grupo.

—¡Matadlo! —gritó Merc, disparando su rifle entre las llamas.

Davin no podía ver el cuerpo de la máquina, no podía ver nada en el cegador resplandor azul anaranjado. Aunque, a decir verdad, el túnel no dejaba muchas opciones.

Melody desató el infierno una vez más.

Esta vez la descarga de la escopeta penetró más profundo, encontrando los tanques de gas del robot. O quizás fue el rifle de Merc, o el de Mox, o los disparos espasmódicos de la pistola de Vi. En cualquier caso, el disparo alcanzó algo vulnerable y el robot explotó, lanzando metralla ardiente en todas direcciones.

Davin se giró, encogiéndose bajo su pesado abrigo. Resonaron golpes metálicos a su derecha y por el túnel, seguidos de una última bola de fuego más expansiva cuando el gas del robot se liberó. El calor recorrió el cuerpo de Davin de arriba abajo mientras la integridad del traje fallaba.

Solo más dolor para añadir a su colección.

Tan rápido como surgieron, las llamas retrocedieron. Los trajes del grupo, diseñados para resistir el fuego, entre otras cosas, resultaron ser un pobre combustible. Los papeles y dibujos colgados de Vi sirvieron mejor, pero las finas hojas se convirtieron rápidamente en cenizas, devolviendo el túnel a la oscuridad. Solo quedaba la luz roja, los diodos hechos de material resistente.

El túnel también parecía ileso. Solo unas ruinas humeantes manchaban la superficie, pero el metal tratado por lo demás estaba bien. No había agujeros hacia la tierra de Ganímedes o el vacío más allá.

—¿Estáis todos vivos? —preguntó Davin, levantándose y mirando alrededor.

A su izquierda, Vi estaba agachada con Puk frente a ella. El robot redondo tenía arañazos de la metralla, ya que su forma había bloqueado las astillas de acero que iban hacia Vi. Mox había protegido a Merc, utilizando su propio exoesqueleto como armadura.

Roddy, que alternaba entre maldecir y llorar, no había tenido tanta suerte. Uno de los rayos de soldadura sobresalía de su pierna izquierda, una mancha roja estropeaba el traje plateado.

Vi se abalanzó sobre él al instante, seguida por Mox. El Centurión llevaba un botiquín médico en su espalda y lo desenfundó, apresurándose ambos a proporcionarle cuidados improvisados.

Davin, con Merc acercándose para unirse a él, mantuvo su atención en el túnel.

—Los trajes están comprometidos —dijo Merc—. No hay vuelta atrás ahora.

—No íbamos a volver —respondió Davin—. ¿Adónde iríamos?

—Tienes razón. —Merc negó con la cabeza—. Mala suerte perder a un hombre tan pronto.

—No —dijo Davin—. Es una oportunidad.

Merc le lanzó una mirada con un ojo entrecerrado.

—Te estás volviendo un cabrón insensible, Davin.

—Bosser disparó a Lina justo delante de mí. Heath me obligó a ver cómo hacían explotar a Phyla —dijo Davin—. No es difícil entender por qué.

Merc puso una mano en el hombro de Davin.

—Solo recuerda que somos tus amigos y que vamos a ayudarte a vengarte de Eden. Así que no hagas que nos maten primero.

Un buen mantra, no hacer que tus amigos mueran. Davin se lo repitió a sí mismo mientras avanzaban, adentrándose más en el túnel del terror de Vi. Roddy no podía caminar, pero podía agarrarse, así que Mox se ofreció como caballo, llevando a Roddy a su espalda.

Davin le preguntó a Vi qué otras cosas horribles podrían estar esperando, pero Vi no pudo responder. Aparentemente habían creado tantos inventos disparatados aquí abajo que no podía recordarlos todos, ni decir cuáles seguirían funcionando.

—O lo que mi padre podría haber vuelto a montar —dijo Vi—. Lo que todavía no entiendo es por qué se activarían. Di el código.

—¿Tu padre es paranoico? —respondió Davin mientras

volvían a liderar al grupo una luz roja tras otra—. Quizás Eden ya lo ha descifrado.

Vi no respondió. Había estado callada desde la lesión de Roddy. El propio Roddy no: el hombre, con las drogas matando su dolor, especulaba sin cesar sobre lo cerca que había estado de la muerte.

Davin empezaba a entender por qué, cuando Vi había abandonado la luna, lo había hecho sola.

El siguiente robot que se cruzó en su camino no se parecía a los horrores de la soldadora. En su lugar, el terror con orugas parecía hecho para el maquillaje, con sus numerosos brazos terminados en perchas, cepillos y espejos.

—Por si necesitas ayuda para arreglarte por la mañana —explicó Vi.

Esta vez, cuando Davin disparó a Melody y convirtió el núcleo del robot en lodo fundido, nada explotó. Sin embargo, el túnel adquirió un agradable aroma a lavanda.

A partir de ahí, los robots aparecieron rápidos y ridículos. Horrores domésticos, diseñados para cosas como doblar la colada o lavar platos sobre la marcha surgieron hacia delante. Las máquinas hicieron todo lo posible por atacar al grupo, pero los Nueves tenían dedos más rápidos en el gatillo que funciones tenían los robots, dejando el túnel cubierto con las viejas ideas destrozadas de Vi.

Exactamente cuánto tiempo pasaron en el túnel, Davin no podría decirlo. Varias horas parecía lo correcto, una aventura de avance cauteloso y disparos hecha soportable gracias a la gran ventilación del túnel. Una brisa fresca amortiguaba el sudor mientras los recicladores de aire limpiaban el olor a circuitos quemados. Incluso aquellas luces rojas, sus guías carmesí, pasaron de ser ominosas a surrealistas, un escenario de película para la acción de volar robots.

Al final del túnel, una escotilla anodina en un punto estrecho, Davin miró alrededor y observó a un equipo cansado pero vivo, sin heridas graves salvo el pálido Roddy. La batería de Melody estaba baja, pero aún le quedaban algunos disparos explosivos. Los rifles de Mox y Merc estaban igual, pero estaban a punto de entrar en un lugar con abundante munición.

Si sus armas se quedaban vacías, simplemente podrían coger una de algún matón de Eden caído.

—Puk —dijo Davin al abollado robot—, después de ver todas esas cosas, me alegro de tenerte.

—Después de ver todas esas cosas —respondió Puk—, yo también me alegro de tenerme.

—La puerta está desbloqueada —dijo Vi, girándose hacia el cuarteto—. Si recuerdo bien, se abrirá hacia mis habitaciones en el sótano. No sé qué querría Eden con ellas, pero podrían estar ahí.

Davin señaló a Puk.

—Enviad al robot primero. Puede que Eden no se ponga nervioso con él.

—Me opongo a ser utilizado como cebo —replicó Puk.

—Mejor tú que uno de nosotros —dijo Mox, aún sosteniendo a Roddy en su espalda—. Si a ti te hacen polvo, podemos volver a montarte. A nosotros, mira lo que estoy cargando.

—Eh —protestó Roddy, aunque sin mucha energía.

—¿Viola? —Puk giró hacia ella, iluminando la cara de la mujer con su pequeña luz azul.

—¿Sabes qué? —dijo Vi, esbozando una sonrisa más tierna que cualquiera que Davin le hubiera visto dar a un humano antes—, ve a echar un vistazo por nosotros, y mejoraré tu láser con algo realmente desagradable.

Puk emitió un pitido.

—¿De verdad?

—De verdad.

—¿Mejor que la escopeta de Davin?

—Lo que tú quieras.

Puk flotó hacia la puerta.

—Entonces no os decepcionaré.

Mientras el resto del equipo retrocedía en la oscuridad, Vi abrió la escotilla y se mantuvo detrás de la puerta mientras esta se abría. Más allá, lo que Davin pudo ver, parecía un pasillo azul plateado. Unos diodos blanquecinos ofrecían una vista limpia.

Puk trinó, flotando a través de la escotilla. El robot giró mientras entraba en el pasillo. Davin mantuvo su mano en Melody, listo para levantarla y disparar, pero nadie gritó nada. Nadie disparó.

Puk completó su círculo completo, emitió un solo pitido grave. En lugar de esperar, el pequeño robot salió disparado hacia la izquierda, desapareciendo de su vista. Vi, girándose para mirar alrededor de la escotilla al oír el ruido, vio cómo Puk se alejaba volando.

—Espera —siseó Davin, viendo cambiar la postura de Vi, pero la mujer lo ignoró, saliendo tras su robot.

Haciendo señas a Mox y Roddy para que esperaran, Davin salió tras Vi, dando apenas dos pasos antes de que uno de los fuertes graznidos de Puk resonara por el pasillo. Y después, un brillante destello naranja.

Seguido de un fuerte golpe cuando algo golpeó el suelo.

Davin, maldiciendo a Vi por no ceñirse al plan, se lanzó a través de la escotilla, giró tras su ingeniera y su robot, y encontró una vista que no era en absoluto lo que esperaba.

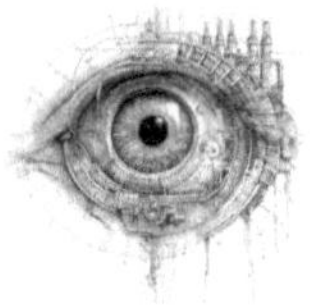

DIECIOCHO

POLÍTICA DE OFICINA

Davin compuso la escena por instinto: tres personas, dos de pie y una en el suelo. Un único robot, Puk, flotando cerca del lado derecho donde el pasillo redondeado se expandía en una sala con forma de burbuja. Un arma visible, una pistola en la mano de Vi apuntando vagamente en dirección al cuerpo tendido en el suelo. La persona que no era Vi estaba con los brazos en alto, como en un atraco de película.

Con la escena así establecida, y el control firmemente en manos de Vi, Davin levantó los dedos del gatillo de Melody y giró en la dirección opuesta, confirmando que el pasillo vacío se curvaba hacia la izquierda después de un par de metros más.

—Cubrid la retaguardia —Davin envió a Mox y a su herido Roddy, que se aferraba a él, hacia la curva.

Cuando Davin regresó a la escena del crimen, unos tres segundos después de su primera mirada, Vi y el otro canalla —identificado así por su abrigo verde Edén— estaban agachados sobre el tercero caído. Vi soltó unos cuantos improperios mientras el otro tipo se disculpaba. Puk mantenía una distancia respetuosa.

—¿Qué tenemos aquí? —preguntó Davin, acercándose y mirando los daños.

La puntería de Vi necesitaba mejorar: su disparo rápido había alcanzado al objetivo justo en el muslo, un roce tan inofensivo como Davin había visto en mucho tiempo. Sin embargo, aquel tonto gemía y se lamentaba como si Vi le hubiera dado una descarga mortal.

—Dos idiotas recibiendo lo que se merecen —murmuró Vi.

El tipo que no estaba en el suelo levantó la mirada ante las palabras de Davin, y en todos sus años, Davin nunca había visto una cara palidecer tanto. La piel del hombre, ya escasa de sol, se volvió fantasmal cuando reconoció el rostro ceñudo de Davin con la propaganda de Edén.

—¡Tú eres el asesino! —exclamó el hombre, apartando las manos de su amigo para señalar a Davin con el dedo—. ¡Eres al que todos están buscando!

—Gracias por recordármelo —dijo Davin y, solo por diversión, dejó que la boquilla de Melody se demorara en dirección al hombre.

Con un chillido distintivo, el hombre abandonó a su amigo y se escabulló por el suelo, poniendo unos cuantos metros entre él y Davin.

El objetivo en movimiento le dio a Davin una buena oportunidad para examinar la sala, aunque no se sorprendió por lo que encontró. En el centro había un largo banco de trabajo, casi tan largo como el de la *Jumper*. Las paredes redondeadas lucían numerosos ganchos, todos repletos de instrumentos de diseño inteligente. Todo el conjunto brillaba con un cuidado meticuloso, iluminado por un anillo de luz perlada en el centro del techo.

El antiguo taller de Vi, y uno bueno además. Dejaba en

vergüenza a todas las chatarrerías improvisadas de Vagrant's Hollow.

—Son de Edén —dijo Vi, sacudiendo la cabeza mientras se incorporaba y se alejaba del hombre herido—. Compañeros de trabajo míos.

—¿Compañeros de trabajo? —ladró el cobarde—. Eso es exagerar. Solo éramos accesorios para el genio, eso es todo lo que éramos. Nada. ¡Podrías olvidar perfectamente que existimos!

Vi suspiró y se frotó la frente.

—¿Debería, Vi? —preguntó Davin—. ¿Olvidar que existen?

La pregunta disipó el sarcasmo de Vi, devolviendo la determinación obstinada que la ingeniera había mostrado desde que llegó a Eden Prime hacía ya tiempo.

—No, absolutamente no deberías. —Vi apuntó la pistola hacia el hombre herido—. No hasta que nos digan qué están haciendo aquí.

—Tranquila. —Esta vez fue el herido en el suelo, con los dientes apretados entre sí. Su compañero, el cobarde, se escondió detrás del banco de trabajo. A Davin le habría preocupado una emboscada, excepto que ambos estaban desarmados y tan lejos de ser luchadores como Davin podía imaginar.

—Eres brillante, Vi —continuó el tipo herido—. A Edén no le gustó que te escaparas, así que nos enviaron aquí para encontrar qué más habías hecho. Desbloquear la clave de tu mente, o algo así.

—¿Saqueando mi infancia?

—Estudiando, más bien —el herido se incorporó. Al menos podía sostener la mirada de Davin sin estremecerse —. No sabes en qué aprieto nos metiste, creando tantas cosas buenas y luego simplemente desapareciendo. ¿Qué se suponía que debíamos hacer?

—Culparla de vuestros propios problemas no es el camino —dijo Davin—. ¿Entonces solo sois vosotros dos entrometidos?

—Solo nosotros aquí atrás —el labio del hombre tembló—. Por favor, ¿tenéis algún analgésico?

—No les pidas nada, tan pronto te dispararán como te ayudarán —gritó el otro desde detrás del banco.

Dejando a Vi intimidando al herido, Davin dio un paso alrededor del lateral del banco de trabajo, mirando directamente la espalda del hombre. El cobarde tenía su mano derecha tecleando rápidamente en su muñeca izquierda, un pequeño ordenador zumbando.

—¿Qué estás haciendo exactamente? —dijo Davin, arrodillándose detrás del hombre.

El cobarde saltó, se golpeó la cabeza contra la isla y se cayó. Davin levantó un pie y pisó la muñeca izquierda del hombre, sintió cómo el ordenador crujía y se rompía.

—¿Hablando con alguien? —preguntó Davin.

—No estaba hablando, para nada —respondió el cobarde—. Solo estaba escribiendo mi testamento, viendo que vas a matarme en cualquier momento.

—No me tientes —gruñó Davin—. Pero, ya que preguntas, podría tener una forma de salvar tu pellejo.

—¡Lo que sea!

Davin hizo una mueca. Edén realmente necesitaba encontrar espinas más rígidas.

—¿Qué tal si nos dices qué nos espera en la casa de Vi ahí atrás? Si lo haces bien, no convertiré tu cara en un cráter humeante.

Dada una misión que podía cumplir, con la motivación

adecuada, el cobarde, con el herido aportando comentarios, desplegó un mapa concluyente e inquietante.

Los padres de Vi habían sido separados, la madre confinada al dormitorio de la casa mientras el padre pasaba sus días en la oficina principal del hogar. Edén no los estaba interrogando tanto como manteniéndolos bajo vigilancia constante y control.

—Estamos seguros de que se pondrán del lado de los rebeldes si tienen la oportunidad —explicó el cobarde—. De esta manera, ninguno de los dos hará nada por lo que podría pasarle al otro.

Sin embargo, el detalle de la guardia había estado escaseando últimamente. Gracias a los crecientes problemas alrededor de Ganímedes —bien hecho, Sandeer—, los drones habían asumido la mayor responsabilidad, con solo un par de humanos vigilando cada turno.

—Un tipo como tú no debería tener problemas —dijo el herido—. Pan comido.

Al menos sabían cómo hacer la pelota.

Merc finalmente acabó con la descripción metiendo la cabeza, recordándole a Davin que no era hora de cuentos. Vi tomó la delantera, poniendo a Puk como guardia y advirtiendo a sus dos antiguos compañeros que mantuvieran las manos quietas.

—¿No nos vais a dejar ir? —intentó el cobarde mientras Davin y Vi se giraban para marcharse.

—Si salimos vivos de esta, Puk os liberará —dijo Vi—. Si descubrimos que habéis mentido, Puk os freirá mucho antes de que llegue la ayuda.

—Absolutamente —advirtió el robot—. Quedaréis totalmente cocidos.

Davin se rio mientras salían de la habitación. Vi había hecho un buen trabajo allí, y se lo dijo. No era frecuente que un novato como ella encontrara las agallas para llevar un interrogatorio.

—Ya no soy una novata —dijo Vi mientras pasaban la escotilla, dirigiéndose hacia la esquina para alcanzar a Mox, Roddy y Merc—. No soy la misma chica que conociste en Europa.

—Ya lo creo que no —dijo Davin.

El pasillo curvo no les ofrecía la mejor vista, la mejor pista. En cambio, la señal de que su pequeño momento había terminado llegó con un grito de advertencia, con destellos y pasos que se acercaban hacia ellos.

Si el pasillo ofrecía alguna ventaja, residía en la falta de cobertura. Merc, Mox y el aferrado Roddy escupían láseres por el corredor arqueado contra el escuadrón de Edén que avanzaba.

Por supuesto, esa falta de cobertura iba en ambos sentidos. El fuego de respuesta se precipitó, obligando a Mox y Merc a retroceder hacia Davin y Vi mientras los dos corrían para reforzar. Ambos Nueves ya lucían quemaduras de láser en sus trajes donde los disparos habían entrado demasiado calientes. Roddy, cubierto por el grueso exoesqueleto de Mox, permanecía a salvo.

—Espacio reducido —dijo Davin—. Debería ser justo lo tuyo, Merc.

—Si puedes comprarme un segundo —respondió Merc, intercambiando posiciones con Davin.

El intercambio de láseres había hecho que Edén se acercara con precaución. Davin arriesgó una mirada, casi perdió un ojo por un disparo rápido, pero confirmó que el escuadrón de Edén tenía sus líneas de tiro en capas, una formación de cuatro de frente, dos de fondo, acercándose.

—¿Melody? —preguntó Mox.

—Demasiado lenta. —Davin hizo una mueca. Contó los

escasos segundos que tenían hasta que Edén rodeara la curva—. Para cuando apretara el gatillo y saliera la ráfaga, yo sería una pira.

—No es necesario, chicos —anunció Merc, con su rifle ya en la funda del hombro y sus manos sosteniendo dos discos del tamaño de platos. Cada uno tenía un agarre en la parte posterior, un anillo exterior de cobre y una bombilla en el centro—. Preparaos para el seguimiento.

—¿Qué son esos? —preguntó Roddy.

—Solo observa.

Con Vi retrocediendo unos pasos con Mox, Davin se apretó contra la pared interior del pasillo. Merc tomó la exterior, girándose para un lanzamiento lateral.

El primer disco salió girando de la mano izquierda de Merc, enganchándose a lo largo de la pared exterior y deslizándose por ella, el impulso lo llevó alrededor de la esquina y fuera de la vista.

—Uno, dos —contó Merc, escuchando las alarmas del escuadrón de Edén—. Tres.

Merc lanzó el segundo disco en un ángulo más alto, de modo que el plato se deslizó por la pared exterior y se envolvió en el techo del pasillo mientras salía de la vista.

Un chasquido-bang, que hacía rechinar los dientes y erizar el pelo a partes iguales, le indicó a Davin que rodara alrededor de la curva con Melody lista y preparada.

La electricidad saltó desde el primer disco, atacando a los soldados de Edén, la mayoría de los cuales se agarraban los ojos cegados por la mitad explosiva del arsenal del disco. Los pocos que habían logrado ajustar sus gafas o evitar el destello encontraron sus armas cortocircuitándose, sus nervios convulsionando.

Todo eso antes de que el segundo disco cayera en medio de ellos y repitiera la descarga. Davin levantó el brazo para protegerse los ojos, dejando que la explosión pasara por encima de él. Todavía le zumbaban los oídos, pero por lo demás Davin tenía una clara línea de tiro hacia ocho tropas deshabilitadas, desorganizadas y condenadas.

¿Matar o no matar?

Davin optó por la vía pacifista. Cuando Merc, siguiéndolo, preguntó por qué Davin no disparaba, la respuesta de Davin llegó mientras la electricidad moría, cuando golpeó con la culata de Melody al soldado de Edén más cercano.

—Ahorrando munición —dijo Davin, dejando fuera de combate al hombre y continuando con un codazo hacia delante seguido de un revés hacia el siguiente en línea—. ¡Mox, entra aquí!

El hombre de metal tomó la decisión correcta, dejando a Roddy con Vi para lanzarse con fuerza por el centro. Justo cuando los jugadores de Edén se estaban recuperando, menos los tres noqueados por Davin y Merc, Mox ajustó su puntería y mantuvo el fuego.

¿Golpeó Mox una granada o todas? No importaba. Una explotó, desencadenando estallidos, bombas y rayos de las otras tres. La nube envolvió a los drones en un desastre humeante, ardiente y chispeante, cuyos restos cayeron por todo el atrio. Recogiendo sus rifles, recibiendo disparos dispersos de los drones en los márgenes, Davin, Mox y Merc se encargaron de la limpieza mientras llovía metal.

Con chispas ardientes impregnando el aire, el silencio se apoderó del lugar cuando el último dron se estrelló contra el suelo. El dedo de Davin abandonó el gatillo, donde parecía que podría quedarse atascado para siempre. El sudor engrasaba la frente del capitán, y quemaduras de láser surcaban sus piernas y su hombro derecho. Merc y Mox no estaban mucho mejor, este último tambaleándose hacia la izquierda con cada movimiento, con su exoesqueleto dañado. Merc lucía un nuevo corte de pelo, con mechones humeantes chamuscados, y tenía una mano cerca del estómago donde su armadura se había quemado.

—Pero estamos vivos —dijo Davin, de pie en medio de la ruina.

—Y ellos no —concordó Mox, aunque su rostro tenso mostraba menos victoria y más estrés—. Esperemos no unirnos a ellos.

—Lo que significa largarnos de aquí cagando leches —dijo Merc—. ¿Es ese el despacho?

El piloto señaló con su rifle una única puerta a la izquierda de la entrada principal, arqueada como todas las demás. La única pista de que no conducía, digamos, a un armario, venía de la apariencia ornamentada de la escotilla y un teclado numérico a la derecha.

—Vamos a averiguarlo —dijo Davin. Vi podría haberlo confirmado, pero la ingeniera había desaparecido. Dados los disparos que recibió, podría estar muerta—. Roddy, qué...

La pregunta de Davin murió cuando se giró para buscar al mecánico herido. Roddy, sin embargo, no estaba en el pasillo. De hecho, el hombre había usado la barandilla para subir hasta el segundo nivel, con la pistola arrastrándose en su mano derecha.

—Voy tras ella —gritó Roddy desde arriba—. Tal como decía tu plan.

—Mi maldito plan decía que vosotros dos debíais conseguir a su padre, no largaos y morir —replicó Davin, pero Roddy no dejó de moverse. Soltando un suspiro, provocado tanto por los crecientes dolores como por la desobediencia de su tripulación, Davin se dirigió a Mox—. ¿Te apetece derribar una puerta?

—Siempre —respondió Mox.

Mientras Merc se movía para cubrir la entrada principal

de la casa —sin asaltos inmediatos a la vista—, Davin siguió a Mox hasta la escotilla cerrada del despacho. Roddy, por su parte, desapareció tras Vi, con sus repetidas llamadas resonando por todas partes.

Mox evaluó la escotilla, construida, como todas las demás, para soportar una ruptura de vacío en la cúpula circundante. Tenías que poder sobrevivir sin importar en qué habitación estuvieras, y estos sellos de metal y caucho cumplían su función.

—No es fácil —dijo Mox, estudiando la escotilla.

—A menos que conozcas el código —Davin miró con furia el teclado numérico y su matriz de números—, la fuerza bruta es lo que tenemos.

Asintiendo, Mox retrocedió un paso y tomó aire profundamente. Davin preparó un rifle Eden.

—Adelante, grandullón —dijo Davin.

Mox lanzó un gancho de derecha, un sólido golpe dirigido a la junta izquierda de la escotilla. El metal traqueteó, algo gimió. La puerta no se deshizo. Retrocediendo, Mox golpeó de nuevo, y otra vez. La escotilla se llenó de abolladuras, la junta se torció.

La puerta permaneció cerrada.

—Vale —dijo Davin, sujetando a Mox antes de que el tipo gastara más energía—. Nuevo plan.

El teclado tenía un altavoz, otra característica común de seguridad. Davin pulsó el pequeño botón rojo e hizo su discurso breve y directo.

—Amigos, hemos intentado llamar varias veces, pero nos duelen las manos y nuestra paciencia se ha agotado —dijo Davin—. Lo siguiente será una gran explosión. Os queremos vivos, pero os aceptaremos muertos, así que esta es vuestra oportunidad. Abrid en cinco segundos, o lo lamentaréis por toda la eternidad.

Aguantaron hasta el tres.

La escotilla hizo clic, las barras golpearon mientras las medidas de seguridad cedían. Davin mantuvo su dedo listo en el gatillo, con el rifle en alto. Mox tenía las rodillas flexionadas, el hombro en posición de carga. Un golpe uno-dos: Davin abriría paso con una salva inicial mientras Mox entraba para asegurarse de que ningún cobarde lograra cerrar la escotilla de nuevo.

Tres lacayos de Eden estaban dentro, con las manos en alto. Los rifles yacían en el suelo. Un suelo, silbó Davin, que cambiaba las baldosas habituales por madera. Arce auténtico, un tipo que Davin solo reconocía por una mala campaña publicitaria de "Héroe de la Tierra" para...

Concéntrate.

Más allá del trío de soldados, el arce se veía cubierto por un único escritorio arqueado —¿tenía que ser todo curvo en el hogar de Vi?— de madera similarmente clara. Dos sillas, tapizadas en tela roja de Galaxy Forge, estaban a los lados de la habitación, bajo paredes resplandecientes con grandes pantallas. Incluso en su primer segundo, Davin interpretó el resplandor envolvente: progreso de producción de Galaxy Forge, números y estadísticas de todas partes de Ganímedes.

Menudo adicto al trabajo.

—Fuera —dijo Davin mientras Mox colocaba su brazo contra la escotilla para mantenerla abierta—. A menos que queráis acabar como estos drones de aquí.

Los soldados no hicieron preguntas, comprendiendo sabiamente que un cheque de Eden no valía sus vidas. Quizás, también, vieron la cara de Davin, sus heridas, y se dieron cuenta de que no debían meterse con el hombre más buscado.

Merc asumió el deber de escolta una vez que los

soldados llegaron al atrio, dejando a Davin y Mox entrar en el despacho. Una única figura permanecía sentada en el escritorio, con ojos estrechos y boca fruncida mientras fulminaba a Davin con la mirada.

El presidente de Galaxy Forge, una de las personas más ricas y poderosas de la reserva de la humanidad, le había dado a Davin una bienvenida amistosa antes. Ahora, Davin tenía la sensación de que el padre de Vi no estaba tan entusiasmado con que su mercenario pusiera un pie en ese bonito arce.

—¿Listo para irnos? —preguntó Davin, moviendo la cabeza por encima de su hombro para dejarlo claro.

—¿Ir adónde? —el padre de Vi hablaba como solían hacerlo los poderosos, cada pregunta acompañada de una curiosidad desdeñosa porque alguien se había atrevido a preguntarle algo—. Esta es mi casa.

—Lo sé —respondió Davin—. Excepto que ya no es tu casa, ¿verdad?

—Es un desastre, en todo caso. Gracias a ti.

Davin parpadeó. El padre de Vi apenas parecía un fugitivo dispuesto a escapar. Sandeer quería liberarlo, pero el hombre parecía más que dispuesto a quedarse en su pequeña prisión.

Una maldición sonora, el silbido del fuego de rifle desde fuera salvó a Davin de tener que inventar otra frase.

—Le están disparando a Merc —gruñó Mox.

—¿Esos tres tenían más armas? —preguntó Davin.

La respuesta llegó del propio Merc, que se apresuró a través de la escotilla y gritó a Mox que la cerrara tras él.

—Eden está aquí, y no están para bromas —dijo Merc entre respiraciones—. Esos tres tontos salieron por la puerta principal y cuando comprobé que seguían caminando, casi me como un láser.

Brillantes destellos calientes siguieron a Merc, varios penetrando en el despacho, dejando marcas de quemaduras en las grandes pantallas. Mox disparó algunos rayos con su propio rifle, agazapado tras la puerta de la escotilla.

Una mala elección: cerrar la escotilla los atraparía dentro del despacho. No cerrarla permitiría que Eden abrumara al trío, los cocinaría rápidamente.

—Cierra la maldita puerta —gritó Davin, y Merc se giró, dio fuego de cobertura a Mox mientras las sombras se movían en el atrio.

El hombre metálico hizo lo ordenado, cerrando la escotilla de golpe y sellándola herméticamente. Tres grandes cerrojos en la parte trasera de la escotilla encajaron en su lugar, ayudando a formar el sello de vacío.

Merc se sentó, Mox se apoyó contra la puerta, y Davin estaba a punto de volver al frustrado objetivo de esta particular misión suicida cuando el capitán sintió un frío cañón tocando la parte posterior de su cuello.

Vaya mierda.

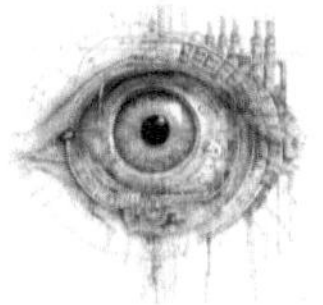

DIECINUEVE

DECORACIÓN MORTAL

No era la pistola lo que irritaba a Davin. Le habían apuntado con cañones las suficientes veces como para que ya le pareciera un cliché. No, la sensación molesta que le provocaba dolor de cabeza mientras permanecía de pie en aquella oficina llena de pantallas provenía de la estupidez.

—¿Sabes que te van a matar, verdad? —dijo Davin—. En cuanto Eden descubra cómo evitar que rompas su nuevo juguete.

—No lo harán —respondió el padre de Vi.

—Sí lo harán —replicó Merc—. Su hija fabricó un arma increíble y encontraron un antídoto muy rápido. También te atraparán a ti.

Algo golpeó con fuerza la escotilla. El estruendo de un ariete de asalto. Un par de golpes más sin respuesta y Eden apretaría las tuercas, perforaría un agujero.

De ninguna manera la harían explotar y arriesgarían su premio.

—Correré el riesgo —dijo el padre de Vi, y Davin tuvo que reconocerle el mérito: ni un temblor se coló en su tono.

Este tipo no se asustaba fácilmente—. Abre la escotilla o disparo.

Davin repasó mentalmente su baraja de cartas, sacando ideas y descartando la mayoría. Las reglas del juego decían que cuando no puedes ganar, intentas perder lo menos posible. Davin calculó que había una carta que podría darle eso.

—¿Qué tal un trato? —preguntó Davin.

—No estás en posición de...

—Si disparas a Davin, te matamos —gruñó Mox, irguiéndose en toda su altura.

Davin no podía nombrar ninguna visión más intimidante que aquel monstruo revestido de metal mirándote fijamente. El padre de Vi pareció quedarse mudo de asombro, así que Davin continuó.

—Como iba diciendo, un trato. Salimos ahí fuera y tú le ofreces a Eden un acuerdo: yo, sin resistencia, si mis amigos pueden salir por donde entraron.

—¿Cómo entrasteis aquí?

—No importa —respondió Davin. Ni de broma le daría esa información al padre de Vi y, por extensión, a Eden—. ¿Trato?

—¿Por qué Eden aceptaría eso?

Davin suspiró.

—¿Acaso evitas los medios de comunicación?

—Soy un hombre ocupado.

—Digamos que soy su enemigo público número uno. Mi cara atormenta sus pesadillas. Mi nombre hace que sus escuadrones den media vuelta y huyan. Yo...

—Lo entiendo —dijo el padre de Vi—. Te ofreceré a Eden. Si no pican, no pierdo nada.

—Ese es el espíritu —dijo Davin, ignorando las protestas de Mox y Merc—. Caballeros, sé que esto parece sombrío, pero miradlo así: la venganza es una gran motivación, y espero que después de que yo me haya ido, ambos destrocéis Eden en mi nombre.

Merc entrecerró los ojos, negó con la cabeza. Mox siguió mirando fijamente al padre de Vi.

—No tiene gracia, Davin —dijo el grandullón.

—Ya, pero es realista.

Un tercer y último golpe sacudió la escotilla, y cuando el robusto círculo no cedió, empezó a sonar un nuevo zumbido. Las chispas y la metralla comenzarían a volar en cualquier momento.

—Es hora de irse —dijo el padre de Vi—. Abre la escotilla.

Mox miró a Davin, Merc maldijo y cambió su rifle descargado por otro cargado de Eden que había en el suelo.

—Hazlo, grandullón —dijo Davin—. Es la mejor oportunidad que tenemos.

—Es un plan de mierda —murmuró Merc, pero el piloto no impidió que Mox retirara los cerrojos y abriera la escotilla justo donde estaban los dientes giratorios del taladro.

Los dos soldados de Eden que manejaban el taladro retrocedieron, dejando paso a otros seis que apuntaron con sus rifles directamente a los Nueves. De pie junto a ellos, con un aspecto totalmente sereno y compuesto, estaba Aya.

—Soltad las armas —dijo, señalando a Mox y Merc, quienes, tras otra mirada significativa hacia Davin, obedecieron.

Era bastante agradable saber que los dos habrían muerto en una lluvia de gloria por él.

—Aya —dijo Davin, pisoteando al padre de Vi—. Es un placer ver a una persona razonable por una vez. ¿Quieres discutir las condiciones?

Aya ladeó la cabeza hacia Davin, notó la pistola apuntando a la cabeza de Davin.

—Creo que es con él con quien debería hablar.

—Correcto —dijo el padre de Vi—. Te ofrezco un trato sencillo. Davin Masters a cambio de mi libertad.

—Y sus vidas —añadió Davin.

—Ignórale —respondió el padre de Vi, y empujó la punta de la pistola contra el cuello de Davin—. Te llevarás a estos tres y dejarás mi casa para siempre.

Mox dirigió una nueva mirada al padre de Vi, una mirada que no contenía tanto ira como una promesa impasible de condenación, en esta vida, en la siguiente y en todas las que vinieran después.

Davin había visto esa mirada una vez antes, dirigida al hombre que había matado a la única mujer que Mox había amado jamás.

—La has fastidiado de verdad —dijo Davin.

—Acepto —exclamó Aya—. Por favor, salgan y absténganse de mover las manos o las piernas de manera peligrosa. No querríamos que murierais por nada, ¿verdad?

El padre de Vi empujó a Davin con la pistola.

—Sal.

—Vamos, chicos —dijo Davin, encabezando la marcha hacia la muerte—. Veamos cómo quieren matarnos.

El escuadrón de Aya se desplegó por el atrio, cortando el acceso a las rampas de las escaleras, la salida del túnel y la puerta principal con sus relucientes rifles verde-negro, sus armaduras acolchadas. Cascos y visores cubrían cada rostro, guantes verde oscuro cada mano. Como las tropas de choque fuera del edificio de comunicaciones, Eden mantenía a sus asesinos en el anonimato. Y actuaban como tales, levantando sus armas de forma sincronizada para cubrir al trío de los Nueves.

¿Podrían ser todos androides?

Era poco probable que Heath pudiera poner en marcha

a tantos si había dedicado tanto esfuerzo a Mecha-Phyla, pero quién sabía. Si el escuadrón de Aya estuviera formado por robots asesinos, ningún truco que Davin pudiera inventar importaría.

Mejor, entonces, aferrarse a la creencia arrogante de que se trataba de las mismas tropas improvisadas que servían en la fragata de Heath, aquellas más preocupadas por el postre que por los detalles.

Aya mantuvo sus cualidades etéreas, con los ojos entrecerrados mientras observaba acercarse a Davin, Mox y Merc. Llevaba el mismo uniforme de Eden, con el visor levantado para la ocasión. El sudor empañaba un rostro por lo demás limpio, el polvo y la suciedad se adherían a su uniforme, probablemente un remanente de la refriega del centro de comunicaciones.

Mox y Merc se mantuvieron a la derecha, de pie bajo la enorme lámpara de araña cromada. Davin recibió el tratamiento cara a cara, una mirada burlona, como si fuera un estudiante a punto de tomar una clase para la que no estaba en absoluto cualificado.

Mejor reajustar esas expectativas.

—¿Dónde está el bueno de Heath? —Davin miró a su alrededor—. ¿El capitán está demasiado asustado para venir?

La sonrisa etérea de Aya creció.

—Está ocupándose de tu otra mitad. Tienes una tripulación impresionante, Davin.

—¿El secreto para lucir bien? Rodearte de gente mejor que tú —respondió Davin—. Podría ser una lección que deberías aprender.

—Lo tendré en cuenta. —Aya terminó sacando su pistola de la funda y apuntando a la cara de Davin—. Puedes apartarte ahora.

Davin parpadeó, y entonces se dio cuenta de que Aya estaba hablando con el padre de Vi. El hombre la complació, retrocediendo unos metros hacia su oficina. Davin ni se molestó en mirar atrás; lo importante eran los dedos de Aya y ese gatillo.

—¿Y lo de morir por algo? —preguntó Davin—. No creo que fulminándome aquí te ayude mucho.

—¿Has hecho propaganda alguna vez, Davin?

—Supongo que podrías considerar así algunos de esos anuncios de Héroe de la Tierra, aunque no estoy seguro de qué bando estaba promocionando —Davin divagó al pronunciar las palabras, tomándose su tiempo para estudiar el entorno, ver qué opciones se presentaban.

La respuesta: no muchas. Mox y Merc no tenían armas, estaban en el mismo círculo de la muerte que Davin. Mox era prácticamente el único que podría escapar, usando ese exoesqueleto para recibir algunos impactos mientras cargaba hacia la puerta o, demonios, a través de la pared.

Mientras tanto, Davin y Merc entregarían sus almas sobre las baldosas.

—La mejor persuasión viene de la vida real —dijo Aya —. Cuando un héroe, como tú lo has llamado, da un ejemplo para que todos lo sigan. Hemos estado intentando transmitir ese mensaje con claridad. Desafortunadamente, has sido difícil.

—¿Porque no he dejado que Mecha-Phyla me mate?

La sonrisa de Aya no cambió, esos ojos plácidos fijos en él. Hasta que su pulsera emitió un pitido, lo que provocó que Aya dirigiera rápidamente la mirada a su antebrazo y asintiera.

—Es la hora del espectáculo —dijo Aya—. Por favor, parece asustado.

Apuntó con la pistola. Davin tensó las rodillas, esperando el momento adecuado. Si Eden quería una ejecución, él les daría un desastre en su lugar.

La mejilla de Aya se tensó, una ligera ondulación recorrió sus brazos, y Davin se lanzó a la derecha. El disparo de la pistola pasó por encima de su hombro izquierdo, estrellándose contra la pared del atrio. Davin golpeó el suelo, esperando que un segundo disparo lo abrasara, pero en su lugar oyó un grito, una voz incorpórea que venía de todas partes a su alrededor.

—Quitad vuestras armas de encima de mis amigos —dijo Vi a través de los altavoces repartidos por todo el atrio.

Vi terminó la frase con cuatro nombres: el de su padre, el de su madre, el suyo propio y "Kitty". La confusión que cruzó los rostros de todos se transformó en curiosidad cuando zumbidos, siseos, crujidos y gemidos llenaron el atrio. Sonidos similares resonaron desde la puerta principal.

Aya sacudió la cabeza, volvió a concentrarse en Davin, incluso mientras la lámpara de araña sobre ella se desplegaba como una flor. Las barras cromadas se desplazaron, rompiendo su flujo sincronizado para centrarse en...

Las tropas de Eden.

—¡Cuidado! —gritó el padre de Vi, mientras los soldados de Eden ya se daban cuenta de que los retratos cromados retrocedían, revelando torretas devastadoras.

El padre de Vi comenzó a decir algo más, empezó y se detuvo cuando Mox le rodeó el cuello con la mano. Eden debería haber disparado en ese momento, debería haber acribillado a Mox, pero en su lugar el atrio explotó.

El segundo disparo de Aya inició todo, un proyectil golpeando a Davin en el hombro mientras rodaba. Su grueso abrigo absorbió la mayor parte, de lo contrario habría sido otra quemadura más para su colección.

A partir de ahí, las defensas de Galaxy Forge se hicieron

cargo. La lámpara de araña lanzó una docena de disparos a la vez, cada uno impactando en las tropas acorazadas de Eden. Cinco torretas apuntaron contra sus objetivos más cercanos, escupiendo fuego verde ardiente.

Eden no se quedó de brazos cruzados: los soldados contraatacaron, y la lámpara de araña estalló en gloriosas llamas púrpura-anaranjadas al ser golpeada por láseres en sus baterías ocultas. Tres torretas quedaron reducidas a escoria en cuestión de segundos. El humo invadió la habitación cuando disparos fallidos prendieron fuego a la ropa, y los rifles explotaron en las manos al sobrecalentarse.

Y Aya seguía avanzando, ignorando la lámpara de araña cuando esta le asestó un golpe en el brazo derecho. Aya cambió la pistola a su mano izquierda mientras Davin se ponía de pie. Láseres, gritos, humo y metralla estallaban a su alrededor.

—No es muy deportivo luchar contra un hombre esposado —dijo Davin mientras Aya apuntaba.

Sus ojos estaban muy abiertos y concentrados, ya no quedaba nada de la soldado somnolienta.

Quedarse quieto significaba una muerte rápida, así que Davin optó por lo inesperado: cargó contra ella. A un metro de distancia, Davin no tenía mucho tiempo para ganar impulso, pero podía inclinar el hombro hacia adelante. Aya tenía buena puntería para golpear el pecho de Davin de todos modos, llenando los pulmones de Davin con una ardiente y jadeante agonía.

La adrenalina, junto con las drogas supresoras de dolor que Sandeer le proporcionó, mantuvieron a Davin en pie.

El hombro derecho del capitán golpeó el brazo de tiro de Aya, desviando el arma hacia arriba mientras Davin embestía a su dueña. Con la débil gravedad de Ganímedes, el impacto de Davin derribó a Aya sobre su espalda; el golpe, con todo el peso en la parte superior, hizo que flotara durante medio segundo mientras volaba sobre las baldosas.

Davin no dejó de correr después. Con suerte, en algún lugar detrás de él, Mox y Merc estarían poniendo a salvo al padre de Vi. Ese bastardo.

A su derecha, Davin vio cómo un soldado de Eden se convertía en humo, la lámpara de araña lo eliminaba con tres rayos a la vez. Su carrera recibió un impulso cuando una granada explotó detrás de él, la onda expansiva dando a los pies de Davin un empujón extra.

Aya volvió a bajar su pistola, justo a tiempo para que las manos extendidas de Davin la agarraran. El impulso del capitán lo llevó más allá de Aya, pero su agarre sobre el ardiente cañón de la pistola fue suficiente para apartarla de su cara.

El disparo chamuscó el pelo y se estrelló contra la pared por encima de la puerta principal del atrio.

Aya, demostrando que tenía algunos movimientos, soltó la pistola. La carrera de Davin continuó sin resistencia, con el cañón de la pistola en sus manos mientras se lanzaba a un salto mortal. Inclinando los hombros heridos, ignorando lo mucho que dolía, Davin rodó en el aire para aterrizar de espaldas, mirando a través del suelo hacia Aya.

La soldado de Eden le devolvía la mirada, con una segunda pistola en sus manos.

—¿Empate? —intentó decir Davin, pero solo consiguió un jadeo ronco, el esfuerzo quemándole la garganta.

El rostro de Aya se tensó. Davin apretó el gatillo.

Los disparos salieron disparados, el de Davin pasando por encima del hombro de Aya mientras que el de Aya quemó justo por encima de la nariz de Davin y salió por la puerta principal. Davin ajustó, Aya bajó su puntería, luego maldijo y se impulsó hacia arriba, moviéndose rápidamente cuando una torreta envió una línea láser abrasando el lugar donde había estado. Davin contribuyó a ello, pero su precisión boca abajo era deficiente, y el disparo desapareció en el humo gris-negro.

Encogiéndose, ignorando los tirones de su cuerpo que le decían que el tiempo se había acabado, Davin se puso de pie y disparó rápidamente en dirección a Aya. Ella se había estado moviendo hacia su derecha, y el disparo de Davin, más por suerte que por otra cosa, chamuscó lo suficientemente cerca de la mano de Aya como para que soltara la pistola.

Ella siguió corriendo, dirigiéndose hacia la pared curva de la entrada del atrio. Davin apuntó, dispuesto a poner fin a todo esto, y sintió unas manos agarrándolo, arrancándole la pistola.

Davin lanzó un codazo, consiguió medio metro de distancia entre él y el soldado de Eden, un hombre que ardía en un par de sitios, con daños de láser marcando su armadura. Un amplio círculo en el lado izquierdo del hombre brillaba de color naranja donde un rifle debía haber impactado.

No importaba, el hombre sacó un cuchillo medio derretido de una funda en su muslo.

Davin adoptó su postura de pelea, dejando que las ruinas de su abrigo cayeran a su alrededor. El soldado avanzó, haciendo ondear el cuchillo en el aire como si estuviera tallando una gran letra en el espacio. Davin le dejó hacer, dando un paso atrás, muy consciente de que Aya estaría cambiando su propio rumbo.

Un par de segundos.

El soldado hizo un tajo, una cuchillada hacia adelante que, en la Tierra, habría sido lo suficientemente rápida como para destrozar la cara de Davin. En Ganímedes, el golpe tardó un pelo más en arrancar, dando a Davin la oportunidad de saltar, girar su brazo izquierdo.

Atrapando el cuchillo en el cuello de su abrigo, Davin usó su derecha para propinarle al soldado un directo a las gafas. Esas cosas tan ajustadas harían que el golpe llegara a los globos oculares. El soldado intentó liberar el cuchillo, lo consiguió, pero se ganó un segundo golpe de Davin por sus problemas. Dos golpes a la cabeza hicieron que el soldado tambaleara, que el soldado se alejara un metro de Davin.

La araña lo encontró, iluminando al pobre desgraciado desde arriba.

No es que Davin tuviera tiempo para celebrarlo.

Aya, volando desde una patada en la pared, una maniobra letal mucho más fácil en la baja gravedad, se estrelló contra la espalda de Davin y lo llevó al suelo. Inmovilizó el cuello de Davin con el brazo, aplastando su cara contra las baldosas. La arenilla acarició la mejilla de Davin, sus oídos zumbaban por el impacto, por todas las maldiciones, los gritos, las amenazas. Todo su cuerpo protestaba.

—Si no hay nada más —dijo Aya—, al menos te tendré a ti como premio.

Sus palabras se abrieron paso, dieron a Davin una idea. Su mano izquierda, aplastada junto a su cintura, encontró una esfera saqueada, encontró el seguro.

—El último que recogerás jamás —jadeó Davin.

Se sacudió, quitó el seguro, deslizó su brazo hacia arriba para que Aya pudiera ver justo lo que había hecho.

Como formas de morir, al menos esta sería rápida.

La vida toma medidas de los vivos. Las oportunidades imprevistas traen juicios, por parte de otros y de uno mismo, sobre capacidades, sobre fuerza de voluntad, sobre sacrificio.

Aya no estaba dispuesta a sacrificarse.

Maldiciendo, Aya soltó el cuello de Davin, balanceó su

brazo ampliamente y golpeó la granada lejos. La esfera parpadeante rebotó fuera de la puerta principal del atrio, y en ese momento, con su vida restaurada, Davin lanzó su cabeza hacia atrás.

Le habían acusado de tener la cabeza dura. Davin lo tomó como un cumplido.

El golpe impactó en la barbilla de Aya, haciéndola retroceder. La granada crepitó, explotó justo fuera de la puerta principal. Azulejos y tierra entraron barridos, la onda expansiva cortando a Davin cientos de veces, lanzándolo a él y a Aya dando vueltas hacia el centro del atrio.

Davin cayó primero, un aterrizaje suave sobre el cuerpo chamuscado de algún soldado. Aya se desplomó cerca de él, gimiendo. Davin trató de pensar en algo ingenioso que decir, aunque solo fuera porque todo lo demás parecía revuelto. Su visión nadaba en rojo —algo debía haberle cortado el ojo, o la ceja— y un calor pegajoso se acumulaba bajo sus piernas.

Sería muy agradable que la pelea terminara ahora.

Pero no, como algún villano de una mala película de terror, Aya se incorporó. Su uniforme estaba en ruinas, piel quemada y destrozada al descubierto. Pelo chamuscado, sin duda como el del propio Davin. Pero, como el otro soldado de Eden, todavía tenía un cuchillo y Aya lo sacó. Un trabajo que hacer, una misión que cumplir.

Lee la situación, quería decir Davin, porque a medida que el pitido disminuía, el capitán notó algo más: silencio. No absoluto —los gemidos y gritos de ayuda de los soldados heridos resonaban—, pero los estallidos habían cesado. El fuego láser ya no silbaba.

Aya dio un paso.

—Suelta el cuchillo —la voz de Merc, afilada, llegó desde más allá de los pies de Davin. En la dirección de su antigua entrada—. O no lo hagas y déjame volarte, me da igual.

Aya gruñó, apartó la mirada de Davin. A pesar de la borrosidad, Davin leyó el cálculo. ¿Hasta dónde podría llegar Aya con un solo salto? ¿Podría cortar a Davin y salir por la puerta antes de que Merc disparara?

Un zumbido, un clic, una advertencia llegó desde arriba. Davin giró la cabeza, vio los dos últimos brazos que quedaban en la araña apuntando hacia Aya.

—Has oído al mercenario —la voz de Roddy, ahora, sobre los intercomunicadores—. Cuchillo al suelo.

Aya cerró los ojos, se enderezó, pero no soltó el cuchillo. Davin vio la tensión fluir por sus músculos, las piernas tensas.

Iba a intentarlo, y él no podía levantar más que un dedo.

El casco, verde-Eden, voló con fuerza desde un lado y golpeó a Aya como una pelota de béisbol, impactando en su cabeza y derribándola al suelo donde, finalmente, quedó inmóvil.

—Menudo lanzamiento, Mox —dijo Merc, su voz resonando en el silencio del atrio—. Sigo pensando que habría sido más fácil dispararle.

—Es valiosa —dijo Mox, y Davin vio al grandullón entrar en su campo de visión. Mox miró hacia Davin, frunció el ceño, y luego fue a comprobar el pulso de Aya—. Traed al capitán.

Para ser un grupo victorioso, el desaliñado grupo que abandonaba la casa familiar de Vi no mostraba más que miradas sombrías. La madre de Vi, junto con un Roddy cojeante, llevaban a una Vi remendada y apenas viva bajando las escaleras y saliendo. Mox cargaba con Aya, manteniendo un brazo libre y armado por si el padre de Vi, cuya voluntad de resistencia parecía disiparse con la devastadora apariencia de su hija, quería intentar algo estúpido.

Lo que significaba que Merc había ganado el sorteo para llevar a Davin, haciendo el piloto todo lo posible por sacar a Davin al exterior sin mucho daño. Un esfuerzo que consiguió llevar a Davin al aire libre, pero fracasó en hacer que fuera otra cosa que un doloroso ejercicio.

Al menos la recompensa valió la pena: un vehículo de Eden, uno diseñado para ataques rápidos, aparcado fuera. Capaz de albergar un par de escuadrones, el vehículo estaba listo, aunque los Nueves no tenían las llaves.

Davin tiró de la manga de Merc mientras el piloto lo acomodaba en el aerodeslizador. El interior escaso de la nave tenía un pasillo central bordeado por largos bancos. Una escotilla en la parte trasera conducía a una única torreta, con una puerta de lavabo a su izquierda. Una larga luz blanca daba brillo a todo lo verde.

—¿Qué pasa, capitán? —preguntó Merc ante el tirón—. ¿No te estarás muriendo, verdad?

Davin quería bromear diciendo que unos pocos disparos láser, puñetazos y una granada no podían matarlo. En cambio, reuniendo suficiente aire en sus pulmones quemados, Davin jadeó una sola palabra: —Puk.

—¿El robot? —Merc parpadeó—. Ah, claro.

La pequeña máquina de Vi llevaba medicamentos de emergencia, no suficientes para arreglar a Davin, pero sí para aliviar el dolor y evitar que entrase en shock. La pequeña esfera negra pinchó a Davin —unos cuantos agujeros más que ni notaría— mientras Vi y su familia subían, con Mox mirándolos fijamente todo el tiempo.

—Dame el comunicador —dijo Davin mientras Merc se acomodaba en el asiento del piloto, intentando sin éxito encontrar una anulación de emergencia.

—Está abierto —respondió Merc—. ¿Con quién quieres hablar?

—Déjalo en la frecuencia de Eden —dijo Davin—, y ayúdame a subir ahí, ¿o esperas que grite?

—¿Normalmente? —preguntó Merc, retrocediendo y luego levantando a Davin hasta el asiento del aerodeslizador.

Davin, con su mano sintiéndose vagamente ajena, como si no estuvieran todos los dedos, transmitió un mensaje simple.

—Heath, cobarde, tengo un trato que proponer. —Davin se detuvo, tomó una gran bocanada de aire—. Aya está viva, y te la devolveré si nos dejas marchar.

Un trato absurdo. Solo funcionaría si Davin había interpretado bien a Heath, si al hombre le importaban más sus pasiones que los números crudos.

La respuesta llegó rápido.

—Tienes tu trato —respondió Heath, la voz entrecortada del hombre pareciendo tan en shock como se sentía Davin—. Dejaremos tu nave en paz hasta que estéis en ella.

—Bien —respondió Davin—, y una cosa más, necesitaremos los códigos de este aerodeslizador vuestro.

—Espera a recibirlos —dijo Heath, y entonces el hombre realmente se rió—. Me estás haciendo un inmenso favor, amigo mío.

—¿Cómo es eso?

—Ya lo verás. Cuando todo esto termine, y tu leyenda quede destruida, lo verás —dijo Heath—. O quizás estés demasiado muerto para que te importe, pero espero que no, Davin Masters. Espero que no.

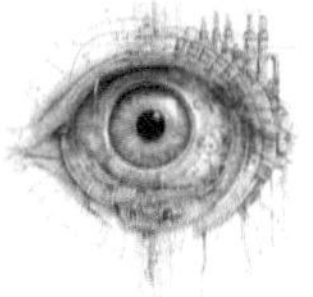

VEINTE

ÚLTIMAS LÍNEAS

El *Jumper* recogió a los Nueves en un pequeño espaciopuerto en la zona en desarrollo de Ganímedes. Dejaron allí a Aya, esposada y encerrada en una habitación lateral. Roddy y Merc ofrecieron un soborno a los empleados del espaciopuerto —básicamente equipo de Eden que habían dejado en el deslizador— para que dejasen a Aya tranquila hasta que el *Jumper* se marchara. Mientras surcaban el cielo despejado de Ganímedes en dirección a la mole de Júpiter, Davin, flotando en una nube provocada por un potente cóctel de analgésicos, envió a Heath la ubicación de Aya.

Luego vino el trabajo real.

El capitán de los Nueves yacía en su cama, vendado y con apósitos. Una vía intravenosa colocada chapuceramente en un brazo lo mantenía hidratado. Phyla, que no era médico, y la madre de Vi habían ejercido de sanitarias de emergencia, ayudando tanto a Davin como a Vi a volver del abismo.

Vi descansaba en sus propios aposentos, inconsciente por medicamentos más fuertes de los que Davin se permitía tomar. Ella necesitaba descansar. Davin necesitaba negociar.

—Los términos son sencillos —resolló Davin, con su pulmón abrasado negándose a cooperar—. Cerráis Galaxy Forge y os dejamos marchar.

El padre de Vi, con Merc de pie tras él, fulminó a Davin con la mirada. La esposa del hombre frunció el ceño, pasando las manos arriba y abajo por sus antebrazos, moviendo varias pulseras con cada movimiento.

—¿Acaso sabes lo que estás pidiendo? —respondió el padre de Vi—. Cerrar Galaxy Forge no es como apagar las luces. No es un simple interruptor. Hay miles de millones de mecanismos en juego. Se paralizan medios de subsistencia, la gente deja de cobrar. Los envíos quedan en órbita o se desechan.

—Envíos que, ahora mismo, van a Eden y se utilizan para hacer daño a la gente con la que vives —rebatió Davin.

—No todos. Fabricamos transportes de pasajeros, deslizadores de reparto. Construimos los generadores que se utilizan en las lunas de Saturno para mantenerlas calientes. Todo eso termina con lo que estás pidiendo. —El padre de Vi señaló a Davin con el dedo—. Todas esas vidas pesarán sobre tu conciencia.

Merc resopló.

—Elegiste dejar que Eden llevara las riendas en lugar de cerrar. Podrías haber contraatacado, pero decidiste no hacerlo.

El padre de Vi negó con la cabeza.

—Vuestro bando perdió. Elegí no perderlo todo.

Las peores negociaciones eran aquellas en las que ambas partes tenían argumentos válidos. Mucho mejor cuando Davin tenía un imperativo moral que pudiera aprovechar. En su lugar, tenía que confiar en que el cierre de

Galaxy Forge pudiera poner fin a la guerra. *Pudiera* poner fin a la guerra. No *debiera*, no *fuera a*.

Mucho que arriesgar por una palabra.

Pero quizás no tuvieran que arriesgar nada en absoluto.

Había que darle el mérito a Vi por la inspiración, eso y la ridícula casa de su familia.

—Tienes una llave para Galaxy Forge —dijo Davin, dejando de lado la ira en su voz, permitiendo que surgiera de nuevo el pícaro astuto.

Atraerlos, hacerles creer que son socios, no enemigos.

—Vi te lo contó bien —dijo su padre, sin molestarse en negarlo—. Es una válvula de seguridad, destinada a mantener Galaxy Forge en nuestra familia. Si alguien intenta arrebatárnosla, lo destruyo todo.

—¿No crees que Eden está intentando arrebatártela ahora mismo?

El hombre respiró hondo.

—No pueden jugar tan fuerte. No mientras necesiten que Galaxy Forge fabrique sus naves.

—¿Y si seguís fabricándolas —dijo Davin—, pero añadís un pequeño seguro?

—¿Un seguro?

—Añade tu llave al software que estás instalando en todas esas naves. Modifica la IA para que si tú das la orden, todos estos nuevos juguetes de Eden se queden a oscuras.

—Lo encontrarán —el padre de Vi negó con la cabeza—, examinarán el código y averiguarán lo que he plantado allí.

Davin sonrió.

—¿Y qué van a hacer al respecto? Si te preguntan, es tu nueva política. Para evitar que los productos de Galaxy Forge se utilicen de forma incorrecta. Si a Eden no le gusta, que se vayan a chupar una supernova.

El padre de Vi parpadeó, no dijo nada durante un largo

momento, hasta que habló su madre. Al igual que el padre, la madre de Vi dejó de lado cualquier nerviosismo para adoptar una actitud de jefa, pasando esos brazos que se frotaba al costado de su marido.

—Hazlo —dijo la madre de Vi—. Es una adición sencilla. Tienes todo el derecho, y Eden no dirá que no. Son débiles.

—Significa que tendré un código de desactivación implantado en cada nave que vendamos —dijo el padre de Vi—. Nadie nos comprará. Sospecharán.

La madre de Vi sonrió, con una sonrisa de tiburón.

—No tienen otra opción. No ahora. Y esta gente horrible va a poner fin a la guerra, ¿verdad?

—¿Gente horrible? —preguntó Davin—. Eso es un poco duro.

—Responde a mi pregunta.

—Esa es la idea, señora.

—Entonces está decidido —anunció la madre de Vi—. Ajustaremos el software. Si Eden hace la guerra utilizando naves que nosotros construimos, las apagaremos. Luego, cuando todo esto acabe, podremos eliminar nuestro pequeño interruptor.

Los tres hombres de la habitación miraron fijamente a la madre de Vi, que no parecía tanto satisfecha consigo misma como segura e impaciente.

—Bien —dijo—, ¿cómo volvemos a casa? He permitido que Vi hiciera bastante desorden, y no confío en que nuestros robots lo limpien.

Davin no debería haberse sorprendido, pero los padres de Vi abordaron la recuperación de su hija con eficiencia en mente. Una vez que Vi dejó atrás la muerte inminente, la visión de sus padres se centró en el derecho de su hija a tomar sus propias decisiones. Se había escapado de casa, se había unido a un grupo de, como su madre no dejaba de decir, piratas de mala reputación, y luego había abandonado un buen trabajo con Eden para, una vez más, corretear con gentuza.

Davin escuchó todo esto con una extraña mezcla de risa y horror arremolinándose en su cabeza drogada, siendo Phyla quien le relató la conversación mientras el *Jumper* orbitaba Júpiter.

—Quería dispararles sólo por ser tan insensibles —dijo Phyla, sentada en la cama de Davin y cambiando un vendaje en el hombro del capitán—. Nuestros padres nunca nos habrían dicho algo así.

—Éramos todo lo que nuestros padres tenían —respondió Davin.

—Oh, sí, porque eso es una excusa. —Phyla puso los ojos en blanco—. Tendrías que haber visto sus ojos cuando llegó el transporte.

El cuarteto de chiflados que había abierto un agujero en el *Jumper* compensó su incursión sirviendo de taxi entre el *Jumper* y Ganímedes, interceptando la nave de Davin y llevando a los padres de Vi de vuelta. Según Phyla, la madre de Vi observó a sus potenciales pilotos y exigió que la llevaran de vuelta a Ganímedes en la cápsula de escape del *Jumper*.

—Le dije que podía saltar por la escotilla cuando quisiera —dijo Phyla—. Opal sugirió que volviera a la cabina después de ese comentario.

Al menos Roddy se quedó. Con Vi incapacitada, la nave podía utilizar a un mecánico. Ante la opción entre volver a la resistencia de segunda categoría de Sandeer y unirse a los Nueves, Roddy no dudó.

—Tengo la sensación de que ha estado buscando una

forma de salir de Ganímedes toda su vida —dijo Phyla—, pero nunca ha sido capaz de dar el paso definitivo.

—Se podría decir lo mismo de ti.

Phyla se recostó, pensó un segundo y asintió.

—Es difícil marcharse. Más fácil cuando alguien te da un pequeño empujón.

—Hablando de eso, ¿has encontrado ya a Alissa?

—No puedo contactarla —Phyla frunció el ceño—, la frecuencia solo devolvió un mensaje estándar diciendo que lo intentara más tarde.

—¿Sigue en la Tierra?

—Sigue en la Tierra.

Davin intentó esbozar una sonrisa.

—El héroe regresa.

—Como un villano buscado.

—¿Estás diciendo que me buscas?

Phyla pasó un dedo por el pecho de Davin, trazando los vendajes que recorrían las quemaduras, los agujeros de metralla cosidos. Lo que empezó como un juego flaqueó a mitad de camino, la chispa marchitándose bajo las crestas, los valles, las vías de tren que se abrían camino a través de la piel de Davin.

—No era esto lo que quería decir entonces —dijo Phyla—, cuando estábamos peleando.

—¿No querías que me dispararan? Eso es reconfortante.

—Davin.

El capitán apoyó la cabeza contra la almohada. Pequeñas cuerdas mantenían el cojín atado a la cama, al igual que las mantas y todo lo demás en el mundo de micrograviedad del *Jumper*. No podían flotar lejos, por mucho que lo intentaran.

—Dejamos esta vida una vez, ¿verdad? —preguntó Davin.

—Así es.

—Casi había olvidado cómo era sentir todo esto —dijo Davin, cerrando los ojos—. Es peor ahora que somos mayores. No lo recomiendo.

—Si estoy corriendo, no tendrás que preocuparte.

—Tú seguirás preocupándote por mí.

—Algunas cosas nunca cambiarán.

Phyla mantuvo su mano en el pecho de Davin, el sueño acercándose, el sueño casi allí, hasta que un zumbido enojado hizo que los ojos de Davin se abrieran de nuevo.

—Lo siento, tortolitos —dijo Fournine, la IA del barco tan alegre como siempre—. Estamos recibiendo una llamada de tu sicario favorito de Eden.

—Ahora no, Fournine —dijo Phyla, pero Davin se incorporó de golpe.

—No le hagas caso —dijo Davin—. Pon al imbécil.

—¿Por qué? —preguntó Phyla.

—Porque necesito saber si ha aprendido la lección o no.

Una pequeña pantalla en el lado opuesto de la habitación cobró vida. Diseñada para ver películas, el rectángulo plano no hizo el mejor trabajo al mostrar el rostro gruñón de Heath, pero Davin lo consideró positivo. La única barba incipiente que necesitaba ver era la suya.

—Capitán Masters —dijo Heath—, mis sensores me dicen que estáis utilizando la asistencia gravitatoria para salir del sistema de Júpiter.

—¿Y les crees? —dijo Davin, solo para que Phyla lo repitiera, lo bastante alto para que Heath oyera.

Malditos pulmones, arruinando el estilo de Davin.

—Sí, porque creo que sé lo que os traéis entre manos —Heath sonrió, una sonrisa antinatural y lasciva. Alguien que había pasado demasiado tiempo admirando sus juguetes—.

Tu pequeña nave tiene cierta velocidad, Masters, pero te detendrás eventualmente. Cuando lo hagas...

—No —tosió Davin, y forzó las palabras lo suficientemente alto—. No eres tú quien hace las amenazas. Somos los Wild Nueves. Nosotros te amenazamos a ti.

—¿Desde tu cama? No creo que estés amenazando a nadie —respondió Heath—. Descansa, Masters. Estaré allí cuando despiertes.

La transmisión se apagó, la pantalla quedó a oscuras.

—Una última frase de mierda —le dijo Davin a Phyla.

—La tuya fue mejor.

—De todos modos —Davin se miró a sí mismo, hizo una mueca—, llévanos a la Tierra lo más rápido que puedas. Necesitaremos tiempo.

Los ojos de Phyla brillaron.

—¿Alguna vez te he fallado?

—Bueno, si vamos a...

Phyla presionó un dedo contra sus labios, y luego lo reemplazó con los suyos propios.

¿SOBREVIVIRÁN Davin y los Nueves Salvajes a la obsesión mortal de Heath Swane? ¿Podrá su arriesgado plan derribar a Eden? Continúa la aventura con *Gambito Lunar*:

SOBRE EL AUTOR

A.R. Knight teje historias en una gélida casa en Madison, Wisconsin, principalmente gobernada por un par de gatos. Después de verse absorbido por la rutina laboral durante la crisis económica de 2008, comenzó a pasar las aburridas reuniones surcando el espacio y embarcándose en grandes aventuras.

Con el tiempo, tras dedicarse a los pódcast, guiones, relatos cortos y otras novelas, encontró una historia en la que poder sumergirse y un elenco de personajes tan entretenidos como llenos de corazón.

A.R. Knight planea saltar a otros mundos y encontrar nuevas historias que contar en los ilimitados confines de nuestra imaginación.

¡Gracias, como siempre, por leer!

Para papá

9 798888 584279